日航123便

崩れた安全神話

馬県・御巣鷹の尾根に墜落した。乗客・乗員計520人が死亡し、4人が重傷を負った。夏休みでどもや学生も多く乗っており、犠牲者の中には上を向いて歩こう」で知られる歌手の坂本九さもいた。単独機の事故としては、犠牲者の数はまでも世界最悪。

520人が犠牲になった1985年の日航ジャンボ墜落事故で夫を亡くした女性に、事故原因とれる修理ミスをした米ボーイング社の日本法から1通の手紙が届いた。今年、の命日に送た手紙への礼状だった。安全への願いをつづた女性は、思いが伝わったと受け止めている。

手紙を受け取ったのは大阪府箕面(みのお)の谷口真知子さん(72)。事故で夫正勝さん(当40)を失った。正勝さんは機内でしたためた「ち子 子供よろしく」というメモを残していた。

当時中学生と小学生だった息子2人と谷口さんを励ましたのが、正勝さんが自宅に植えていた柿の木だった。2016年、谷口さんは柿の木をーフにした家族の物語を絵本「パパの柿の木」して出版。今年になってできた英訳版にこれでの思いをつづった手紙を添えた。

「まち子よろしく」あの夏から35年、絵本に込め願い

女性が書いたボーイング社への手紙に関す月の記事はこちらです。

手紙には恨みではなく、小さなミスで多くの生を狂わせるという教訓を伝えたいという思を込め、「たった一つの小さなミスが多くの人命と人生を奪い、残された人たちの運命をわせてしまいます」と記した。ボーイング日本法からは約1カ月後に返事が届いた。

国の事故調査委員会による報告書は、ボー

日航ジャンボ機
墜落事故

グ社による修理ミスが原因で機内の気圧を保つ「圧力隔壁」の強度が落ち、それが飛行中に壊れ操縦不能になったと事故原因を推定している。

日本法人の社長は自身も息子2人の父親だと明かし、愛する夫であり、かつお二人のご子息に

とってもかけがえのない父親を亡くされ、深しみの淵から力強く生きて行く姿勢に強く胸るものがあった」と記していた。米国本社の見とも共有すると書かれ、谷口さんは「気持ちけ止めてくれた」とうれしく感じた。

生存者が証言

1985年8月12日午後6時56分ごろ、羽田発大阪行き日本航空123便(ボーイング747SR型機)が群馬県・御巣鷹の尾根に墜落した。乗客・乗員計520人が死亡し、4人が重傷を負った。夏休みで子どもや学生も多く乗っており、犠牲者の中には「上を向いて歩こう」で知られる歌手の坂本九さんもいた。単独機の事故としては、犠牲者の数は

31年

推理大師

橫山秀夫

經典重譯珍藏版

高度狂熱

クライマーズ・ハイ

葉廷昭——譯

1

舊式電車到站後，倒退了一下才停住。

ＪＲ上越線的土合車站位在群馬縣的最北邊，南下的月台蓋在深入地底的隧道中，要爬上四百八十六階的樓梯，才看得到地面的陽光。爬四百八十六階對下盤負擔極大，強度不下於「登山」。因此，攀爬谷川岳之行，可以說從爬這一座階梯就已經開始了。

悠木和雅很在意自己的登山靴，穿起來並不怎麼合腳。

就算他穿的是合腳的登山靴，要一口氣爬完這座階梯也不容易。階梯的第三百階有特地標示，前方則有一塊平台。他爬到那塊平台上，先停下來喘一口氣，心中所想與十七年前別無二致。這是考驗，也是試煉。爬個樓梯就受不了，豈有資格踏入「魔山」的領域。十七年前他還是記者，生活並不規律，爬到這裡就氣喘吁吁了。此番前來他已五十七歲，心跳似乎也加快了幾成。

一定要攀上衝立岩。

這份決心幾乎快土崩瓦解，但悠木沒有忘記安西耿一郎炯炯有神的眼眸，以及縈繞耳畔的那一句話。那個天生的「登山家」，說過這麼一句話。

爬山就是爲了下山啊。

悠木凝視上方，繼續邁步前進。

爬山就是爲了下山，悠木一直在思考這句頗有深意的話是什麼意思。他有一個答案，可惜能跟他核對答案的對象，早已不在這世上了。

初秋和煦的陽光普照大地，時間已過下午兩點。拂面而過的風勢冰涼，悠木長年住在群馬境內的高崎地區，但高崎的氣溫和空氣的味道，跟這裡完全不一樣。走出紅色的尖頂車站後，悠木沿著國道二九一號線往北走。跨越平交道，走過防雪隧道，右手邊有一片草皮，是土合墓園。

當地的水上町建立了一座「過去碑」，上面刻有在谷川岳遇難的死者姓名，總數多達七百七十九人。顯然區區「魔山」兩個字，不足以道盡那座山岳可怕的歷史。於是乎，谷川岳有了更直截了當的恐怖稱號，又叫「墳山」或「食人山」。地球上再也找不到一座兩千多公尺的連峰，如此接近死亡的威脅。有人指出，上越邊境特有的劇烈天氣變化，是導致山難頻傳的主因。可話說回來，要不是谷川岳有溪谷「一之倉澤」這些陡峭的岩脈，大概也不會成爲人盡皆知的名峰。過去，追求挑戰和名聲的登山好手，如海嘯般前仆後繼湧向此地，大家都想征服無人攻克的岩壁，搶先成爲攀越名峰的第一人。地下車站蓋好後，他們全力衝上四百八十六階的樓梯，爭先恐後攀上岩壁。每個人沒命地往上爬，也沒命地往下掉。谷川岳的惡名甚囂塵上，年輕不信邪的登山家反而躍躍欲試，下場就是紀念碑上的名字越刻越多。

衝立岩被各方好手喻爲「不可能的代名詞」和「最終課題」，長年來沒有人攻克過這一片岩壁。時光荏苒，登山器材和攀岩技術也與時俱進，現已開闢出十幾條攀登路徑。可想而知的是，開闢這些路徑也付出了許多犧牲。「Worst of worst」——最難攀越的岩壁，這是人們賦予衝立岩的最後一個稱號。

「我說悠老弟，咱們乾脆放手一搏，去挑戰衝立岩吧。」

悠木曾跟著安西去探查衝立岩，也接受過他的指導與訓練。十七年前的那一天，悠木和安西本該一同挑戰衝立岩。

然而，這個約定未能實現。

前一天晚上，日航客機在群馬縣上野村的御巢鷹山墜落，一下子就死了五百二十人。悠木是地方日報「北關東報」的統籌編輯，只好努力對抗另一座「墳山」。

至於安西——

四周的吵雜聲打斷了悠木的思緒，抬起頭一看，谷川岳空中纜車的土合口車站已在不遠處了。大批遊客在附近的廣場和停車場鬧哄哄的。悠木走過販賣紀念品的小店，順著老路走下去，終於看到登山指導中心。他低頭看錶，離約定的三點還有一段時間。

「您好，請問您要從哪裡入山？」

悠木坐在室內的長椅上休息，一位男子掛著登山指導員的臂章，笑容可掬地前來攀談。悠木自認做足了登山準備，但內行人一眼就看得出來，他不是專業的登山客。況且，他背包上還吊著一頂岩盔，想必不是要走一般路線的遊客。指導員不改笑容，眼神卻透出疑慮——這個人肯定是要去指定的危險區域，他到底行不行啊？

「我要去一之倉，明天要挑戰衝立岩。」

語畢，悠木打開腰包，拿出了登山申請書。申請書大約是在十天前寄出的，指導中心也蓋上了核可印章。

「喔喔，您要攀登衝立岩啊……」

指導員不置可否，視線落在那一張申請書上。光看悠木的年紀，指導員就有了疑慮，登山履歷的紀錄也令人不安。悠木曾到榛名山和妙義山的岩場練過攀岩，卻沒有正式的登山經驗。指導員再也裝不出笑臉，正打算勸悠木幾句，一位高眺的青年走進建築物，對悠木打了聲招呼。

「不好意思，我來晚了。」

「什麼嘛，原來是安西老弟的伴啊。」

指導員的語氣放鬆許多，一臉放心地站了起來。

「幸好你來啦。」

悠木苦笑道，青年也露出了亮白的牙齒，這位青年是在地山岳協會的頂尖好手。

青年名喚安西燐太郎，笑起來給人一種稚嫩的印象，怎麼看都不像三十歲人。那雙明亮的大眼睛遺傳自父親，但寡言內斂的性格跟母親一模一樣。根據安西的說法，長子本來要取名「連太郎」（按：安西連太郎的日文發音為Ansai rentarou），而不是「燐太郎」。這樣姓氏跟名字的頭一個字合起來，就跟德文的「Anseilen」發音一樣，意思是一同結組登山。

哎呀，老婆一下就看穿我的意圖，可折騰得夠嗆啊。

「悠木叔叔，小淳人呢？」

「啊，我聯絡不上他。」

悠木回答時不好意思看燐太郎。小淳是悠木的長子，一個人在東京獨居。悠木有用語音留言說明今天的登山計畫，但兒子沒有回電。

「就我們兩個去吧，反正我一開始也是這個打算。」

「明白了，那要先在這裡住一晚嗎？」

「不，在溪壑紮營吧。事隔十七年，我想早點去見識一下。」

悠木興致高昂，燐太郎也開心地點點頭，立刻開始檢查各式裝備物品。

燐太郎舉手投足都是那麼耀眼，悠木在他十三歲時就認識他了。燐太郎長成一個身心健壯的青年，性格也是溫柔耿直。

兩個月前，燐太郎獨自站在前橋殯儀館的停車場，靜靜地仰望煙囪飄出冉冉輕煙。他的眼眶濕潤，卻沒有掉下淚水。悠木在身後輕拍燐太郎的肩膀，燐太郎看著天空喃喃說道——

父親他，果然朝北方去了……

「都準備好了。」

「嗯，那我們走吧。」

二人離開了登山指導中心。

他們走的是蜿蜒的林蔭道，坡度沒有那麼陡。茂密的櫸木林不只遮住兩旁的視野，連空氣也變得很沉鬱。雜草發出窸窸窣窣的聲音，前方還有敏捷的猴子穿越道路。

燐太郎默默地走在前頭，悠木凝視著燐太郎的背影前行。他已經不記得要走多久，才會抵達一之倉澤的溪壑地帶了。十七年前的那一天，壯闊的岩壁突然出現在眼前，他只記得那一刻所感受到的震撼。

今天悠木也體驗到一樣的震撼。

走在步道中央的燐太郎身體向右一挪，悠木的視野豁然開朗，他倒吸了一口氣，整個人愣在原地。

一座巍峨的黑岩要塞，聳立在他眼前。

不對，實際上衝立岩還在很遙遠的地方，純粹是岩壁的巨大讓他心生錯覺。岩壁占據了所有視野，直有泰山壓頂之勢。上越邊境的稜線一刀劃開天際，天空像被山脈擠壓般狹隘。這景象不能稱為壯觀，而是充滿威嚇感，一之倉澤散發出生人勿近的氣場。大自然的強大意志，蓋起一座巨大的城牆，抵禦人類進入。這是那片岩壁帶給悠木的感想。

衝立岩的位置——彷彿守護巨大城牆的門衛，尖銳的垂直峭壁令人不敢直視，狀似布幕垂落的陡峭「懸岩」層層疊疊，呈現出凶險無比的樣貌。看上去的確不負「Worst of worst」的惡名。

到底有多少人會想攀越那樣險惡的岩壁？或者應該說，有這種特殊欲望的人，才會踏上「登山家」這條與眾不同的路吧。

「我真的行嗎……」

悠木老實說出了自己的疑慮。

「沒問題的。」

燐太郎撂下這句話之後，到溪畔尋找適合搭帳篷的地方。

悠木依然愣在原地，十七年前他體驗到的畏懼，現在同樣支配他的身心。

那一次只是來探路。

這一次是眞的要爬上去。

兩座「墳山」，在悠木的腦海裡交錯。

十七年前的灼熱之風，又一次吹過他的心頭。

那是前所未見的嚴重空難，操縱失靈的JAL123客機偏離航道飛入群馬縣……那一天過後，悠木的人生也失去了方向，本來他也接受自己不完美的人生，甘願過著一成不變的平凡生活。不過，那場空難改變了他枯燥無味的人生。在報導前線的那七天，他面對了艱鉅的挑戰；焦灼的每一分每一秒，讓他領悟了自己的本性，也偏離了原本的人生軌道。

悠木激盪內心的鬥志，盯著衝立岩的垂直峭壁。

標高三百三十公尺的陡峭岩壁，跟東京鐵塔差不多高度，他要靠自己的手腳爬上去。

爬山就是爲了下山啊。

悠木沒有忘記安西的眼神。即使他在病床上動彈不得，身上插了好幾根管子，也沒有失去眼中的光芒。整整十七年，一刻也沒有失去。

安西耿一郎爬上去了。

想著想著，視野竟模糊了。

悠木深吸一口氣，閉起眼睛緩緩吐氣。

一定要爬上去。

他要再一次聆聽安西的心聲。

同時釐清這十七年的日子，對自己究竟有何意義。

一九八五年八月十二日——

一切要從那一天說起。

2

今天一大早就悶熱無比。

上午，悠木前往高崎市郊區拜訪參戰老兵。報社辦了一個企畫「戰後四十年‧群馬老兵的真實紀錄」，一系列共計十篇報導，悠木是去採訪報導資料的。最後一篇報導會在終戰紀念日刊登，因此往回推算，第一篇報導是在六日刊出。最後一篇本來是政治部的青木負責，但青木前天被派去東京分社支援，補充採訪的工作就落到悠木頭上了。

各地已經湧現盂蘭盆節的返鄉潮，但首都政治圈依舊熱鬧。中曾根首相以官方身分參拜靖國神社，參拜方式預計會在今天十二日決定。青木昨晚打來說這則消息時，和其他大報社搶獨家的興奮感，顯然比勞煩前輩的愧疚感要大多了。

悠木驅車前往前橋，先到部下望月亮太的墳上祭奠，中午後才到報社。食欲不振的悠木直接前往三樓的編輯部，沒有到地下餐廳吃飯。北關東報只有發行早報，這段時間編輯部的辦公室沒幾個人影。好在一大早就空調全開，不然外面的溫度實在讓人受不了。從停車場過馬路進到報社，也沒多遠的距離，襯衫的背部都濕透了。

「你好，這裡是北關東報。」

後方的辦公桌有人發出嘹亮的聲音接聽電話，是核稿部的吉井。打電話來的是前往甲子園採訪的記者，對話氣氛挺熱絡。社會線出身的悠木不太懂體育，但聽說群馬縣的代表隊農大二高實力堅強，第一場比賽打出了再見安打。報社也派出了更多記者和攝影師，準備報導第二場比賽。

悠木站在冷氣機前面吹風，回想著在墓園發生的事情。就在他祭拜完準備離開時，剛好碰到望月的雙親手捧鮮花到來。這件事本身並不稀奇，悠木跟平常一樣點頭行禮，走過望月的雙親身旁。不過，後方有一個年輕的女孩，噘著嘴巴怒視悠木。女孩應該不滿二十歲，悠木對那張臉龐有印象，大概是五年前在葬禮會場上，那個身穿水手服的少女。少女是望月的堂妹，不曉得她的態度是出於對悠木的壞印象，還是望月的父母失去寶貝獨子，成天對親戚抱怨所致。悠木開車回來的路上，一直很在意這件事。

「早啊。」

後方傳來溫呑的招呼聲，悠木回過頭一看，核稿部長龜嶋也跑來吹冷氣。大餅臉一靠過來就暑氣大增，大家都稱呼他「畫哥」。這個綽號跟長相或名字沒關係，純粹是他的姓名筆畫在報社內高居第一。替他取這個綽號的，自然是校閱部的人了。

「眞的很熱呢。」

龜嶋彎下腰來，讓冷氣吹入衣領中納涼。瞧他嘴上叼著牙籤，顯然不是現在才到報社。他一早就來值班了，在地下室的餐廳吃完飯才進來的。

「畫哥，今天有什麼消息嗎？」

「有啊，固力果・森永的千面人事件有動靜了。」

悠木懶得打招呼，乾脆隨口一問。不料對方的回答令他大吃一驚，固力果・森永的千面人事件已經沉寂許久了。

「都過四個月了，我早就忘記有這回事了。」

「企業又收到恐嚇信嗎？」

「正確來說，是終止犯罪的宣言，犯人表示不會再找食品公司麻煩了。」

龜嶋把共同通信社頒布的新聞內容說了一遍。在這個很缺新聞稿的時期，明天社會版的新聞已經有人幫忙準備好了，而且還是頂級的內容，龜嶋聊起來也特別歡快。

汗水也乾得差不多了，悠木拿著一疊稿紙坐到窗邊的辦公位子上。這一張辦公桌並不屬於任何人，但這些年幾乎都是悠木在使用。桌上有配一支外線電話，用來採訪很方便。悠木在縣政府和縣警的記者俱樂部都有掛名，但不常現身。這兩個單位的記者室各有負責的採訪組長，年長的悠木去那裡只會讓大家不自在。

悠木上個月邁入四十大關，是報社最資深的記者，有人稱他爲「沒有所屬的游擊隊」或「一人游擊隊」。簡單說，就是不用帶部下，又可以隨意行動的自由記者。羨慕他的人所在多有，同情他的人卻遠高於這個比例。其他同梯的早就升上主編了，還有人升上高崎或太田這些主要都市的分局長。局內謠傳這是爲期五年的人事懲處，悠木也聽過這傳聞。

原來已經五年了。當初，望月亮太這菜鳥被派到他手下做事，那時悠木在縣警擔任採訪組長。望月亮太看上去是個聰明的年輕人，可惜悠木還沒見識到他的潛力，他就不幸去世了。

新人到部的第六天，前橋隔壁的大胡町發生死亡車禍。客車撞上機車，三十八歲的丈量技師腦挫傷死亡，悠木指派望月去找死者的照片。找出事故或凶案死者的大頭照，一向是菜鳥的工作。望月興致勃勃地接下工作，不到一個小時就意興闌珊地回來了。望月跑去丈量技師家裡，卻被幫忙準備葬禮的町委會成員痛罵。對方說，在人家辦喪事的時候跑來討照片，未免太過白目。

悠木命令望月再去一次，萬一還是討不到照片，就找死者的親戚或同學要。可是，這次望月沒有乖乖聽話。悠木氣得破口大罵，望月反而強詞奪理，質問為何一定要把死者的照片登上去。悠木完全傻眼，現在輕言放棄的記者越來越多，但他還是第一次遇到毫無毅力的記者。悠木推了望月的胸口一把，又是一頓臭罵。去你媽的，因為我們靠這個吃飯，這還要我教啊？沒照片就沒賣點，所以才要刊登照片啦。悠木本可說得婉轉，但他當時也在氣頭上，顧不了那麼多。

望月咬著嘴唇衝出記者室，那是悠木最後一次看到他。一個小時後，望月駕車發生了交通事故。他開到高崎市內國道十七號線的外環道路時，在路口闖紅燈撞上十噸半大卡車，當場死亡。諷刺的是，隔天報上登的不是丈量技師的照片，而是看起來年輕有為的望月員工證大頭照。

望月的父母並沒有把事情鬧大，悠木前去說明整件事的原委，夫妻倆沒看悠木一眼，也沒有表達怨言。他們始終靠在一起，低著頭一言不發。

報社大多數的員工也很同情悠木。悠木和望月起爭執的那一天，記者室裡還有一個叫佐山的副組長也在場。佐山把二人的對話告訴其他職員，大家都說望月態度不好，任誰聽了都會生氣。這些安慰悠木也聽到膩了，每次大家講這句話還會拍拍悠木的肩膀。佐山以實際行動擁護悠木，他犧牲自己的假期，調查那位車禍身亡的丈量技師。結果發現丈量技師在高崎市內沒有親戚和同學，因此斷定望月是在開車回老家時發生事故，與悠木指派的工作無關。佐山甚至用「臨陣脫逃」這種激進的字眼批判望月，本來編輯部以外的管理部門，還有一部分人心疼望月，而佐山的批判壓下了同情的論調。佐山對這件事如此積極，似乎跟他本人的家庭問題也有關係——他父親的死，同樣分不清是意外或自殺，害他母親多年來耿耿於懷。

最後報社沒有懲處悠木，但悠木的心情只有更加沉重，根本高興不起來。望月是一個什麼都不懂的菜鳥，正確的做法是保持冷靜的口吻，用一些場面話來說服他。例如，刊登照片可以增加報導的紀錄價值和說服力，有助於預防悲慘的交通事故云云。

經歷過這件事，悠木似乎在心裡發現了一個連他自己都管不動的陌生人。

其實悠木從以前就隱約察覺到，他只願意愛那些對自己有好感的人。有好感還不夠，他無法忍受對方表現出一絲冷淡的表情或態度。他希望別人百分之百喜歡自己，當他明白這是不可能實現的事，心情也就跟著絕望起來。所以，他刻意跟人保持距離，防範所有對自己有好感的人，不讓他們進入自己的內心，以免受到傷害。

這是悠木當上父親才察覺的事實。長子淳懂事以來，悠木總是感到心神不寧。那個完全信任父親、會向父親撒嬌的小可愛，讓悠木不曉得該如何應對才好。開心是一定的，但他實在太開心了，沒有保持父子該有的距離。悠木沒有維持父親該有的高度，反而整天看兒子的臉色。他在意的不是如何養育兒子，而是兒子對父親的看法，還有兒子未來會不會永遠尊敬自己。

到後來，悠木開始討好兒子，說出一堆言不由衷的讚美。兒子你眞厲害，你好棒喔，你眞努力。拍完兒子的馬屁，他會偷偷觀察兒子的反應。兒子開心，他就心滿意足了。然而，兒子一旦展現出反抗的態度，滿腔的關愛就會瞬間化爲無盡的怒火，並且以完全相反的冷淡態度對待兒子。有時候他還會動手打兒子，只要他覺得自己的感情遭受背叛，腦筋就會一片空白，徹底失去理智。

悠木心想，自己的缺陷或許跟缺乏父愛有關係吧。小時候，母親曾經哭著告訴他，父親人間蒸發不知去向了。人間蒸發這幾個字，讓悠木十分恐懼。他無法承受和消化這件事，只能任由莫名的不安侵蝕心靈。悠木不知道父親身在何方，連是死是活都不曉得。他不敢問母親，爲何父親拋妻棄子。家中連一張父親的相片也沒有。他很羨慕那些父親戰死的小朋友，沒有父親讓他感覺自己好渺小。一想到自己被父親拋棄，心中更是悲痛。他恨過父親，有一陣子也期待父親哪天突然回來。快要升上小學的那段日子，他每晚會在鏡子前面，練習呼喊自己的父親。

悠木沒有當好一個父親。

兒子養了十三年，竟養成了死氣沉沉的少年。悠木不曉得自己身爲父親，到底該教導兒子哪些東西，他也不知道如今是否還有挽回的餘地？更何況，什麼才是兒子應該知道的重要教誨，悠木連這一點也不清楚。

報社不追究望月身亡一事，但悠木找過當時的編輯部長自請處分。這麼做並非出於感傷，他只是領悟到自己沒有帶領部下的資格和能力。

悠木認爲望月的死與自殺無異。望月不是情緒低落，也不是粗心闖紅燈。望月和悠木都是過於感性的人，他們會對日常生活中的瑣事，產生過度的化學反應，最後放手讓一切毀滅殆盡。所以，悠木對望月的死沒有太悲痛。不過——

在墓園遇到望月的親屬時，那少女充滿敵意的眼神，還有那對父母心如死灰的表情，始終令他感到無比沉重。

編輯部的人變多了。

悠木寫完大約三十行新聞稿，用迴紋針夾好，從座位上站起來。他伸長脖子看各部門主編的辦公區域，政治部主編的位子上多了一張狹長的面孔。這個叫岸的男子性格爽朗，是悠木的同梯。

「追加的原稿，放在青木的原稿後面吧。」

悠木把原稿丟到對方桌上，岸露出了過意不去的表情。

「不好意思啊，給你添麻煩了。」

「別在意，反正我閒閒沒事。」

悠木正要離去，岸請他稍等一下。

「你會參加傍晚的會議嗎？」

「啥會議啊？」

「無線電的會議啊。」

悠木想起有這一回事，興味索然地點點頭。

去年，上信電鐵發生列車對撞的事故。現場附近只有一戶民宅，北關東報的記者和朝日的記者互搶電話，結果以毫釐之差搶輸對方。最後，北關東報的社會線記者只好跑到十五分鐘路程外的公共電話亭，還來回跑了五趟。那個年輕的記者火大抱怨，買不起無線電不會買一隻信鴿喔。於是乎，總務部終於肯檢討添購無線電一事。

岸遞出無線電的商品型錄：

「可能會添購摩托羅拉的機型吧。」

「既然都要買了，直接買行動電話不是更好？日本電視臺的眞田跟我炫耀過呢。」

「啊啊，你說那個大而無當的玩意喔？不行啦，那個派不上用場，占空間而已。電池只能撐兩、三個小時。」

「可是要添購無線電，總務也只會說沒錢吧？他們不是抱怨上個月的銷量輸給讀賣和上毛嗎？」

「也是啦，啊你到底參不參加？」

「算了吧，我今晚要出去一趟。」

悠木拒絕後，岸心領神會地笑了。

「我聽說了，你要去爬山對吧？昨天那個鬍鬚的有來，還談到這個話題。」

岸指的是臉上爬滿鬍碴的安西耿一郎，悠木打算邀安西一起去吃飯。

「你們要去爬衝立岩喔？我沒記錯的話，自衛隊曾經去那裡開槍打斷繩索是吧？」

話講到一半，岸開始左顧右盼，有人在叫他的名字。編輯部次長追村拚命招手，追村脾氣火爆是出了名的。

「總之，自己注意安全啊。」

岸嘴上說得輕巧，表情卻完全不是那麼一回事。他的言外之意是，那種鬼地方眞的爬得上去嗎？岸留下一個懷疑的表情後，就小跑步離開了。

其實悠木也有一樣的疑慮。

那麼陡峭的岩壁，眞的爬得上去嗎？

悠木回到辦公位子上拿起電話，撥打銷售部的內線號碼。下午兩點多了還沒食欲，他以爲是天氣熱的關係，在墓園發生的事也如鯁在喉。不過現在想一想，或許攀爬衝立岩也是沒胃口的另一個原因吧。悠木聽著回鈴聲，感覺身體逐漸緊繃。

3

地下餐廳實際上不是眞的完全在地下室，盛夏的陽光穿透窗戶，在地板的磁磚落下窗框的影子。現在這段時間，餐廳的客人只有悠木，以及事業部的兩名職員。廚房洗碗的聲音都比他們的交談聲要大。

銷售部沒人接電話，很難想像大白天辦公室完全沒人接應，但那裡本來就是一個莫名其妙的單位。維護縣內各地的銷售通路是銷售部的主要工作，可眞要講到具體的業務內容，頂多也就是陪那些通路商喝酒打麻將而已。然而，報社內部還是把銷售部當成維繫宅配系統的重要單位，據說接待費用也是隨便他們花。銷售部名義上是個大單位，成員卻不到十個人，辦公室也昏暗又狹窄。大家都說那裡是「黑盒子」，悠木對這稱號也深表認同。

事業部的兩名職員離開了，餐廳剩下悠木一個人。他原以爲冰涼的湯麵比較好入口，但點來的冷麵只吃一半就吃不下了。

衝立岩——

悠木不自覺嘆了一口氣，內心忐忑不安。

半個月前他跟安西去探路的時候，深怕自己狂飆的心跳被一旁的好友聽到。不過，當時他還不怎麼焦慮，反正還有半個月的準備期。如今半個月過去，明天就要去攀岩了。

在安西提起衝立岩以前，悠木就知道衝立岩的存在。他本身對山岳沒有太大的興趣，剛才岸提到自衛隊開槍的事件，凡是住在群馬縣小有年紀的居民，只要講到衝立岩都會想到那一件事。

那是一九六〇年發生的悲劇，當年悠木才十五歲。兩名山岳協會成員攀爬衝立岩正面的岩壁，不愼失足摔落，被繩索吊掛在山壁上，是一起駭人聽聞的新聞。二人被發現時早已氣絕身亡，救難隊用望遠鏡觀察到他們已無生命跡象。這下如何回收遺體就成了大問題，前一年已經有人攻克了衝立岩，連那些頂尖的登山家都無法輕易接近遺體。況且，遺體吊掛在岩壁上頭，根本無法靠人力抬下山壁。最後只好請自衛隊開槍打斷繩索，這可是前所未聞的遺體回收方式。

山難發生後的第六天，陸上自衛隊第一管區總監部接獲市長的請求，對相馬原駐屯部隊下達出動命令。第一偵查中隊挑選了十一名好手，在一百五十公尺外的岩盤展開射擊。目標是十二釐米的繩索，而且繩索還會隨風搖擺，遲遲無法命中。十一名好手用了步槍、卡賓槍、機關槍，總共打了一千兩百三十八發子彈，才成功打斷二人的繩索。

悠木採訪過其中一名回收遺體的退役人士。據說繩索被打斷以後，遺體像掉落的布偶一樣砸到岩壁上，滾了四、五圈才從陡峭的斜面滑落。儘管二人早已身亡，看到那樣的景象還是令人難過，遺體和登山背包全都砸得稀巴爛。退役人士講完上述經歷後，思緒沉浸在過往的回憶中。

悠木要攀爬的，就是那樣凶險的岩壁。

他試著思考攀爬衝立岩的原委，不消說，是安西耿一郎慫恿他嘗試的。這一切要從三年前說起，悠木去參加「一起登山團」舉辦的酒會，那是安西在報社內舉辦的社團。光看那搞笑的名字，就知道不是多正經的登山社團，頂多就是去山上或溪谷地健行罷了。大家健行完會享受燒烤和啤酒，互相交流感情。各部處的職員都能參加，成員也不限男女，包含掛名的成員大概將近三十個人。

安西是中途跳槽來到北關東報的，資歷不到十年，年紀卻比悠木大三到四歲。他們剛認識的時候，安西說大家對等來往就好，不用顧慮資歷和年紀。說完就用他毛茸茸的手抱住悠木的肩膀，故作親暱地晃了幾下，彷彿那是他交朋友的固定儀式。安西的爲人，讓悠木想起了「豪放磊落」這個考試才會用到的詞彙。只是，安西實在太特立獨行，悠木對他超乎常理的好意抱有戒心，盡可能不跟對方扯上關係。

然而，三年前悠木願意參加酒會，主要還是受到望月亮太身亡的影響。家庭關係也處理得不太好，心情挺鬱悶。總之，悠木想去外面喝一杯，聽聽愛爬山的傢伙吹吹牛也好。

參加那些無聊的酒會，悠木只知道安西除了喜歡爬山外，還喜歡英國詩人拜倫、德國小說家恩德、歌手山口百惠，還有漫畫《小拳王》。

可是，過一陣子舉辦的妙義山山稜健行之旅，徹底改變了悠木的看法。說實話，他純粹是找不到理由推辭才參加的，但那次健行卻帶給他意外的體驗。健行其實也沒幹嘛，就只是一直在山上行走，明明雙腿越走越瘦，心情卻越走越快活。身旁有一大批人相伴，五感卻集中在蒼穹上。那種不可思議的感覺，讓悠木有些困惑。但他確實感受到，從小到大心中那股揮之不去的鬱結，有那麼一瞬間煙消雲散。

悠木每到放假就會去山上體驗那種感覺，多半都是跟安西同行。悠木沒說過自己喜歡爬山健行的理由，但安西還是很高興。每次悠木參加健行，安西就會用他毛茸茸的手，抱住悠木的肩膀或脖子，親暱地搖晃幾下。

後來二人還結伴攀岩。悠木主動提議攀岩，主要是出於一種近似預感的直覺。他們攀爬的多是榛名山的黑岩，高約三、四十公尺。據說，安西年輕時就是攀岩高手。黑岩有各種不同的面貌，包括西稜路徑、十九號岩溝、金字塔面、大斜岩路徑⋯⋯

攀岩讓悠木感受到孤獨的平靜，預感也確實成眞了。原來鬱結的陰霾消失不見，就是那種放空的感覺。當他攀在岩壁上，那放空的感覺從未間斷。

悠木熱衷攀岩，安西調侃他是大器晚成的攀岩愛好者。不可否認，他們之間是有一些心照不宣的默契，但又不是眞的推心置腹。但從某種意義上來看，悠木只是利用安西，來得到孤獨的平靜。反正安西粗線條，悠木不用擔心自己的心思被看穿，可以盡情放空。

那三年內，悠木對安西的印象始終停留在他們相識的那一刻。反正安西就是一個愛喝、大笑、能聊，動不動就搖晃人家身體的傢伙。二人都是北關東報社的職員，卻從來沒有聊過報社或工作的話題。安西是銷售部的成員，所以悠木門縫裡看人，認爲安西除了接待工作以外，也聊不出有內涵的話題。不過，安西也從未打探悠木的記者工作，顯然對報社和工作的事不怎麼感興趣。唯獨有一次，悠木藉著酒力聊起工作的事，安西引用恩德作品中的名言，制止悠木再說下去。他說，不適合當下的話題，留到合適的時機再說吧。講好聽是享受人生的達人，但大多數的情況下，安西看起來就只是一個享樂主義者、一個揮霍人生之徒，個性樂天又輕浮。

不過，安西在攀岩的時候判若兩人，完全不苟言笑，雙眼還透出異常的鋒芒。安西對攀岩知識瞭如指掌，卻絲毫沒有輕慢托大的態度，始終表現得相當謙遜，甚至可以說到了膽小的地步。

三個月前，安西說要挑戰衝立岩，悠木不假思索地答應了。現在回想起來，答應攀爬衝立岩眞的是有欠考量。

「你在這啊。」

餐廳裡迴盪著熟悉的大嗓門，從四面八方撼動悠木的耳膜。

安西大搖大擺地走來，身上穿的竟然是大紅T恤。

「悠老弟，你害我找了好久，還以爲你腳底抹油了呢。」

「腳底抹油……？」

悠木板起面孔，安西哈哈大笑，坐到悠木的對面。

「開玩笑啦，別當眞！」

安西全身冒汗，連絡腮鬍都沾滿汗水發光。T恤的胸口一帶都濕透了，活像小嬰兒流口水的痕跡。

「那就按照原定計畫，我們到群馬總社車站，搭乘七點三十六分的電車出發。」

去谷川岳爬山，可以開車進入一之倉澤的溪壑，但安西認爲這樣不過癮，便提出了上面的建議。他們打算搭乘上越線的電車前往土合車站，徒步走到登山指導中心住一晚，隔天一大早再前往一之倉澤挑戰衝立岩的正面岩壁。

悠木看了牆上的時鐘一眼，已經兩點半了，也就是五個小時後要出發。該來的終究躲不掉，焦躁感在胸中延燒。天氣這麼熱，還是算了吧？安西應該不會主動中止或延期。

「悠老弟，看你神色不太對，是不是眞的會怕啊？」

「沒有，沒這回事。」

「別擔心啦，有我在。」

安西開朗的笑容今天看起來特別欠揍。

「我沒擔心啊。」

「我懂你的心情啦，我一開始也跟你一樣。身體躍躍欲試，心裡卻緊張得要死，跟第一次做愛的感覺挺像的。」

安西總是會把話題帶到奇怪的方向。

「女人是不是也一樣啊？不曉得山口百惠又是如何。」

「你問我我問誰啊？」

「不過啊，像你這種的一定敢上。」

悠木不耐煩地問道：

「什麼叫我一定敢上？」

「你一定會攀上去的。」

話題又回到了登山。

「平常沉著冷靜的人啊，反而會拚命往上爬，沒在跟你五四三的。而且還會分泌大量的腎上腺素，跟瘋子一樣越爬越高。」

「是這樣嗎？」

「是啊，這又稱爲 Climber's high。」

悠木疑惑反問：

「Climber's high？」

「我沒跟你說過嗎？」

「沒有。」

「就是亢奮到極限，恐懼感麻痺的狀態。」

「麻痺……？感受不到恐懼的意思嗎？」

「沒錯，一攀上岩壁就沒命往上爬，等回過神的時候已經攻頂了，可喜可賀啊。」

安西東拉西扯了幾句，還不忘擠出一個開懷的笑容。他說這些話，似乎是要緩解悠木緊張的情緒。

「悠老弟啊，給你猜一個問題。」

「啊？還來啊？」

「聽好囉，你猜安西耿一郎攻克過衝立岩幾次？」

悠木失笑，懶得回答這問題，但安西催促他趕快回答。

「滴答、滴答、滴答，還剩三秒。滴答——」

「十次吧？」

悠木心不甘情不願地回答了，安西談起當年勇的次數，遠比他爬上衝立岩的次數還多。

「答對了。可是你看，我安西耿一郎現在還活吊吊的。」

「是活跳跳的啦，笨蛋。」

「欸，那是笑點啦，你嘛幫幫忙。」

安西伸長手臂，搖晃悠木的肩膀。

悠木嘆了一口氣說：

「是說，你爬上衝立岩，那都十幾二十年前的事了吧？」

「喂～悠老弟。」

安西把雙手罩在嘴邊，大聲呼喊悠木。

「吼唷，你很吵耶。」

「你二十年沒騎腳踏車也不會忘記吧？以前練過的本事，都嵌在基因裡了啦，不會忘記的。」

「喔喔，啊不就跟眞的一樣？」

安西的說法讓悠木很傻眼，但他更傻眼的是，自己到現在還下不了決心。

悠木不是不想去谷川岳，他或許是有那麼一丁點膽怯，可是他也非常清楚，明天站在衝立岩面前，再怎麼害怕他也不會允許自己逃避。

簡單說，他找不到一個說服自己攻頂的理由。

悠木爬山不是爲了成就感，也從沒想過要征服高山峻嶺。要品嘗孤獨和放空的滋味，爬榛名山的黑岩就夠了。安西突然邀他去爬衝立岩，他也沒想太多就答應了。對登山有了一點粗淺的認識後，悠木很清楚自己沒有「登山家」的素質。因此，他對以登山家自居的安西，多少有那麼一些厭惡感。

爬山爲的是什麼？

這個司空見慣的問題，悠木沒有問過安西。

他一點也不想知道答案。他心中還有另一個想法，人們對登山家都有一種「純粹的幻想」，好像登山家都是一群童心未泯的好漢，甘願賭上性命去挑戰不必要的苦難。對一個依附組織的小人物來說，認同這樣的幻想就等於承認自己的渺小，這也是他抗拒的原因。

況且，炫耀自己攻克名山，跟記者炫耀自己追過重大新聞一樣。不管是爬山的經驗，還是報導的數量和內容，都是增加當事人名望和發言權的道具罷了，本質同樣是自吹自擂。唯一的差異在於，登山是純粹的興趣而非工作。炫耀興趣那就更糟糕了，自己的興趣有什麼好炫耀的？悠木很想抱怨，爬山就一個人乖乖爬，少講一堆大道理。

爬山還搬出一堆哲理和精神論，根本讓人無所適從。爬山既不需要崇高的精神，也不需要非凡的能力。

悠木不改內心定見，不斷尋找批評登山家的理由。可是反過來說，這也是對登山家的一種敬意和嚮往，對此悠木是有自覺的。有的登山家凍壞了好幾根手指和腳趾，依然沒有失去登山的熱忱，他們的意志力是難以估量的。那些人對登山的熱愛早已超出興趣的領域，悠木猜想，他們的生死觀，或許常人窮盡一生也無法參透。

話雖如此，悠木認識的登山家只有安西一人。過去雖有採訪過其他登山家，但也只是接觸到一點皮毛，並沒有眞的了解他們的內在。說句老實話，悠木甚至懷疑安西算不算眞正的登山家。根據安西的說法，國內主要的名山他都爬過了，但這麼厲害的人，照理說應該受邀參加海外遠征，悠木卻沒聽過這樣的傳聞。再者，安西沒有加入任何一個山岳協會，他只是縣內一流報社的小職員，平常在公司辦些玩票性質的健行活動，享受登山的樂趣。從某個角度來看，安西似乎是個不入流的登山家。因此，悠木始終沒有問他——爬山是為了什麼——悠木本來打算要是有認識登山家，一定要問出這個答案。

不過，現在悠木很想問一下安西。

衝立岩號稱「登山家的聖地」，明天他們就要去攀爬衝立岩了。悠木要挑戰一座沒有理由挑戰的高峰，如果安西是真正的登山家，想必一定有個正經的理由。不曉得那是什麼？是自己可以接受的理由嗎？悠木想問個明白，再花一個晚上好好想想。

悠木把冷麵的碗挪到一旁，探出身子問道：

「安西啊，你爬山是為了什麼？」

「為了下山啊。」

安西直截了當給了一個答覆。

悠木大感意外。

「為了下山……？」

「沒錯，爬山就是為了下山。」

悠木不講話了。

安西的回答——顯然是讓聽的人不知該做何反應的答覆。事實上，悠木真的不知道該做何反應。

爬山就是為了下山。常言道，放棄也是一種勇氣，安西是這個意思嗎？

不對，悠木問的不是登山的心態，而是登山的理由和動機。

悠木不懂那句話是什麼意思。爬山就是爲了下山，有什麼特殊的涵義嗎？這答案太出人意料，悠木一句話也答不上來，登山家講話都這樣的嗎？

然而，安西閃耀的雙眸中並沒有得意的神色。他的表情跟平常一樣單純，彷彿永遠都在找樂子，而且是深信一定很快就能找到的表情。

這也是在猜謎嗎？悠木不由得這樣想。

若眞是如此，他們的代溝也太大了。悠木擔心再追問下去，萬一發現安西是拿謎語開他玩笑，他眞的會討厭眼前這個人。

悠木起身離席。

「啊，你要離開啦？」

安西才剛點了一杯冰咖啡。

「那就電車上見啦，沒搭到電車就直接到登山中心會合，OK？」

「知道了。」

「逃跑的人要罰錢啊。」

「好啦。」

「好好發揮一下中年大叔的魄力，衝立岩沒啥好怕的啦。」

安西發出咻、咻的聲音，揮了幾記左拳，大概是在模仿小拳王的螺旋刺拳吧。

悠木凝視著安西的臉龐。

圓滾滾的雙眸開懷無比，活像看到生日蛋糕的小孩子一樣。

悠木離開餐廳。

明天的登山行讓他憂鬱得不得了。

4

下午六點過後，編輯部的辦公室人聲鼎沸。

悠木坐在政治線主編的位子上審核新聞原稿。因爲他沒有出席無線電採購會議，只好代替出席會議的岸處理業務。

頭版頭條已經決定好了，報導內容是「三光汽船」經營不善，明天將會提出申請，尋求企業更生法的協助。負債總額高達五千兩百億元，是日本戰後最大的企業倒閉案件。悠木長年來在社會線報導各類刑案，平常也沒詳細閱讀政經新聞，但三光汽船眞正的老闆是內政部長河本，這點常識他還是知道的。換句話說，這不是單純的企業倒閉，肯定會牽涉到首都政治圈的角力。果不其然，共同通信傳來另一份報導，暫定標題是「河本請辭下台」，悠木繼續提筆修稿。

社會線主編田澤坐在左手邊的位子上，叼著香菸翻閱固力果·森永事件的剪報。兩個人算是同梯，田澤卻完全不理會悠木。對方如此記仇善妒，悠木也算開了眼界。十五年前他們一起追查毒夫殺害妻兒的新聞，結果只有悠木獲得部長獎，田澤始終沒有忘記那件事。就算悠木只是代替岸核稿，他也無法容忍悠木坐在自己上面。田澤不時會發出咂嘴的聲音，向悠木表達自己的不爽。

悠木改完三光汽船的新聞稿後，到東京出差的青木也正好打電話來。

「今天勞煩前輩了，採訪還順利嗎？」

「嗯嗯，很順利，都解決了。」

「哎呀，眞是太感謝了。等我回去一起吃頓飯吧。」

「別介意，你打來有事嗎？」

「是，關於中曾根參拜靖國神社那件事，已經敲定十五日進行了。」

據說，國防部長藤波在自民黨的內部會議上，正式公開了這則消息。至於參拜方式和捐獻金額未有定論，料想會是今後的焦點。青木興奮地解說情勢，掛斷電話之前還裝忙，說自己接下來還要去採訪。

悠木望向牆上的時鐘。

六點四十分，這一場會開了很久。除了岸以外，局長、次長、社會部長的辦公桌也還是空的。

悠木開始計算時間，從報社走到群馬總社車站不用三分鐘。電車是七點三十六分發車，最晚七點半就得離開報社。他打算在值班室換好登山服，偷偷從後門溜出去。假設換裝要花十分鐘，那麼七點二十分就得離開編輯部。

「最高氣溫三十一．九度呢！」

有人在大聲嚷嚷，氣溫似乎沒有體感溫度來得高，今天這麼悶熱大概是濕度的關係。轉念及此，粕谷編輯局長挺著啤酒肚出現在門口，看來會議開完了。

「很適合你嘛。」

粕谷走向局長室，經過悠木背後時說了這麼一句話。

這句話帶有調侃的語氣。今年初春，粕谷打算讓悠木擔任地方線的主編，負責統領縣內各分線的記者。但悠木拒絕了提議，表明自己不需要部下。粕谷面色凝重地嘆道，報社也不能一直讓悠木特立獨行。

悠木也明白粕谷的言外之意。上一任局長接受悠木自請處分，讓他「孤軍奮鬥」。而今五年過去，局長換成了粕谷，悠木依舊沒有升任主編，只當一個小記者，這個事實會引來其他人的臆測。大家會懷疑，報社只是表面上不追究望月亮太身亡一事，實際上卻故意「冷凍」悠木。明明是悠木不願意升遷，粕谷身為編輯部的主管，卻得承擔這種莫須有的質疑實在倒楣，也難怪他想盡快讓悠木升上主編，澄清眾人的疑慮。

可是，最近有越來越多的年輕記者，表明自己也想跟悠木一樣，一輩子當記者就好。這是每一個記者都擁抱過的理想，寧可在前線握著筆桿戰到最後一刻，也不願身居高位而毫無作為，這代表一個記者心態健全。但報社內從未升遷的記者，全都是高層眼中的無能之輩，只能在偏遠地區的分部當差。悠木的存在改變了這樣的現況，年過四十還在本部任職的孤狼，帶給年輕人浪漫的遐想。

想當然，粕谷不樂見這樣的風氣。若是不缺人手的大型報社，那還沒什麼關係；人力匱乏的地方報社，可容不了那麼多記者要任性。從主管的角度來看，粕谷會想盡快排除不良的範例也無可厚非。

悠木也心知肚明，這種散兵游勇的立場無法維持太久。今年春天回絕升遷的提議，也只是多爭取到一年的寬限期罷了。明年春天再拒絕升遷，大概就得離開編輯部了。說不定會被調到業務部、廣告部，或是「發配」到宇都宮或足利的分社。大約十年前，北關東報努力拓展其他據點的銷量，無奈現在櫪木縣的銷量一蹶不振，被調到那些分社當差，就意味著要捲鋪蓋走路。

很適合你嘛。粕谷的話言猶在耳，悠木其實不在意被下放，但他只懂記者這份工作，根本無法想像自己做其他工作的樣子。

悠木又看了時鐘一眼。

已經七點了。照理說會議開完了，但岸還沒回來。

悠木想打個電話回家，明天的登山行他沒有告訴弓子。弓子年輕時就很清楚記者的職業特性，因此丈夫一夜未歸她也不會在意。然而，明天不是去採訪，而是要攀爬衝立岩。悠木拿起電話撥號，心中卻自嘲，留下遺囑或許就是這種感覺吧。

家中電話沒人接，兒子還在補習班吧。自家前面的巴士站一個小時只來一班車，兒子沒搭到車的話，弓子會開車接送。問題是，怎麼連由香都不在呢？記得她說過，暑期的少年運動團六點就結束了不是嗎？

想太多也沒意義，悠木對孩子們的了解，也僅止於補習班和少年運動團。

悠木掛斷電話時，看到追村次長的背影。追村次長走向辦公桌，悠木趕緊追上去。

「次長。」

對方回過頭來，跟平常一樣頂著頗有怨言的表情。

「怎樣？」

「請問岸還在會議室嗎？」

「是啊，他還在跟總務談。」

悠木暗自叫苦，現在已經七點十五分了。

「聽說你要去爬山是吧？」

悠木的視線移回追村身上，不再看著時鐘。

「是，我差不多該走了。」

「勸你少跟那種人來往。」

追村的嗓音變得很低沉，眼神隱約透出怒火。

那種人……？

應該是在說安西吧。

悠木一時錯愕，卻也沒有反問原因。岸的那張長臉出現在辦公室門口了，他跟社會部長等等力邊走邊聊，所以走得很慢。

悠木回到位子整理東西，清點已經修改好的原稿摘要，準備交接給岸。隔壁位子上的電話響了，悠木裝作沒聽到，但電話響個沒完。轉頭一看，田澤不在位子上，不曉得是不是去上廁所。

不得已，悠木只好接起電話。這通電話是佐山打來的，他在縣警擔任採訪組長。悠木卸任以後，原本擔任副組長的佐山升任組長，已經連續五年穩坐組長的位子。佐山聽出接電話的是悠木，意外之餘還挺開心的，但他立刻壓低音量說出打來的用意。

「悠前輩，你們那邊現在應該人仰馬翻了吧？」

「你指什麼？」

悠木反問佐山的同時，抬頭張望社內。忙是一直都很忙，似乎也沒出什麼大事。

「還好啊。」

「這樣啊。沒有啦，時事通信的傢伙講電話時，說了一點奇怪的事情。」

佐山的意思是，他是在記者室偷聽到的。

悠木擔心趕上不電車，語氣也有些急躁了：

「對方講什麼？」

「就我聽到的內容——好像是有一架大型客機消失了。」

大型客機消失了……？

悠木抬起頭想了一下。

視線正好對上書架上的電視，畫面上播放著ＮＨＫ的新聞。

一旁有人叫悠木讓開，是田澤回來了。悠木起身離開，雙眼依舊緊盯著電視畫面上的新聞快報。

「日航大型客機從雷達上消失」

「喂，你們看！」

核稿部有人扯開嗓子大叫。

一大堆人都擠到電視機前面。

「墜機了嗎？」

「那種大型客機，不會墜機吧？」

「不然是雷達故障？」

「消失的地點在哪裡啊？」

「反正不是這裡，群馬又沒有航線。」

電視機前面圍了兩、三道人牆，目前還沒有新的報導。

悠木走到編輯部的門口，半邊身子探出走廊，眼睛卻盯著人牆後面的電視。再不離開就趕不上電車了。

萬一眞的是空難，整份報紙就得重做了。不過，倒楣的多半是內勤人員，部分主編必須處理共同通信發布的新聞，核稿部的職員也得重新編排報紙版面。除非有群馬縣的乘客在飛機上，否則記者沒什麼工作。當然，飛機墜落在群馬縣內就另當別論了。

悠木決定多等幾分鐘，等聽到墜機地點再離開，但一直沒有新的消息傳來。

最後，悠木果斷離開辦公室。剛才其他同事也說了，群馬縣並沒有班機的航線。擔心幾乎不可能發生的災禍，而沒有趕上電車，豈不是眞成了安西口中的膽小鬼？

悠木在走廊前進，正好後方傳來共同通信的「嗶嗶傳呼」。編輯部的牆上設有收稿用的擴音器，共同通信在傳送訊息之前，擴音器會發出嗶嗶聲，所以稱爲嗶嗶傳呼。

走廊上也聽得到緊張的播報聲。

「共同通信快報！日航的大型客機在橫田基地西北方數十公里處失去蹤影！再重複一次——」

悠木停下腳步，橫田基地西北方數十公里處的具體位置，他一時間想不起來，但應該離這裡不遠。

他快步走回辦公室。

辦公室人仰馬翻，許多辦公桌上都已攤開地圖。

NHK也有新的快報了。

「交通部公布，日航123航班在雷達上消失的位置，位於埼玉．長野縣邊境。」

不是在群馬——

眾人無不鬆了一口氣，緊接著，現場鈴聲大作。這是共同通信的嗶嗶傳呼傳來特級新聞的前兆。

「日航123航班可能在長野．群馬縣邊境墜毀！」

整間辦公室迴盪著眾人的驚呼和嚎叫。有人說，沒想到最壞的狀況眞的發生了！這句話說中了所有人的心聲。

更壞的消息還在後頭，嗶嗶傳呼報出了乘客的數量。

五百二十四人——

辦公室瞬間鴉雀無聲。

所有人都很清楚這是多可怕的數字，北關東報的員工也才五百一十一人。拿整間公司的人命來填，也還差十三條冤魂。

「海內外沒有一起空難比這更嚴重！」

資料室的職員大吼，整層樓的人這才回過神來。

「Call回所有外勤人員！」

「讓他們去東京探消息！去羽田機場探消息！」

「打爆日航的電話！叫他們快點交出乘客名單！」

悠木愣在辦公室的門口。

內心的記者魂也被點燃了。

他好想飛奔到現場。

這一把火苗還沒有燒得很旺，但就像在導火線上延燒的火焰一樣，是一股即將爆發的強烈欲望。

不過——

情況仍不明朗。飛機到底墜落在哪裡？群馬？長野？還是埼玉？

「悠木。」

悠木轉過頭，看到粕谷局長走了過來。

粕谷的眼神看上去別有用心，悠木有很不好的預感。

「這件事交給你辦。」

粕谷語氣強硬，由不得悠木拒絕。

「你全權處理，這起空難你負責追到最後。」

悠木聽到這段話，身體也跟著緊繃起來。

這下他又得擔任採訪主管，指導下面的人辦事。

衝立岩早已拋諸腦後，取而代之的是望月亮太不甘心的表情。

逃跑要罰錢啊——

安西的玩笑話，聽起來好遙遠。

5

現在的情況，幾乎跟戰爭開打沒什麼兩樣。

日航空難統籌主編・悠木。黑板上寫了這幾個大字。

各部主編的辦公區域中有一個空位，臨時變成了「日航空難主編」的位子。田澤受命擔任副主編，他把固力果・森永事件的剪貼簿甩到桌上，抱怨上頭的安排不公。

悠木也沒心情理他。

晚上八點到九點的這段時間，悠木處在極度紛亂的狀況中。空難訊息一波接著一波，猶如下不停的雨勢。吼叫聲自四面八方傳來，被大量訊息圍毆的悠木，終於從斷斷續續的情報當中，理清了一個事實。

現在下落不明的班機，是從羽田飛往大阪的日航 123 航班的巨無霸噴射機。那是美國波音公司製造的 747SR 型客機，機組員十五人，乘客五百〇九人。機上坐滿了出差的上班族，還有盂蘭盆節返鄉的家庭。

123 航班在下午六點十二分二十秒，自羽田機場起飛。大約在二十分鐘後，也就是六點三十一分的時候，在伊豆大島以西五十五公里處左右，發出了緊急呼叫。十分鐘後，六點四十一分機師聯絡羽田機場的日航營運中心，告知機體右方最後面的艙門損壞，機艙內部的氣壓下降，因此客機緊急調降高度。最後傳來兩次操縱失靈的訊息，便音訊全無。

六點五十四分，東京機場事務所的雷達上，失去123航班的蹤影。美軍橫田基地的雷達也沒有發現該航班，至此已經可以肯定飛機墜毀了。隨後，長野縣南佐久郡的川上村居民聯絡警方，說有一架低空滑翔的客機，自埼玉的方向飛來，掉落在群馬和長野邊境一帶的山區，武道山隘的南方有紅色的火光和黑煙。

七點十三分，美軍 C130 運輸機在橫田基地西北西方五十四・四公里處，發現起火燃燒的客機。百里基地航空自衛隊的 RF4 偵察機，也在七點半確認客機起火燃燒。地點是一千五百到兩千公尺高的山岳地帶。

悠木緊盯著牆上的時鐘。

正好是九點半，他推開圍住辦公桌的五、六名職員，一把抄起電話，撥打佐山的 CALL

機號碼。佐山應該在縣警本部的警備二課才對，警備二課八點前就成立了「日航失蹤班機對策室」。

佐山也馬上回撥電話。

「飛機掉在哪裡？」

悠木劈頭就問飛機墜落的地點。飛機掉在群馬還是長野，對北關東報來說是最爲重要的問題。掉在群馬才算是「自家的災難」，屆時北關東報才會傾全力採訪報導。

「目前還不清楚，很有可能是長野，但也不排除落在群馬或埼玉。」

悠木用手壓住自己沒聽電話的右耳，核稿部和社會部的人在他頭上爭論不休，共同通信的嗶嗶傳呼跟壞掉一樣響個不停。

悠木不得不拉高音量講電話：

「爲什麼不清楚？美軍和自衛隊不是查出距離和方位了？」

「呃，關於這一點啊，他們是用橫田的技術導航系統去估算的，那東西不太精準，動輒有好幾公里的誤差。」

悠木一口悶氣憋在心裡，他原以爲釐清墜機地點是時間問題，但再這樣拖下去，只怕拖到截稿時間也搞不清楚。

「縣警有動靜嗎？」

「都趕往武道山隘了。之前成立的對策室，升格成空難對策本部了。似乎今晚就會在上野村的公所設立現場對策本部。」

武道山隘位於群馬和長野的邊境地帶。悠木已從縣警的記者俱樂部調派四名記者和攝影師，高崎和藤岡分部也各派一人前往現場。安西說過，沒有經驗和知識的外行人深夜入山，無異於自殺行爲。因此，悠木嚴格命令那六名記者和攝影師，只可在車上待命，絕不能進入山中。不過，既然縣警要成立現場對策本部，直接在本部以逸待勞才是聰明的做法，本部有電話可用，還有情資可供參考。悠木決定把多野郡上野村的公所，當成北關東報的第一線採訪基地。

電話另一頭突然傳來佐山熱切的聲音，想來他也一直在斟酌開口的時機。

「悠前輩，派我去現場吧。」

「你是採訪組長，縣警怎麼能放空城？」

「調一個跑縣府的記者來不就得了？拜託讓我去吧。」

「現在還不知道飛機掉在哪裡啊。」

「悠前輩——」

佐山的聲音開始帶有攻擊性：

「不知道地點也沒關係吧？全球最嚴重的空難就發生在我們眼前，管他飛機掉在群馬還是長野，是記者就該親自去現場採訪吧。」

悠木勸佐山稍安勿躁，說完直接掛斷電話。

他的心中有那麼一絲嫉妒。

佐山有機會去追全世界最重大的空難。

悠木看著紛紛擾擾的辦公室。

打從一開始他就看得很清楚。職員忙碌的程度是平常的三倍，紛亂的景況不下於搖滾演唱會，但悠木他們那一輩年紀比較大的人，做事顯然缺乏活力。這樣的態度藏也藏不住，他們正面臨前所未有的空難，卻一副興趣缺缺的模樣，有些人甚至還有事不關己的味道。一旁的岸也是如此，田澤在那裡耍脾氣，也不光是被指定為副主編的關係。

悠木可以理解，因為他也有同樣的心情。

通常說到群馬的大案，大家會聯想到「大久保連續殺人案」還有「連合赤軍屠殺案」。用大案來形容還不夠貼切，當地記者都說那是空前絕後的大新聞。大久保連續殺人案，凶手連續姦殺八名婦女，將屍體埋在榛名山中。連合赤軍屠殺案就更慘烈了，十二名赤軍成員在縣內的山岳基地被凌虐致死。最後引發了「淺間山莊攻堅事件」，電視臺直播攻堅過程，震撼了全國人民。兩起大案接連發生在一九七一、一九七二年。所以，當時的記者連續體驗了兩起「空前絕後」的大案。

這兩件大案合稱「大久保連赤」，也改變了當時那些採訪記者的職業生涯。簡單說，他們成了眼高於頂的記者，十三年來都在啃這兩件大案的老本。要享受特殊待遇的時候，就炫耀「大久保連續殺人案」的陳年舊聞；要打壓年輕記者的時候，就搬出「連合赤軍屠殺案」的採訪功勳。行事作風囂張跋扈，彷彿自己幹過什麼不得了的大事。

這就好比誤打誤撞拿到奧運金牌一樣，就算餘生再也沒有創下新紀錄，也可以永遠享有金牌運動員的美名。那一群記者不論能力高低，都掛著生鏽的「大久保連赤」獎牌，在編輯部大搖大擺。每次縣內發生刑案或事故，他們就拿來跟過往的大案一較高低，沉浸在優越感之中。

那時候在縣警擔任採訪組長的追村次長，以及副採訪組長等等力社會部長，這種居功自傲的觀念特別嚴重。在他們底下做過事的悠木、岸、田澤，也有親臨現場採訪的經驗，多年來也十分感念自己有此榮幸。

美好的往日時光，將在今晚宣告結束。

這一起全球最嚴重的空難，讓他們脖子上的獎牌相形見絀。或者應該說，他們這才發現原來有比金牌還耀眼的獎牌。

與其說是失落，悠木心中更有一種踏實的感覺。他總覺得自己等這一天，已經等了十三年。把過往的榮耀當成心靈寄託，這樣的記者生活一直讓他感到可恥。

粕谷局長的想法只怕更加複雜吧，他在事發後立刻指派悠木擔任主編，不只是要替明年春天的人事異動布局。「大久保連赤」發生的那兩年，粕谷局長擔任社會部主編，無緣到現場建功立業，也管不太動追村和等等力。因此，他決定不再重蹈覆轍。悠木經歷過「大久保連赤」的光榮時代，又是報社最資深的記者，萬一再掌控全球最大空難現場的採訪權，到時候誰也管不動。粕谷就是擔心這一點，才給悠木繫上鎖鏈。

採訪現場才是重中之重。

下達再多的命令和指示，也算不上追過大案。長年來在這一行打滾的人都知道，記者只能談論自己在現場的經歷，而這也是他們唯一的驕傲。

悠木想起了安西，安西的「現場」只有衝立岩。安西沒有聯絡悠木，他應該獨自搭上電車了吧。按時間推算，他早該抵達土合車站。安西肯定會哼著《小拳王》的主題曲，大步走向登山指導中心。

悠木轉念又想，要是安西在就好了。

佐山說的也沒錯，縱使飛機掉在長野縣內，位在隔壁縣的北關東報也不可能等閒視之。明天一大清早，得派好幾名記者上山採訪。事發現場的高度不下於谷川連峰，飛機若掉在杳無人跡的山峰，那就沒有登山路線可走。派遣沒有登山經驗的記者入山，光想就是一件可怕的事情。安西肯帶記者入山的話，危險性會降低許多。不對，在各家記者爭相趕往現場採訪的情況下，安西絕對是無人可比的一大助力。

悠木抱著姑且一試的心情，打電話到安西家裡。悠木猜想，安西被自己放鴿子，也許一個不開心就打道回府了吧。

「您好，這裡是安西家。」

是安西的老婆小百合接的電話。安西那雙毛茸茸的手常把悠木拖回家裡，所以悠木跟小百合交流還算自在，至少跟其他職員的老婆相比是這樣。

「我是悠木，這麼晚還叨擾真是不好意思。」

「啊啊，是悠木先生。」

小百合的口吻含蓄，但聽得出來挺開心的。

「請問安西他回家了嗎？」

「咦？你們今晚不是一起去爬山嗎……？」

聽到小百合的說法，悠木心中有些失落。

他也不想讓小百合擔心，便說自己要報導空難事故，沒法跟安西一起去爬山。小百合驚訝連連，似乎沒想到悠木的爽約竟跟電視上的重大新聞有關。悠木拜託小百合，請安西回家時打電話給他，交代完就掛斷電話了。假如飛機真的掉在群馬縣境內，未來派記者入山的次數絕對不下數十次。

悠木打開記事本。

找不到安西，只好找其他人來當替代方案了。他要找的是「一起登山團」的成員，雖然那只是玩票性質的社團，但至少不是完全的門外漢。其中幾名成員也有攀岩的經驗，應該派得上用場。悠木列出五個堪用的對象，其中腳力最強健的是廣告部的宮田，他趕緊打電話聯絡對方。

電話是本人接聽的，悠木說明原委後，宮田也欣然接受，恨不得馬上趕來幫忙。悠木也聯絡剩下四個人，拜託他們準備待命。全都聯絡完後，終於放下電話。

這時岸跑來了，一副愁眉不展的模樣。

「你要用那些登山社的？」

「是啊。」

「他們是其他單位的吧？」

「沒得挑了，不然一般記者在山上迷路受傷，連採訪都有困難。」

「最好徵求一下上面的意思吧？」

「管不了那麼多了，那些傢伙光叫總務買個無線電，就耗掉了一年的時間，你還指望他們嗎？」

悠木忍不住發了一句牢騷。實際上山採訪，沒有通訊手段是很要命的大問題。北關東報的記者上山採訪完，還要等到下山以後，才有辦法把原稿傳回報社。過程中出了什麼意外，也無法通知報社。

悠木嘆了一口沉重的氣。

報社遲遲沒有引進無線電，也跟「大久保連赤」脫不了關係。那時候的採訪記者在天寒地凍的山中四處奔走，騎著腳踏車到幾公里外的地方找電話。他們認為記者就是要吃苦，不該貪圖安逸。這種過度的精神主義，也大幅降低了北關東報與時俱進的速度。

悠木也反省過，自己算不算是「戰犯」？

「喂，你看！」

「靠杯，還眞的有喔！」

隔壁「名單調查組」的人發出了幾近哀號的聲音。悠木指定五個職員，核對日航公布的乘客名單中，有沒有縣內的相關人士。

調查組找到了其中一名乘客，是農大二高棒球社成員的父親。那位父親搭上 123 航班，要去幫兒子的第二場比賽加油，他一定很期待看到兒子活躍的英姿吧。

現場靜默了一會，那是眾人心照不宣的默禱時間。之後，大夥紛紛喊道：

「快點安排訪談，順便調出死者的照片！」

「聯絡大阪的甲子園採訪組！」

「換掉社會版的內容！」

時針已經過十一點了。

截稿期限延長了一個鐘頭，但也剩不到兩小時。核稿部的成員開始編排頭版，大標是「日航大型客機墜落焚毀」，副標是「五百二十四名乘客生死未卜」。不過——到了這個階段，報社還是不知道墜機地點在哪裡。

「還不曉得墜機地點嗎！」

追村破口大罵，整個人脾氣都上來了，好像是悠木害的一樣。

悠木沉聲回答：

「付印會拖到很晚，請先跟版面製作還有印刷的說清楚。」

這時，電話打斷了二人的對話。

是佐山打來的，聽得出他在克制亢奮的情緒：

「飛機似乎真的掉在我們這邊。」

悠木聽到這句話，如受雷擊。

隔了一會，悠木問道：

「說出你的根據。」

「剛才對策本部接獲目擊線報，說武道山隘有冒出白煙，看方位是群馬那邊冒出來的。

長野和埼玉的巡警，也有用無線電講到這個消息。」

「先等一下。」

悠木叫佐山暫待，他站起身來，用手罩在嘴邊大喊。

「飛機很可能落在群馬！」

五十多張面孔轉向悠木，緊接著所有人七嘴八舌吵起來，渾厚的音量撼動整間辦公室。

悠木再次拿起話筒，耳膜被佐山的聲音重重敲了一下。

「資訊夠充分了吧？請派我去現場吧。」

悠木很爲難，現在佐山就跟獵犬一樣，前腳不安分地挖著土，一心想要去捕捉獵物。悠木感覺自己費了好大的勁，才勉強拉住獵犬的項圈。

他也想讓佐山去現場採訪，但縣警的採訪組長四處亂跑，外勤記者可就群龍無首。倘若飛機眞的落在群馬縣內，悠木明天就得管理二十到三十多名記者。

他沒有信心管好這麼多人。

一種近似祈禱的念頭，自心底浮現。

拜託掉在長野縣內吧——

這個不經意浮現的念頭，又讓他的心情更加膽怯。

跟悠木比較有交情的中階記者，只有佐山一人。佐山現年三十三歲，入行已經十年，也深得年輕一輩的信賴。要完成這次「統籌主編」的工作，悠木只有一個辦法，就是把指揮系統託付給佐山，透過佐山來調度底下的記者。

況且，望月亮太一事他也欠了佐山人情。悠木並沒有拜託佐山幫忙說情，甚至還制止他插手。可是，佐山救了他的前途也是不爭的事實。要不是佐山費盡口舌打擊望月，就算編輯部不予追究，悠木也躲不過總務部的懲處。

悠木心底，也想博得佐山的好感。他們都吃過父親的苦頭，佐山又比悠木小七歲，有時候悠木會把佐山當成自己的弟弟。

「悠前輩——」

「好吧。」

悠木拗不過佐山，只好答應：

「你去吧。不過，你一到現場採訪完，要盡快回去穩住本部。還有，天沒亮絕對不准入山，聽到了嗎？」

「明白。」

佐山滿口答應。

「多謝你，悠前輩。對了，請派個攝影師給我。」

「沒人了。現有的攝影師都派去武道山隘和甲子園了。」

「喔，這樣啊。那我帶這邊的神澤過去，先告辭啦。」

「你等等。」

悠木趕緊阻止佐山：

「廣告部有個叫宮田的，你帶他一起去。」

「咦……？」

佐山似乎很訝異。

「你不認識宮田嗎？就那個廣告企畫的——」

「我認識啊。」

佐山直接打斷悠木：

「那個黑肉底戴眼鏡的對吧？爲什麼要我帶他去啊？」

「他有登山的知識，一定幫得上忙。」

「不需要啦。」

佐山直截了當地拒絕：

「悠前輩你就別說笑了，採訪工作是很嚴肅的，那種整天只知道上山玩耍的傢伙，去了只會給我添亂。」

佐山的意思是，不要玷汙記者的工作。

悠木腦袋活像被潑了一盆冷水。

有句話他差點罵出來。

媽的你一個半桶水的痞子，少跟我貧嘴。

悠木心中的另一面，那個倨傲的自我覺醒了。不對，或許那是經歷過「大久保連赤」的世代，所擁有的高傲自尊吧？只是這十三年來一直被他自己否定罷了。

悠木一言不發，反手掛斷電話。

他手肘撐在桌上，感覺辦公桌在搖晃。田澤一隻腳抖個不停，腳尖剛好碰到悠木辦公桌的桌腳。

「你別抖了。」

悠木瞪了田澤一眼，同一時間，遠處傳來核稿部長龜嶋的吼叫聲：

「悠木老弟！快看電視！」

悠木起身盯著螢幕，主播激動地表示，已經確定飛機墜落的地點了。

位在長野縣南佐久郡北相木村，御座山的北邊斜面。

「不會吧……？」

悠木站著撥打佐山的 CALL 機號碼。

佐山沒有回電，等了十分鐘、十五分鐘依然沒有回電。看來他到上野村之前都不打算回電話了。

佐山說謊嗎？不對，佐山不會為了去現場採訪而故意撒謊，他不是會耍這種小手段的男人。現在情報太混亂了，肯定是這樣沒錯。可是，佐山不把悠木的指示放在眼裡，也是不爭的事實。

不安和焦躁感在胸中蔓延，連唯一稱得上部下的人都管不好，悠木覺得自己實在是太渺小無力了。

截稿時間就快到了。

辦公室每個人都在大吼大叫。

電視新聞報導飛機墜落在長野縣，但後續的消息讓新聞的說法失去了可信度。御座山、小倉山、扇平山、三國山等各大山頭的名稱，也一度出現在報導中。

到了十二點半，離截稿期限只剩三十分鐘了，辦公室的緊張情緒也飆升至最高點。

龜嶋帶著罕見的沉重表情來找悠木。

「要用哪一個呢？」

悠木的辦公桌上，擺著兩份報導墜機地點的標題。

「墜機地點位在長野・群馬縣邊境的山區」

「墜機地點位在群馬・長野縣邊境的山區」

本來身為核稿部長的龜嶋，握有標題的決定權。他是要做面子給「統籌主編」，才把決定權交給悠木。

可是，這份好意反而害悠木陷入兩難。

悠木比對著兩份標題，大批職員在辦公桌旁邊屏息以待。

他像著了魔一樣，伸手拿起右邊那一份。

墜機地點位在長野・群馬縣邊境的山區。

悠木這麼做不是出於理性的判斷，而是單純的期望。

反胃的感覺竄升至胸口一帶，身體的反應完全違背了內心的期望，這也預言了採訪日航空難的漫長盛夏即將到來。

6

標示著「北關東報」字樣的送報車隊，飛快地駛離報社。

付印——完成的版面送交印刷以後，墜機地點的訊息一樣眾說紛紜，有人說在群馬，也有人說在長野。待在上野村對策本部的記者說，兩邊的縣警、自衛隊、在地消防團共計派出上千人，不眠不休地巡山搜索。不過，現在沒有明示墜機地點的可靠消息，邊境的山岳地形又十分複雜。上野村一直以來都是窮鄉僻壤，甚至被喻為「關東的西藏」。所以實際上，在天沒亮以前不可能查出什麼端倪。

三百多名記者驅車趕往武道山隘，據說還造成罕見的塞車現象。電視臺不斷播報著五百二十四名乘客的名單。

半夜三點，編輯部跟長照中心一樣悄無聲息。

三分之一的職員都留在辦公室裡，每個人癱在辦公位子或沙發上，神色相當疲憊，再過一個鐘頭天就亮了，整層樓的人都在養精蓄銳，盡可能把身體和喉嚨調養好，以面對下一場硬仗。

悠木也靠在椅背上。

他依然希望墜機地點在長野縣內。可是，他也非常清楚，一定要考慮飛機掉在群馬縣內的可能性，否則一旦事與願違，很難振作起來面對現實。等天亮以後墜機地點被找出來，他得命令那些在上野村待命的記者入山採訪。包含攝影師在內共有八人，目前四人待在上野村公所的現場對策本部，還有二人在武道山隘。佐山和神澤不知去向，也沒有回撥電話。恐怕他們也被卡在武道山隘的車陣中吧。

悠木已經不氣佐山了。今天易地而處，他肯定也會覺得上司的命令莫名其妙，不帶登山嚮導入山。

饒是如此，悠木的擔憂並未消失。部下不受控管，這樣的憂慮夾雜著些微的恐懼，隨著時間流逝而不斷膨脹。

電視新聞再次點燃了開戰的狼煙。

上午五點過後，各家電視臺播出了直升機拍到的現場畫面。驚呼聲此起彼落，所有職員就像中場休息結束的拳擊手，精神抖擻地站起來，跑去圍住電視機。

實際狀況完全違背了他們的預測。

墜機地點看不到機身的影子，同樣是一片美麗蒼翠的山脈。不過，沒有植被的山坡有明顯的墜落痕跡。不同的攝影角度，呈現出不一樣的形狀，有的角度看起來像く字形，有的角度看起來像V字形或迴力鏢。現場冒出陣陣白煙，只看得到機翼的殘骸，上面印有「JAL」的字樣。但也僅此而已，找來找去都沒有機身的部分。不曉得機身落到何處了？難不成掉到山谷裡了？山上還發出晶亮的光芒，就好像交通事故發生時，散落一地的碎玻璃被車頭燈照亮的景象。

悠木回過神來俯視桌面，上面多了一份剛出刊的早報。上面有大型客機的資料照片，還註明來源是「同一型號的客機」。

悠木感覺背脊都涼了。

這代表客機摔得支離破碎了。在朝陽下閃閃發光的無數晶芒，半天前還是載著五百多名乘客，遨遊天際的巨大客機。

上面的乘客，大概也是同樣的下場。

全都摔得支離破碎了。

一股熱血和怒潮在胸中翻騰。飛機為何墜落？悠木這才想到要追究事發原因。

直升機上的電視臺記者奮力嘶吼，試圖蓋過螺旋槳的噪音。

「飛機落在群馬！很明顯是在群馬縣境內！」

嗶嗶傳呼也響了。

「墜落地點在群馬縣多野郡上野村山區！」

辦公室一反常態，沒有喧鬧的跡象。

大夥默默看著電視畫面，為之後漫長的戰役做好心理準備。五百二十四條人命，消逝在這座銀芒閃耀的山中。

安靜的辦公室落下了微微的細雨，接著雨勢轉強，化為滂沱大雨。辦公室又變回了一如往常的喧鬧空間。

粕谷局長等三名幹部本來已經回家了，一得知飛機墜落在群馬縣內，也急急忙忙地趕回報社。

不久後，終於釐清飛機墜落在哪一座山頭了。

御巢鷹山。

雄偉壯闊的山名，撼動了悠木的心靈。

昨晚空難的消息傳出來以後，都沒有人想到那一座山。然而，實際聽到這個墜落地點，御巢鷹山的名字跟其他山頭比起來，確實很適合在歷史性的事故上留名。

太不可思議了。有幾千人在搜山尋找墜機地點，更有不下數萬人、數十萬人攤開地圖研究可能地點，何以御巢鷹山躲過了眾人的目光？

因爲山靈在弔唁死者，不容外人打擾。

小時候，悠木在酒醉的母親懷裡，聽過這樣的民俗傳說。

悠木閉起眼睛。

之前他只想著逃避，內心盡是羞愧的念頭。如果飛機掉在長野縣境內，不管死多少人都跟他沒關係。

如今他睜開眼睛，直視著螢幕上的御巢鷹山。

那座山也受到了嚴重的傷害。御巢鷹山代替其他的山脈，承受了世上最嚴重的空難。

悠木有種大夢初醒的感覺。

他朗聲叫道：

「拿地圖來！」

十多人一起探討入山的路徑。

走武道山隘方向不對，應該在前面的濱平礦泉入口，沿著神流川走到林道的盡頭，再往上攀過一個小溪谷——悠木不確定這是最好的方法，但從地圖上來看，這是前往御巢鷹山最短的路徑。大夥推敲，順利的話只要三、四個鐘頭就能抵達。

悠木撥打記者和攝影師的CALL機，最先回電的是縣警的採訪副組長川島。

「你上山吧，跟著前往現場的消防隊。找不到消防隊，就跟著機動隊或自衛隊。」

悠木接獲情報，參與現場搜索的相關人士超過四千人，現在也只好仰賴他們了。只要登山方向沒錯得太離譜，就不會有孤立無援的風險。

「出了什麼事就找共同通信的記者，請他們借一下無線電，讓你聯絡前橋分部。」

「明白了。」

川島的語氣很緊張。聽說，川島這個人的膽量不怎樣。

悠木壓低音量問道：

「佐山呢？你在現場本部有看到他嗎？」

「有，他離開前有說，要從長野的南相木上山。好像是自衛隊的人告訴他，從那邊去比較近。」

悠木懷疑這情報的可信度，卻無計可施。既然佐山已經越過武道山隘，CALL機也收不到訊號了。

「那你出發吧，千萬別逞強。如果覺得自己做不到，就立刻下山。」

幹部會議在上午六點召開。

討論主題當然是版面編排。頭版和社會版不可能報其他新聞，剩下十二個版面也全部用來報導這場空難，當中還包含照片特輯。交通部和日航的採訪報導，以及東京、大阪的乘客親屬的採訪報導，使用共同通信發布的新聞稿就好。但縣內相關的空難報導，全都要用自家的原稿。尤其「現場雜觀」，一定得用自家記者的署名報導，這是所有人的共識。

會議結束後，悠木忙著調度採訪人力。

到了上午八點半，有人從背後拍拍他的肩膀，是廣告部的宮田。宮田表示，他已經做好登山準備，還請了假在家等候指示。悠木不斷低頭道歉，宮田卻一臉憂慮地湊上前，提起了另一個話題：

「聽說安西先生被送往醫院了。」

安西摔下山了？

悠木身子一抖，彷彿看到安西摔下山的景象。

他吞了一口口水，問道：

「是因爲爬衝立岩嗎？」

「咦……？」

宮田不知道他們本來要去爬衝立岩。他只是一整晚等不到悠木聯絡，才打電話到安西家一探究竟。

「是他兒子接的電話，講話不清不楚的，只知道安西被送往醫院，他的太太也趕去那邊了。」

安西的長子——燐太郎跟淳的年紀一樣，還在念中學一年級，看起來卻只有小四、小五的年紀。燐太郎生性內向，回答問題總是吞吞吐吐的，就跟宮田講的一樣。不過，根據安西夫妻的說法，燐太郎已經算跟悠木很親了。

「我知道了，換我打去問個明白。」

悠木馬上打到安西家，但沒有人接聽電話，燐太郎跑去哪裡了？是去學校嗎？還是也到醫院了？為什麼安西會被送到醫院？

安西獨自去爬衝立岩嗎？結果一不小心——不、不會的，那個安西怎麼可能失手。

各種憂慮在心中蔓延。

御巢鷹山又如何？爬起來也有危險嗎？從攝影畫面看起來山勢並不陡峭，但仍有一些險峻的部分。也許攀爬的難度遠超想像，悠木開始自己嚇自己。那些記者和攝影師能順利抵達現場嗎？

就在這時候，嗶嗶傳呼又響了。

「現場發現四名倖存者！」

這則訊息震撼了悠木的大腦。

有人活下來了，是一個少女和年輕女性，還有一對母子。

悠木進入這間報社以來，從沒看過大家這麼歡欣鼓舞。

大夥都認為這是奇蹟。

「富士電視臺有拍到畫面！」

攝影機拍到獲救的少女，自衛隊員抱起孱弱的少女，將她吊到上空的直升機上。

辦公室內所有人歡聲雷動、鼓掌叫好，還有人興奮地吹起口哨。要不是有這種振奮人心的好消息，沒人做得下去。也正因爲有這種振奮人心的好消息，大家才樂此不疲。這一刻每個人臉上都掛著笑容，再也找不到其他表情。

四人倖存——報紙的內容又要大幅更動了。悠木立刻指派四名記者前往醫院採訪。

前往空難現場的記者，到底情況如何？過了下午兩點、三點，悠木再也沉不住氣了。他望向電視畫面，幾張熟識的面孔都在空難現場。包括縣警的搜查一課課長、調查官、機動隊長……還有不少穿著制服的自衛隊員和消防隊員，以及一些看似記者的人在現場走動。不過，悠木沒看到任何北關東報的記者和攝影師。

總計十二名記者和攝影師被派到御巢鷹山，難道一個都沒抵達現場嗎？這下署名報導該怎麼辦？共同通信也傳來現場雜觀了。再這樣拖下去，等於眼睜睜看著全球最嚴重的空難發生在自家後院，卻讓其他新聞社的記者來撰寫現場雜觀。

太屈辱了，所有報導都拿共同通信的新聞來用，這根本算不上地方報。

現場雜觀跟其他新聞不一樣，是「記者的觀點」，也是「北關東報的觀點」。記者在現場看到什麼？感受到什麼？又會寫出什麼？只有在群馬土生土長的人，親自去觀察發生在群馬的事故，才能寫出動人心魄的文字。要說那是在地人的尊嚴也行，北關東報要當一個夠格的地方報，一定要靠自家記者撰寫現場雜觀才行。

過了下午四點，悠木的辦公桌上疊滿了大量的原稿。

「找到五十二具遺體」「三浦半島外海回收到部分尾翼殘骸」「縣府也設置了現場對策

本部」「各國領導人紛紛致電慰問」「農大二高球員大受震驚」「等到候補機位反而搭上死亡航班」「賠償金規模前所未見」「航空專家紙上座談會」「行李中疑似有放射物質」「波音公司調查員前來日本」「高木社長恐將引咎辭職」「安全神話瓦解」。

原稿不斷送來，讀也讀不完。機動報導部成員赤峰負責接收共同通信的報導，今天一整天悠木已經看過他很多次了。原稿的厚度象徵著這一起空難的重大性，還有餘波盪漾的影響。悠木利用作業的閒暇時間，尋找電視畫面中有沒有自家記者的身影，順便撥打安西家的電話。隨著時間經過，他也越來越掛念安西。

電話這一邊倒是先有了結果。

「這裡是安西家……」

耳邊傳來燐太郎輕聲細語的聲音。

「我是悠木，燐太郎你記得我嗎？」

「是，記得……」

「爸爸怎麼了？」

「他住院了。」

「爲什麼會住院呢？」

「不曉得……」

「是生病？還是受傷了？」

「就暈倒了……」

不是從山壁摔下來，但光聽燐太郎的說法，悠木不知道是否應該鬆口氣。

他握緊聽筒問道：

「爸爸在哪邊暈倒的？原因呢？」

「不曉得……」

燐太郎有些哽咽，或許是快哭了吧。悠木想起燐太郎的大眼睛，跟安西一樣圓滾滾的大眼睛。

他盡可能用溫柔的語氣問話：

「你去過醫院了嗎？」

「去了，我現在回來拿他的換洗衣物……」

「這樣啊，打擾你眞是不好意思。那爸爸情況如何呢？」

「……」

「聽得到我說話嗎？」

「像睜開眼睛睡著一樣……」

悠木愕然了。

像睜開眼睛睡著一樣，這是醫生說的嗎？眞是討厭的形容方式。再逼燐太郎講下去，似乎太殘酷了，悠木只問出醫院的名字就掛斷電話。

悠木想去探望安西，但他才講幾分鐘的電話，桌上又疊了一大堆的原稿，看到他眼睛都快痛起來了。

像睜開眼睛睡著一樣，這話是什麼意思？

悠木一顆心七上八下。安西被送往縣央醫院，只是去見一面的話，來回一小時就夠了。這一小時，就拜託田澤先擋一下。

田澤也在修改原稿。

可是，他的舉動有些奇怪。

田澤的視線在電視和原稿之間來回移動。悠木馬上就想通了，田澤是看著空難現場的影像在寫稿。他伸長脖子偷看田澤的原稿，果不其然，那是共同通信記者寫的現場雜觀。田澤從電視畫面擷取新的訊息，修改成北關東報的現場雜觀。

悠木心頭火起，一把抓起田澤的原稿，力道之大，連旁邊的原稿也散落到地上了。

田澤詫異地罵道：

「你幹嘛！」

「這是我要問你的話！誰叫你這樣做的！」

「部長啦！有意見去跟他說啊！」

原來是那傢伙……

是社會部長等等力指使田澤的，等等力對「大久保連赤」的虛榮心比誰都強，當時的剪報還夾在自己的記事本裡。一個只會緬懷過去的人，對這次空難完全不聞不問，沒想到背地裡竟然下了這樣的指示。

悠木踏著憤怒的步伐，走向社會部長的位子。

等等力抬起頭，臉上掛著金邊眼鏡，鏡片是深咖啡色。底下透出銳利的目光，除了那一張臉以外，已經找不到一絲社會記者的氣魄了。

「部長。」

「怎樣？」

「請不要那樣做。」

「你指什麼？」

「杜撰現場雜觀。」

「沒辦法，我們的記者沒人抵達現場啊。」

「這還說不準吧？」

悠木以威嚇的語氣反駁，等等力也不甘示弱：

「來不及了，是你指揮調度有問題吧。」

「請不要轉移焦點——」

話才說到一半，背後有人大喊：

「是佐山！」

悠木如受雷擊，趕緊回過頭來。

空難現場的影像中，確實有佐山的身影，神澤就在他身後。兩個人的衣服骯髒不堪，被雨水淋濕的頭髮還黏在額頭上，一副精疲力盡的模樣。不過，他們眞的趕到了，北關東報的記者趕到御巢鷹山了。

悠木望向牆上的時鐘，下午五點十五分了。現在趕回來就等於要摸黑下山，太危險了。沒有登山知識的人夜晚在山上移動，風險實在太高，但——

佐山一定會趕回來的。

悠木相信佐山，那個佐山不可能放棄現場雜觀。只要跟著機動隊或自衛隊一起下山，絕對趕得回來。離截稿還有七個小時，不，跟昨天一樣再延一個小時，這樣或許可以勉強把寫好的原稿安插進去。

悠木對等等力說道：

「佐山會交出現場雜觀的。」

「你就保佑他來得及。」

等等力的眼中似乎藏著笑意。

悠木回到自己的辦公桌，他暫且壓下怒氣，以求順利完成工作。

時間一晃眼就到了晚上九點——十點——十一點——

離截稿還剩兩小時，佐山沒有主動聯絡。

悠木也只能等了，社會版已經插入田澤杜撰的現場雜觀。悠木也做好了換搞的準備，就等佐山的原稿送來，馬上就能把田澤的換掉。無奈始終等不到佐山的聯絡，只能眼睜睜看著時間一分一秒過去。

焦慮也占據了悠木的內心，入夜後不斷有壞消息傳來。

御巢鷹山果然難以攻克，順利抵達墜機地點的都是運氣特別好的記者。還有更多的記者在山中迷路，或是遇到險峻的地勢，最後拖著疲憊的身子下山。北關東報的記者也一樣，悠木派去的十二人，實際抵達現場的只有佐山和神澤。

十二點就快到了。

悠木自忖，沒問題的，佐山一定會趕回來。佐山也知道截稿時間會延一個小時，他應該有算好下山的時間。等他下山找到電話，就會回傳現場雜觀了。

「差不多該付印了。」

粕谷局長冷不防開口，悠木的腦袋一時無法理解那句話。付印，當然是指把稿子拿去印成報紙了。

已經要付印了？

不會吧！悠木從椅子上用力站起來。

編輯部的職員魚貫走出辦公室，再來要到二樓的製作部進行最終校正，排付印刷工程。

粕谷也走向門口。

悠木奮力一吼：

「等一下！還有一個小時吧！」

粕谷轉過身來，一臉疑惑的表情：

「今天沒法延長截稿期限喔。」

「為什麼！」

「我不是說了嗎？輪轉印刷機狀況不好，剩舊式的印刷機能用。」

悠木懷疑自己是不是聽錯了。

他沒聽說印刷機壞了。

不對，等一下……難不成……

有人刻意沒告訴他？

悠木緩緩回頭。

他望向社會部長的位子，等等力面無表情，一副事不關己的態度。

你就保佑他來得及——

悠木彷彿看到了「大久保連赤」的亡魂糾纏不休。等等力大概是不想讓底下的年輕人，署名報導全球最嚴重的空難吧。

悠木氣到渾身發抖，男人的嫉妒心也太愚蠢了。

職員離開後辦公室靜悄悄的，等等力也從位子上站起來，朝門口走去。悠木對著他的背影宣洩情緒：

「你這樣也配叫社會記者？」

等等力停下腳步，卻頭也不回離開辦公室。

悠木坐回椅子上，等待佐山的電話，他不能逃離自己的崗位。悠木已經超過四十個鐘頭沒闔眼了，卻一點也不覺得睏。

到了十二點半，日航空難統籌主編的辦公桌上，電話終於響了。

「我現在就回報現場雜觀！佐山、神澤兩名記者在御巢鷹山上——」

那是一篇動人心魄的現場雜觀，但悠木不敢告訴佐山，這篇報導用不到了。

佐山氣喘吁吁地唸出原稿，悠木提筆抄寫的同時，也做好了心理準備。佐山這一輩「日航世代」的記者，肯定會做出激烈的抗爭。

7

半夜三點——

悠木離開編輯部的辦公室，走上沒有光源的樓梯。四樓的走廊盡頭有一間值班室，悠木打開室內空調，躺到牆邊的折疊床上。他現在不敢開車回家，腦部有一種腫脹疼痛的感覺，好像大腦在擠壓頭蓋骨，跟普通的頭痛不一樣。這種感覺持續很久了。

這一次死了五百二十人。

堪稱全世界最嚴重的空難事故。

統籌主編的工作比想像中還要沉重，悠木認爲自己擔不起這個重任。但這一場大戰才剛開打，JAL123 航班墜落到群馬縣上野村的御巢鷹山，已經三十二個小時了，也才刊了兩次早報。

悠木用枕邊的內線電話聯絡當值的記者，請對方在早上六點叫醒他。悠木扯下滿是汗漬的領帶，一手拿起枕頭墊在脖子下面。枕頭有股酸臭的味道，久未值班的悠木聞出這是年輕記者的體味，一顆心也陷入了鄉愁和失落感中。這張折疊床是年輕記者棲身的枕頭，讓他們在晝夜奔波的空檔稍事休息。只不過，睡在這張床上的人沒有眞的在休息，而是做著充滿野心的幻夢。

悠木想起佐山那一張精明幹練的臉龐。

佐山頂著盛夏高溫，花了十二個小時爬上崎嶇難行的御巢鷹山。之後，又抱著必死的決心摸黑下山，用電話回傳現場雜觀，到最後一刻都沒有放棄「北關東報」的驕傲與志氣。可惜幾個小時以後，縣內各戶人家收到的那份早報中，沒有佐山的署名報導。這是等等力搞出來的詭計……「大久保連赤」世代的明星記者，不樂見新世代的明星記者誕生。

佐山無緣在北關東報的歷史留名。

這會導致什麼樣的後果呢？佐山的採訪實力是一流的，更是北關東報的堅實戰力，自我意識也非常強烈。佐山的反應很可能影響到今後的事故採訪。

悠木茫然地思考著，一定要讓佐山的努力得到回報。他翻了一個身，不再去想。

他放不下的是安西。

安西昏迷住院了……到底是在哪裡昏迷的？原因又是什麼？

他們本該一起去爬衝立岩的。燐太郎說，安西被送往前橋市的縣央醫院，換言之安西也跟悠木一樣，沒有前往谷川岳。

「像睜開眼睛睡著一樣……」

燐太郎的細語，言猶在耳。

早上七點要召開版面編排的會議，會議結束後會有一小段空檔。悠木打算趁那一段空檔回家一趟，再去醫院探望安西。直接去問安西的妻子小百合，就知道實際情況了。希望病情不要太嚴重。不，那個豪氣的安西不會生重病的……

想著想著，悠木似乎聽到自己打呼的聲音。

感覺才過了幾秒鐘，就有人用力搖晃他的身體。

「喂，給我起來！」

悠木像機器人一樣反射性坐起來，眼睛上還有眼屎，沒法看清眼前的來者。但光聽聲音就知道，是廣告部長暮坂。

悠木用袖子擦拭眼睛，如他所料，暮坂那張紅通通的國字臉就在眼前。

「你給我說清楚，這是怎麼回事！」

暮坂把一份報紙塞到悠木手中，是今天的早報。暮坂要他看第二社會版——也就是社會版的右邊頁面。

「怎麼了嗎？」

悠木總算擠出一句話來。他看著牆上的時鐘，六點十分，他睡了大約三小時。

「還給我裝蒜啊？我在跟你說廣告啦！爲什麼五段廣告都不見了！」

悠木想起確實有這麼一回事。

昨天傍晚，共同通信不斷傳來空難現場的照片，每一張都十分珍貴，因此悠木要求核稿部全放進去。過了一會，核稿部職員說放不下，悠木破口大罵，叫對方把廣告撤掉。

悠木本想趁昨天晚上，請上級代爲知會廣告部一聲。可是，他太掛念佐山的安危，還有安西住院的事情，腦袋壓根不記得這件事了。

悠木這下徹底清醒，他趕緊把雙腿挪下床，坐在床邊道歉：

「對不起，我請人撤掉廣告了。」

「這是上面的指示嗎？」

「不，是我個人的判斷。」

「爲什麼要這樣胡搞瞎搞啊！」

「有幾張空難現場的照片，不能不擺上去。」

「你知道自己幹了什麼蠢事嗎？」

暮坂罵人時雙手也沒閒著，他從懷裡掏出一份摺疊的紙張，氣急敗壞攤在床上，那是本該刊在今天早報上的廣告打樣。

「『高崎馬歇爾』今日開張——」

那是北關東最大的購物商城即將開張的宣傳廣告。

悠木臉都綠了，這代表北關東報在客戶開張的重要日子，沒有刊出開張的廣告。

他再一次鄭重地道歉：

「對不起，是我疏忽了。」

「這是道歉能解決的事嗎？你鑄下無可挽回的大錯，打算怎麼負責？」

暮坂得勢不饒人。

「這個廣告啊，對方行銷部門本來是要給上毛刊的，是我們部裡的池山千拜託、萬拜託才求來的。這下所有努力都白費了，池山還得像隻蟲子一樣給人下跪磕頭，你明白他的心情嗎？」

「眞的很抱歉，這一次空難太重大了，我沒考慮那麼多。」

「空難太重大？笑話，天皇駕崩那也就罷了，摔個飛機就撤廣告，有哪個笨蛋會做這種事啊？」

悠木看了看暮坂的臉。

摔個飛機就撤廣告？

暮坂比悠木大兩歲，本來也是從事編輯工作的，在政治部待了很長一段時間，去年春天貪戀部長的職缺，才調到樓下的廣告單位。一個幹過編輯的人竟然講這種話。

悠木探出身子說道：

「部長你應該也很清楚，那不是普通的空難。」

暮坂傲慢地抬起下巴：

「那又怎樣？大久保連赤的時候也沒撤廣告啊。我只看過撤報導和照片，沒看過有人撤廣告的。廣告主是我們的衣食父母好嗎？」

悠木別過頭不想搭理。

「你那什麼表情啦？喂，悠木，你知道五段廣告版面值多少嗎？」

報紙長約十五段，五段等於占據全頁的三分之一，是一幅相當大的廣告。

「不知道。」

「一百〇二萬五千元。」

「是嗎？」

「你態度可以再差一點啦，難怪大家都說你們編輯部是過太爽的大少爺。」

「過太爽的大少爺？」

「你們賺不了一毛錢，還不是靠我們在養，被嗆剛好啦。」

悠木不敢相信一個幹過編輯的人會講這種話。暮坂調到廣告部也才一年半而已，眞是翻臉比翻書還快。

悠木一把火也上來了：

「報社的商品是報紙，我們就是做報紙的，最好是我們沒賺錢。」

「少天眞了啦，你以爲賣報紙能賺多少？沒有廣告收入的話，你們再怎麼憂國憂民也出不了一份報紙。」

「報紙編得亂七八糟，誰會來買廣告啊。」

悠木開始大聲，暮坂也被嚇到了。但他用力甩著手中的廣告，掩飾內心的膽怯。

「別扯一堆歪理啦！這筆損失你要付是不是？」

「我付啊，你去跟總務商量，請他們從我的薪水裡扣。不過我先說清楚，日後再有類似的情況發生，我還是會撤廣告。」

悠木做出了情緒化的回應，也不認錯了。

「媽的你有種再講一遍！」

「部長你也是編輯出身的，別忘了，編輯部握有編排版面的權限。請你不要越界。」

「你這王八——」

要不是枕邊的電話剛好響起，他們大概就打起來了。

打來的不是值班記者，而是駐留在上野村公所的戶塚。戶塚在藤岡分部服務，有五年的記者資歷。

「御巢鷹山的直升機臨時起降場就要完成了。」

「意思是要開始運送遺體了？」

「是，預計八點半開始。」

「調查空難的人員已經到場了嗎？」

「調查空難的……？」

「我是說交通部的事故調查委員會啦。他們到了你要注意動向。」

悠木掛斷電話，回頭只見暮坂站在門前，一副沒興趣再吵下去的表情。

「眞是夠了，虧我聽說你是一個明事理的人。」

暮坂話中有話，悠木來不及反問，暮坂就踏著火大的步伐，消失在走廊盡頭。

悠木自問，我明事理？這話是誰對暮坂說的……？

他利用打領帶的時間思考這個問題。繫完領帶準備站起來的時候，剛好看到那張攤在地上的商場開幕廣告，廣告就落在地板中央，生怕悠木沒發現似的。他彎下腰撿起廣告，將紙張撕成兩半，轉換成開會用的腦袋後，離開了值班室。

8

上午七點，三樓的編輯局長室已經有三張倦怠的臉龐。

粕谷局長在位子上講電話。

追村次長和等等力社會部長對坐在沙發上，二人指著今天早報的股價一覽。

「日航跌停啊……」

「當然跌停啊，全日空也跟著跌了。」

悠木坐到沙發邊上。

心裡卻有一種不可思議的感覺。

過去，他曾在這三人身上尋找父親的影子。那是剛入報社的事了，悠木從小就失去父愛，報社的上司就像他的父親。當初粕谷是社會部的主編，追村和等等力則是獨當一面的社會記者。單看年紀，這三人頂多算是悠木的大哥，但他們風姿颯爽的形象，讓悠木聯想到那個素未謀面的父親。他們看上去堅強可靠，而且虛懷若谷。悠木始終相信，他們是懷著堅定的意志和信念，在做記者這份工作的。沒想到——

粕谷放下聽筒，表情像吞了很苦澀的藥一樣：

「悠木啊——要撤廣告記得先講一聲。」

粕谷剛才跟廣告部局長浮田通電話。據說，暮坂向浮田報告開幕廣告被撤掉一事，惹得浮田非常不高興。

「不好意思，我以後會注意。」

「那就拜託你注意點啦。那些傢伙整天在等我們出包，鐵胃再多也不夠用啊，你可別給他們見縫插針的機會。」

粕谷抱怨完後，還眞的拿出胃藥服用。粕谷這個人不會放任衝突發生，哪怕是再小的衝突也一樣。部內對他的評價多半是「調停專家」或「膽小如鼠」。

上司的光環一次又一次褪去，悠木一顆心也氣憤難平。失望的情緒太大，一直留在心底揮之不去。

「那開始吧。」

粕谷挪動肥胖的身軀坐上沙發，追村和等等力也正襟危坐。

「悠木，今天版面要怎麼安排，說說你的看法。」

悠木點點頭說道：

「主要有四大報導重點。」

「有四個?是不是多了點啊。」

悠木打開記事本。

「首先，遺體很快就要運出山岳了。再來，罹難者家屬會到藤岡市民體育館認屍。剩下的是倖存者的採訪，以及釐清空難原因。」

「釐清空難原因超出我們能力範圍了。況且，原因不是後邊的艙門破損嗎?」

「不，很可能是尾翼出問題，詳情還不得而知就是了。」

「尾翼出問題啊……也罷，反正讓共同通信的去操煩吧。」

粕谷敷衍地交代完後，將近百來公斤的身體靠在椅背上。

悠木又繞回剛才的話題：

「沒必要一開始就放棄吧。事故調查委員今天會到現場，聽說會有次長級別的官員連日逗留，我打算讓工科出身的玉置去採訪。」

「好啦，你就盡量去試吧。」

「我會的，接下來是遺體的搬運作業。」

悠木話才講到一半，追村就插嘴了：

「認屍比搬運作業重要吧。家屬心痛認屍——今天頭條就這個吧。」

講沒幾句，追村又是一臉暴躁不耐。追村凡事都以攻擊性的言論力排眾議，跟私底下耍小手段的等等力形成對比。

「數百具遺體用直升機運出山岳，這是前所未見的新聞吧？」

悠木出言反駁，追村神色不善地說：

「搬運遺體有拍到照片就好。要做出催淚的報導，知道嗎？」

悠木不講話，粕谷裝出和事佬的表情湊近二人：

「好啦，別急著下結論。對了，悠木，你剛才有提到採訪倖存者對吧？依你看有機會直接採訪當事人嗎？」

「要直接採訪當事人不太可能，但今天應該會開放一段時間，讓家屬去探望倖存者。派記者去醫院盯哨，或許可以堵到家屬吧。」

「原來如此，要是問出事發當時飛機內部的狀況，那可是大獨家呢。而且其中一名倖存者還是空姐，總會說出一些比較專業的東西吧。」

其中一名獲救的女性，是日航的助理事務長。只不過，該名女性並不是在飛機上工作，搭上123航班純粹是私人行程。

「不可能搶到獨家啦，各家報社和媒體肯定會去醫院堵人。不要白費力氣了，把人力都調去市民體育館，採訪家屬認屍的過程啦。」

追村又從旁打岔，粕谷問等等力問題，試圖轉移話題：

「今天能派多少人？」

調派人力的權限在社會部長等等力手上。

「大約……二十人吧。」

「請派給我三十人。」

悠木立刻以強硬的口吻提出要求。

戴著金邊眼鏡的等等力，轉頭看向悠木。咖啡色鏡片底下的雙眸，隱隱透出鋒芒。

悠木也沒有迴避等等力的視線。他進到局長室以後一直不願正視等等力，但等等力要挑釁的話，他也不介意正面起衝突。

深夜的怒火又在悠木心中燒了起來。輪轉印刷機出問題，沒法延長截稿期限一事，等等力故意瞞著悠木，害佐山的現場雜觀完全沒法用。等等力也沒忘記悠木說過的話。

你這樣也配叫社會記者？

先開口的是等等力：

「我們不是全國性的大報社，派超過二十人的話其他採訪都不用做了。」

「那二十五人沒問題吧？」

悠木立刻提出折衷辦法，否則再拖下去，粕谷和追村一定會替等等力說話。

等等力翻著手中的文件說道：

「二十五人……勉強可以吧。」

「那就這麼說定啦。」

粕谷做出裁決，並問悠木打算如何分配人力。

「十人去市民體育館，五人去醫院，剩下十人去御巢鷹山。」

「喂！」

這一次追村是眞的火大了：

「爲什麼山區要派到十人？派更多人去採訪認屍啦。」

「一千四百名縣警都派到山區了，相當於縣警所有人力的一半。」

「那些人都有自己的任務要處理，我們派十人去那邊幹什麼？讓他們去山上玩耍嗎？你是不是被安西那傢伙影響，腦子也進水了啊？」

悠木的腦筋一下子轉不過來，追村前天也說過安西的壞話。他奉勸悠木，最好少跟安西那種人來往。

悠木心中有一種近似直覺的感想。暮坂廣告部長早上那句莫名其妙的話，似乎也有相同的脈絡可循。說不定就是安西告訴暮坂，悠木是一個明事理的人。

悠木不再多想，現在必須應付追村強硬的意見才行。

他鼓起勇氣橫下心來對追村說：

「就算最後只是去山上玩，也沒什麼不好啊。」

三人一聽都愣住了，不由得面面相覷。

追村以試探性的眼神問道：

「你什麼意思？」

「去見識一下全球最嚴重的空難現場，這麼做本身就有價值。飛機摔下來也才經過三十六個小時，最好趁現在多讓一些記者去現場。」

「我說你啊，少自以爲是了。你把第一線當成教育記者的學堂喔？我們哪來的人力這樣搞？」

悠木也準備好答覆了：

「我當然會讓他們做事。」

悠木撕下記事本的其中一頁，在上面振筆疾書，寫的是「魂歸御巢鷹山」——

「頭版報導，一系列總共十回。」

「連載報導就對了？」

「算是篇幅更大的現場雜觀，由主力記者每天輪流寫下署名報導。」

悠木是故意說給等等力聽的。等等力也聽懂了，語氣顯得非常不高興：

「接下來山上只剩下回收遺體和搬運遺體的單調作業，怎麼寫出十天的報導？」

「怎麼寫不出來？」

悠木死瞪著等等力：

「才一眨眼的功夫，五百二十條人命就死在那座山上，沒故事可寫才奇怪吧。」

「講話不要憑直覺。」

「憑直覺講話的是部長你吧？」

「我怎樣？」

悠木又一次橫下心來，把話挑明：

「過去採訪大久保連赤的直覺，這一次派不上用場了。」

等等力的眼神是眞的火了，粕谷和追村的臉色也變了。

悠木掃視他們三人的目光：

「我認爲這一次的空難現場遠超乎我們想像，要採訪未知的事物，心胸就該寬大一點。更何況，靠著現場採訪勝過其他報社，不正是北關東報八十年來的傳統嗎？」

三人都不說話了。

現場響起敲門聲，是編輯庶務依田千鶴子端茶來了。依田察覺到室內氣氛不對，也不敢自討沒趣陪笑，趕緊鞠躬行禮就離開了。

粕谷身軀肥碩，嘆起氣來卻一點也不豪邁：

「好吧，你就試試。」

是粕谷把悠木推上統籌主編的位子，他不能在此推翻自己的算計。

追村啐了一聲，沒有多說什麼。等等力看著牆壁，也沒有要開口的意思。

悠木體會到飄飄然的快感，這三人還是第一次乖乖呑下他的意見。

「不過，那些記者到得了嗎？昨天只有兩個人到場吧？」

「自衛隊和縣警在菅野澤搭建通往山頂的纜車了。搭乘纜車再徒步走上去，大概兩、三個小時就到了。」

聽完粕谷和悠木的對話，追村嗤之以鼻：

「講好聽叫現場雜觀，到時候寫出來的還不是各種捧自衛隊和縣警的報導。」

追村討厭自衛隊是出了名的，以前報社在爭論要不要刊登自衛隊的招募廣告時，追村直到最後都持反對意見，硬是讓廣告沒法刊出來。

「悠木——我話先說在前頭，我認爲採訪重點應該放在家屬身上。勸你不要太貪心，弄到最後顧此失彼。做出毫無重點的報紙，那可是非常丟人的事情。」

追村離席前撂下氣話，等等力也跟著離開，走之前還嫌棄地瞪了悠木一眼。

「總之，你好好幹，也別跟他們吵啊。」

粕谷一臉皮笑肉不笑，面對前所未有的大型空難，他卻沒有一個記者該有的緊張感。

9

到了七點半，窗外的陽光灑入編輯部辦公室。一大早就來上班的職員捲起的塵埃，也被陽光照得一清二楚。

辦公室還挺安靜的，彷彿「全球最嚴重的空難」只存在於電視畫面中。也不是只有粕谷局長那些幹部漠不關心，悠木自己對這次空難也缺乏實際的感受，肯定是沒有親自到場採訪的關係吧。從這裡走關越高速公路，兩個多小時就能抵達。可是，御巢鷹山感覺是非常遙遠的存在，無法用距離或時間衡量。

悠木坐到位子上，開始挑選二十五名採訪記者。昨天已經有十二人接受他的指揮調度，剩下十三人得從縣內的其他分部挑選。他列出一些做事比較俐落的記者，同時還要考量區域的人力平衡，以免挑選的人力過度集中在某個地區。畢竟下一個大新聞會發生在何時何地，這誰也說不準。

悠木把名單交給依田千鶴子，請她幫忙打那些人的CALL機，正好岸也來到辦公室了。岸把包包放在隔壁政治部的主編位子上。

「今天也很熱嗎？」

看到岸的臉上冒汗，悠木有點意外。他從兩天前的午後就沒離開過報社，一直處在有空調的環境。

「一大早太陽火辣辣的——喂，你氣色不好啊，睡過了嗎？」

「睡過了。剛才青木有從東京打電話回來。」

「靖國神社的消息是吧。」

「是啊。聽說中曾根會到大殿上鞠躬，但也僅此而已。」

「捐獻呢？」

「省掉了，傍晚就會正式公布，可惜我們沒晚報。」

「我會告訴上面，青木有回傳消息。」

「嗯嗯，那就交給你了。」

「你那邊怎麼樣了？」

岸抬起下巴，示意辦公桌上堆積如山的原稿。

「今天開始要運出遺體了。」

「是喔，這麼快啊？群馬縣警也挺能幹的嘛。」

「多虧自衛隊飛快造好直升機起降場。」

「這種時候還是自衛隊可靠啊。」

「不過，他們沒有搜查權限。」

「咦？」

「昨天深夜，縣警成立特搜本部了。」

岸表現出很吃驚的態度：

「特搜？喂，這一起空難交給縣警來查嗎？不會吧？」

「災難發生在哪裡，就由該地的人來調查啊。」

「這也太倒楣了。對縣警來說，根本是無妄之災嘛。」

岸說完後皺起眉頭，發現自己講錯話。

「對我們來說也是無妄之災啊。」

悠木也應和對方的失言。

無妄之災——

不管是編輯部內還是外，早晚會出現這樣的意見，悠木心知肚明。殺人案發生時，這種說法倒也不算罕見。群馬縣有許多山岳地帶，常被當作棄屍地點，犯人從首都圈開車把屍體運過來。每次山上發現屍體，縣警就得耗費大批人力搜查。明明是外縣市的罪犯在外縣市殺人，北關東報同樣得派出大批記者四處採訪。

摔個飛機就撤廣告，有哪個笨蛋會做這種事啊？廣告部長暮坂說得倒也貼切，往來於東京和大阪的航班，跟群馬一點關係也沒有，卻剛好摔過長野的邊境，掉到群馬這一邊。暮坂眞的是用這種心態，來看待這一次的空難。

悠木也不敢說自己沒有類似的想法。事實上，當初還不知道飛機墜落何處時，悠木也希望摔在長野境內，現在這種念頭也沒完全消失。爲什麼飛機剛好摔在沒有航線的群馬縣？爲什麼自己被迫承擔統籌主編的重擔？

連悠木都有疑問了，更何況是他人。只要某個稍具發言權的人，說群馬縣是受了無妄之災，這起空難可能就再也不會受到內部的重視。或許全球最嚴重的空難，也維持不了太久的採訪魅力吧。到時候不知道自己會如釋重負，還是大嘆可惜。現在悠木完全無法想像。

辦公室的人越來越多。

接到傳呼的記者紛紛回電，悠木也交代好每個人的任務。他希望盡早接到川島的電話，偏偏川島是最晚才打來的。

「我是川島……您找我有事嗎？」

川島的語氣有些怯懦，昨天悠木命令他上御巢鷹山，結果他迷路了，只好中途折返。

「你今天也上山吧。」

「……」

「我要做現場雜觀的連載，包含你在內共有十人上山，你負責指揮。」

「我……」

「放心吧。縣警搭好纜車了，不會像昨天那樣。」

悠木好說歹說才說服川島，但電話掛斷後，心中依然忐忑不安。川島生性怯懦，昨天的失敗又摧毀了他的自信。除了激勵他振作以外，悠木別無他法。川島已經有七年的資歷，算是指導後進的前輩，並非菜鳥記者。再加上他是採訪縣警的副組長，臨陣退縮會影響到他往後的記者生涯。

指揮調度告一段落後，悠木撥打佐山和神澤的 CALL 機。

這一次不是要派他們倆上山，而是要叫他們來報社，慰勞昨日的辛苦，順便讓佐山撰寫第一篇連載。

電話響了，悠木先做好心理準備才接起來。打電話來的不是佐山也不是神澤。

「我是戶塚——直升機起降場完成了，不久就會開始回收遺體。」

「知道了，辛苦你了。」

悠木掛斷電話，再一次撥打二人CALL機。

二人沒有回應。

搞不好他們看到今天的早報，發現自己搏命完成的現場雜觀沒刊出來，在失望和憤怒的影響下，索性關掉CALL機來個相應不理吧……

悠木再次撥打二人CALL機。

辦公桌上的電話沒響。

悠木輕嘆一口氣，抬頭看一眼時鐘，現在是八點十分。下午又要忙著審核一大堆原稿，只剩下現在有空回家一趟，順便去探望安西了。

「岸，幫我頂兩個小時。」

話才剛說完，後方傳來CALL機的嗶嗶聲。

悠木回過頭一看，驚訝地睜大雙眼。

佐山和神澤剛好進入辦公室。

注意到他們進來的人，無不倒吸一口氣。

他們的模樣十分狼狽，白色的襯衫變成了土黃色，那不是單純弄髒，而是完全找不到一點白色的部分，彷彿浸到土黃色的染料中一樣。深藍色的褲管上則有白色的鹽分，想來那是汗水乾掉留下的痕跡。曬黑的臂膀上有無數的擦傷，顯然鑽過不少樹叢。最令悠木惶恐的是佐山的眼神，陰鬱到令人膽寒的地步。

悠木直覺認定，他們一定見識到很不得了的景象。

佐山走向悠木：

「你找我？」

佐山的聲音跟老人一樣沙啞。

「嗯，辛苦你們了。」

「爲什麼不用我的現場雜觀？」

佐山的態度很冷靜，或許已經氣到無力發火了吧。

悠木凝視著佐山的雙眼回答：

「輪轉印刷機壞了，改用舊式的印刷機，所以截稿時間沒法延長。」

悠木不打算說出等等力的算盤。當時情況極度混亂，等等力只要打死不認帳，說他有事先告知截稿期限，雙方各執一詞根本吵不出結果。

佐山含糊地點點頭，卻也沒接受這個說法：

「那我回傳現場雜觀時，你爲什麼不告訴我？」

「我說不出口。」

「是嗎？」

佐山又愣愣地點頭，有種心不在焉的感覺。

比起佐山的態度，悠木更在意神澤。神澤在佐山的身後，像個混混一樣吊兒郎當地晃著身子。

神澤目露凶光，從剛才就一直盯著悠木不放，跟佐山形成強烈對比。神澤二十六歲，入行才三年，說是菜鳥也不為過。外表看上去有些柔弱，在悠木的印象中，神澤是一個低調又不起眼的記者。但現在的神澤，卻讓悠木感受到出乎意料的威脅。

悠木領著二人到走廊，在沙發旁的自動販賣機買了三杯冰咖啡。二人狼狽不堪的模樣引來其他部門的職員側目，神澤不悅地皺起眉頭，威嚇那些路過的職員。

「現場情況如何？」

悠木打探現場的狀況，佐山一時露出害怕的表情。

開口說明的是神澤：

「一切都摔得支離破碎。人頭、四肢沒有一個完整的——」

悠木整整聽了一個小時。

幾乎都是神澤在說，他們跟著自衛隊從長野地區入山，但現場有好幾座山頭，要找到墜機的那一座並不容易。二人多次滑落滿布碎石的山谷，又沒有充足的水和食物，只好用裝底片的圓筒盛泥水來喝。之後他們越過比人還要高的茂密竹林，再攀上陡峭的崖壁才終於抵達墜機現場。現場到處都是屍塊，要繞過屍塊走路根本不可能。

也不知道從什麼時候開始，編輯部的職員在沙發旁圍了好幾層人牆，專心聆聽佐山他們的遭遇。其他部門也有不少職員在一旁駐足聆聽。

神澤眼中的鋒芒異於常人，他就像一台壞掉的擴音器，不斷描述現場的狀況有多慘烈。尤其屍體的描述更是鉅細靡遺，彷彿人性中的某個部分崩潰了一樣。

佐山始終低著頭，一副無精打采的樣子，每講一句話都要猶豫好一段時間。不曉得在害怕什麼，看上去甚至有點像中邪。昨天深夜他在電話中，意氣風發地回傳現場雜觀。可能講完電話後，佐山心中產生了某種衝擊。大概是想起自己親眼見到的地獄，跟神澤一樣崩潰了吧，只是雙方崩潰的方式不太一樣。

眞正讓悠木感受到現場慘烈的，並不是神澤繪聲繪影的描述，而是他們二人情緒反應的落差。

「麻煩你再寫一篇現場雜觀吧。」

悠木對佐山說出連載企畫的事情。

佐山雙手環胸，一言不發。

「事到如今，寫這個有意義嗎？」

神澤率先發難了：

「今天早報沒刊出來就沒意義了啦。我們賭命回傳現場雜觀，你卻沒用，不是嗎？」

悠木看著神澤說：

「不是我不用，而是來不及用。」

「開什麼玩笑啊？竟然用共同通信的報導寫假新聞，這是在耍我們嗎？」

「不是的。」

悠木加重語氣否認，但神澤氣呼呼地批判編輯部，一方面是講給旁邊的職員聽。大批圍觀的群眾，令神澤的情緒過度亢奮。

悠木轉頭看著佐山：

「你說呢？」

隔了一會，佐山才開口：

「我跟神澤的看法一樣，現場雜觀我已經回傳了。」

無緣在北關東報的歷史上留名，佐山平靜的口吻中，隱隱透出遺憾和不滿。

「算我拜託你好嗎？」

「我已經回傳了。」

悠木咬著嘴唇不說話。

對一個後輩姿態放得這麼低，已經讓悠木感到煩躁不耐了。沒錯，佐山的現場雜觀確實沒法用上，但悠木就是要補償他們，才想出這個企畫，還在會議上力挫三位上司。現在悠木自己騎虎難下，佐山是這企畫的重中之重。佐山不肯配合的話，企畫肯定受挫，追村和等等力不曉得會如何冷嘲熱諷。

悠木沉聲說道：

「你那也叫現場雜觀？」

佐山的臉頰抽動了一下：

「這話什麼意思……？」

「我大半夜等你，只收到三十行的原稿。」

「我也沒辦法，時間不夠。」

「我明白，所以那只代表北關東報的志氣，不是現場雜觀。」

悠木用話術刺激佐山，也實屬不得已。一個社會記者不該過度計較得失，否則就再也稱不上社會記者了。

「你想寫幾行就寫幾行，把你看到的統統寫給我看。」

這次悠木說出了心裡話。

佐山是北關東報目前的一線記者，不料才過了一個晚上，就跟罹患傳染病一樣整個人病懨懨的。悠木眞心想知道，究竟是何原因讓他產生這麼大的變化？

佐山思考了一會：

「我知道了，我會寫出現場雜觀。」

佐山的表情多了一點血色，神澤仍有怨言，但佐山決心已定。

回到編輯部辦公室，電視上播出直升機搬運遺體的畫面。

辦公桌上的原稿和情報摘要又變多了。

「交通部航空事故調查委員會十三名成員抵達現場，開始回收通話紀錄器和飛行資料紀錄器。」

「多野綜合醫院的醫師團召開記者會，已經住院的倖存者，呼吸、血壓都正常穩定。再過兩、三天就會轉至一般病房。」

「第三管區海上保安本部的巡邏艇，在江之島以南十八公里處的相模灣，發現部分的機身殘骸。」

悠木審核原稿，偶爾望向辦公室的對角。佐山縮著身子，在角落的辦公桌寫稿，動作不算迅速。平常他頂多花二、三十分鐘，就能寫出社會版的頭條新聞報導。

過了三個小時，佐山才拿著原稿來找悠木，午休都快結束了。

「麻煩了。」

佐山僵硬的表情，變得比較柔和了。

「辛苦了，我馬上看。」

「幸好有寫這篇現場雜觀，心情平靜不少。」

佐山撂下一句不像他會說的話，之後朝門口走去。

悠木拿起原稿和改稿用的紅筆。原稿挺厚的，佐山寫了百行以上。

才剛讀前文，悠木就受到很大的震撼。文章跟半夜回傳的現場雜觀截然不同，文章開頭甚至不是新聞稿的寫法。

【御巢鷹山所見所聞・記者佐山】

年輕的自衛官昂然挺立。

他的懷中穩穩抱住一個小女孩。紅色的蜻蜓髮飾，藍色的水紋洋裝，都沒有那疲軟無力的泛黃小手搶眼。

自衛官無語問蒼天。

天空湛藍無垠。

上頭還有輕飄飄的雲彩。

清風傳來小鳥啁啾，悠揚吹過山稜。

自衛官卻只能看著眼前的地獄。

接下來，他必須在這一片地獄中，找出小女孩失去的左手——

悠木放下紅筆。

他讀了好幾次前文，才繼續閱讀本文。等情緒平復以後，他從位子上站起來，身歷其境的景象依然在眼中揮之不去。

悠木把原稿交給核稿部長龜嶋：

「畫哥，這一篇放頭版頭條。」

「你怎麼眼睛紅紅的？」

悠木沒有答話，逕自鬆開領帶，走向辦公室門口。

10

盛夏烈陽曬得皮膚隱隱生疼。

悠木前往停車場時，步伐相當輕快。隔了兩天來到戶外有一種解放感，可以暫時遠離空難的喧囂。佐山的現場雜觀，淨化了悠木的心靈。

悠木沒有立刻坐上車子，他打開所有車窗，讓空調把熱氣吹出車外。北關東報的本部位於總社町，離高崎的住處有二十分鐘的車程。之後還要開到前橋，前往縣央醫院。悠木沒有那個閒情逸致慢慢開車。

住家的停車場有一台紅色小客車。悠木一言不發走進客廳，弓子倒也不訝異。

「哎呀，回來啦。採訪空難很辛苦對吧？你有上山嗎？」

「我在本部擔任主編。」

「一直在辦公室？」

「是啊。」

「壓力不小吧？」

夫妻倆相處了十五年，弓子比記者還要了解記者。

「淳呢？」

「他在家啊。」

悠木心緒有些受影響，爲何兒子不出來？

「由香呢？」

「跟朋友去游泳。」

「少年運動團呢？」

「拜託，盂蘭盆節放假好嗎？」

悠木把沾滿汗臭的襯衫和領帶，丟給笑盈盈的弓子。

「你還要去報社？」

「是啊，沖完澡就去。幫我準備兩、三天的換洗衣物。」

「很辛苦嗎？」

「有點。」

悠木從冰箱拿出麥茶，穿著睡衣的淳走過他身後。悠木跟平常一樣打了聲招呼，兒子也只是簡短應了一聲。淳走到電視旁的書櫃，拿出一本漫畫躺到沙發上看。升上中學後，淳長高了不少，腳踝以下的部位就懸在雙人座的沙發外面。

弓子走進廚房，悠木小聲問她：

「他怎麼穿著睡衣啊？」

弓子也跟著壓低音量：

「好像感冒了。」

「有發燒嗎？」

「應該是沒有。」

「有量過嗎？」

「我怎麼知道？」

「有吃藥嗎？」

「你自己問他啊。」

悠木很不喜歡弓子說這話時的眼神，那眼神夾雜著憐憫，還有殘酷的冷漠。三年前，弓子曾經反問悠木，當人父親的不會主動關心嗎？悠木氣得賞她一巴掌，後來弓子就改用眼神做出相同的質問。

夫妻倆學生時代就同居了，對彼此的大小事都很清楚，唯獨父親人間蒸發一事，悠木沒有告訴弓子。悠木對弓子的說法是，父親在他中學時就因病去世。悠木不是對自己的出身自卑才說謊，而是一旦說出父親人間蒸發的事實，弓子肯定會有另一個疑問。一對孤兒寡母到底是怎麼過活的？

悠木自己都記不得，小時候有多少男人出入家裡。他也算不出來自己在倉庫裡度過多少失眠的夜晚。九年前母親心臟衰竭去世，悠木暗自鬆了一口氣。對一個已經獨當一面的男人來說，母親不光采的過去純粹是弱點罷了。

弓子單純認爲，悠木和兒子只是個性上比較合不來。弓子居中協調得不錯，也不替任何一邊說話。這樣也沒什麼不好，反正以後透過弓子跟兒子接觸就好。最近，悠木開始有這種近似看開的念頭。再過十年，兒子長大就會離開家了。這段時間不要把關係弄得太糟，勉強維持一下父子關係就是了。

悠木離開廚房。

「淳——」

「啊？」

冰冷的瞳孔瞟向悠木。

「聽說你感冒了？」

「嗯。」

「有發燒嗎？」

「沒有。」

「量過體溫了嗎？」

「嗯。」

「不要躺在冷氣出風口的地方比較好喔。」

「嗯。」

該講的講完，悠木便前往浴室。

悠木知道，其實兒子懶得搭理他。然而，淳從五年級就習慣用這種方式答話，因爲這樣就不算無視父親了。有回應就不會挨揍，但也不算心悅誠服。

兒子的這點想法瞞不過悠木，悠木曾經大發脾氣，一拳打在兒子臉上。兒子踉蹌倒向一旁的桌子，一把抄起桌上的剪刀。剪刀並沒有對準悠木，那時候兒子的年紀還太小，不敢憎恨自己的父親。兒子立起剪刀，兩眼瞅著刀尖，持續發出野獸般威嚇的聲音。

悠木沖了個冷水澡，提著裝有換洗衣物的包包離家。

開車前往縣央醫院的途中，悠木嘆了幾口悶氣。

兒子的臉色看上去像發燒，當父親的本該用手去量兒子的額溫，但他連這麼理所當然的事都做不到。

悠木一直很渴望家庭，他深信父母和小孩之間，一定有無盡的幸福和歡笑存在。成家立業是他追求幸福的手段，生下淳和由香也只是要滿足心靈上的空虛。悠木從沒思考過，子女有一天為人父母，也會在苦惱中度過人生。

早知道就一個人活下去了。不談戀愛也不結婚生子，就這樣詛咒父親一輩子，獨自過完腐朽的一生。

悠木加重踩油門的力道。

車子開往醫院，悠木本來是擔心安西的病況，但他發現自己竟在安西身上尋求慰藉，心情也就更加黯淡。

11

縣央醫院剛粉刷過的牆壁分外明亮。

時值連假，但停車場都滿了，車子只好停到離醫院有一段距離的第二停車場。

悠木快步走向醫院，一樓大廳放置著大型電視，螢幕上播出藤岡市民體育館的畫面。一位女士拿手帕拭淚，旁邊的警察攙扶著女士行走，大概是剛認完屍吧。收看電視的人多半面無表情，只有一位老婆婆坐在長椅邊上喃喃自語。

眞希望我死了，也有人替我掉淚啊……

悠木向櫃台詢問安西的病房，再搭乘電梯到五樓的外科病房。靠近走廊盡頭的右手邊是「五〇八號房」，那是一間單人病房。

悠木伸手敲門，過一會房門打開一道小縫，是臉色蒼白的小百合前來應門。

直到這一刻，悠木才明白事態有多嚴重。他確實很擔心安西，但巨大的空難從天而降，他身處混亂的激流當中，老實說也無暇顧及他人。況且，悠木很難想像銅皮鐵骨的安西，會被傷病打敗。不過——

小百合十分憔悴，跟平日判若兩人，難以壓抑的不安、悲傷、惶恐夾雜在一起，在她的臉上蒙上一層陰影。

「方便讓我見他一面嗎？」

悠木想入內探望安西，小百合點了點頭：

「嗯嗯。不過悠木先生，還請你別嚇到。」

悠木不懂小百合的意思，進門時一顆心七上八下。

安西躺在醫療用的電動床上，頭上包著白色的紗布，手臂上還打著點滴。

「安西——」

悠木反射性呼喚安西。

因爲安西的眼睛是張開的。

可是，安西沒有反應。

跟燐太郎在電話裡說的一樣，安西睜著眼睛睡著了。

不對，安西當真睡著了嗎？那炯炯有神的大眼睛還是跟平常一樣，看起來甚至有點俏皮的笑意。感覺安西隨時會轉動眼珠子，開口跟悠木打招呼。

然而，安西的眼睛完全沒反應，只有焦點看似清晰，其實什麼也沒看在眼裡。悠木握住安西的手，用力握住那溫暖的手，可惜安西沒有回握。平常，那雙大手總是摟住悠木的肩膀用力搖晃。

惶恐的心情，這下也找上了悠木。

安西……你……

「請坐。」

小百合打開摺疊椅，請悠木坐下。

「太太，他這是……」

話說到一半，悠木卻不曉得自己該問什麼。

「醫生說是蜘蛛膜下腔出血，已經動過手術了……只是可能會變植物人……」

語畢，小百合雙手掩面。

植物人……

悠木的腦筋一時轉不過來。

「這怎麼可能……」

悠木愣愣地道出難以置信的心情，小百合點頭說：

「他會眨眼睛，但我們叫他，他都沒有回應……」

悠木找不到話安慰小百合。

小百合勉強振作，開始泡茶招待悠木。

「太太，不用麻煩了，我不會叨擾太久。」

「別這麼說，請你留下來陪陪他吧。沒有人陪他聊天，他一定很寂寞。」

小百合故作堅強，裝出了笑容。

眞正需要陪伴的是小百合吧，看她的表情就知道。守在毫無反應的丈夫身旁，那股絕望感令她難以消受。

小百合上完茶後，坐在椅子上眺望安西。悠木也看著自己的朋友，安西那註冊商標般的絡腮鬍，現在看起來顯得好憔悴。

「你們本來要去爬山對吧……」

「安西沒有去山上嗎？」

「咦……？」

「那天晚上，我不是有打電話到府上嗎？剛好有空難的新聞要處理，所以我爽約沒搭上電車，安西是不是也沒搭上電車呢？」

「我想是的，他在前橋的路上暈倒，被救護車送來。」

「在前橋的哪裡呢？」

「好像是城東町……」

那裡是飲酒作樂的地方，這麼說來安西是去喝酒囉？安西在銷售部任職，經常要招待報紙的通路商。難不成他也臨時被找去應酬，沒有搭上電車？

「他是喝醉倒在路邊嗎？」

「沒有，他沒喝酒，醫生是這麼告訴我的。」

「沒喝酒……？」

悠木有點不敢相信，安西非常喜歡喝酒，不管是不是去應酬，他去城東町那地方不可能沒喝酒。也許當時還沒有很晚，他正要去常光顧的店吧？

「請問他是幾點被發現的？」

「半夜兩點多。」

悠木是越聽越糊塗了。

「他自己一個人嗎？」

「應該是，路人發現他倒在路邊，就幫忙叫救護車了。」

悠木看著安西的臉龐。

這太詭異了，安西半夜兩點去鬧區卻沒喝酒，他自己一個人去那裡做什麼？

話說回來，知道答案也改變不了什麼。接下來才是問題，安西到底有沒有恢復意識的可能性？

「醫生的說法呢？」

小百合的表情又沉下來了：

「醫生說，情況沒好轉的話，就是植物人了……」

小百合從包包拿出記事本，裡面夾著一張紙。

「持續性植物狀態」。

上面寫著這一專有名詞，看起來是男人的字跡。

「總之會先嘗試各種療法，如果持續三個月以上沒改善，醫學上便以這種方式稱呼。這名詞太難了，我根本記不住，也不想記住……」

平日寡言的小百合，今天似乎話特別多，肯定承受了不小的精神壓力。

悠木先想好要說的話，這才對小百合開口：

「恢復意識的也不在少數，沒騙妳。」

小百合眨眨眼睛說：

「是啊，要是他能康復就好了……」

「安西跟普通人不一樣，絕對會清醒的。」

「謝謝你……」

悠木很同情安西一家，未來日子要怎麼過下去呢？報社的總務會如何應對？

「報社有其他人來過嗎？」

「昨天部長有來。」

銷售部長伊東康男。悠木一聽到這名字，脖子的肌肉也繃緊了。

「他有說什麼嗎？」

「部長說他會盡量幫忙，慢慢休養沒關係。」

慢慢休養沒關係……這根本是假好心的諷刺，公司照顧傷病職員最長不超過半年，安西若眞的變成植物人，早晚會被公司開除。醫療費也是不小的開銷，小百合和燐太郎日子該怎麼過下去？

悠木的心情好沉重。

「該跟公司討的，千萬不要客氣，我也會幫忙的。」

「謝謝你。不過……部長平常很照顧我們，怎麼好意思討呢……」

「不主動去討，公司不會有作爲的。況且——」

「我只是覺得很過分，公司讓他那樣做牛做馬。」

「咦……？」

悠木意外地看著小百合，小百合卻用開朗的語氣轉移話題：

「我們家那口子，一直盼著這一天呢。」

「盼著什麼……？」

「跟你一起去爬山啊。」

「是這樣嗎……」

「其實剛動完手術，他有稍微恢復意識。」

悠木訝異地看著小百合：

「眞的嗎？」

「嗯嗯，當時他只說了一句話——你先去吧。」

「啊……」

「那是對你說的吧？我們家那口子，他還不知道你沒法去。」

安西是眞的想去登山。儘管他沒有搭上說好的那一班電車，但他打算隔天搭上首班車，前往谷川岳的登山指導中心和悠木會合。

你先去吧——

悠木望向病床，或許安西正在漫漫長夢中攀登衝立岩吧。

這個愛山成痴的笨蛋實在欠罵。

爲什麼不對自己的家人——不對自己的妻兒說點什麼呢？萬一安西再也醒不過來，這可就是他最後的遺言了。

「聽說，衝立岩是很可怕的山頭對吧？」

「可怕……？」

悠木受到不小的震撼，那個安西竟然會說衝立岩可怕？

「這是安西說的？」

「嗯嗯，他很害怕喔。你別看他那樣，其實他很膽小，害怕的話別去就好了嘛。」

小百合話中頗有怨懟之情。果然，她也不能諒解，爲何丈夫最後掛念的不是家人，而是跟朋友去登山的約定。

這時悠木的 CALL 機響了，肯定是公司在催他快點回去。已經午後三點多了。

悠木緩緩站了起來。

小百合用眼神懇求悠木留下來。沒了談話對象，她又得孤身面對殘酷的現實。

「呃——」

二人同時開口。

「請說？」

悠木請小百合先說，小百合笑道：

「可否請你見燐太郎一面？」

悠木想的也是同一件事，他也想先看看燐太郎再回報社。

「他在哪呢？」

「燐太郎幫我去買東西，應該就快回來了。」

「好，那我先去下面回個電話。」

「悠木先生，燐太郎麻煩你多關照了。」

小百合的眼神很認眞：

「那孩子很喜歡你，只是沒說出來罷了。你也知道，他沒有特別黏我們家那口子。」

悠木對這說法很意外。

他做夢也沒想到小百合會這樣說。他去安西家做客不少次，經常看到安西和燐太郎玩在一起，內心好生羨慕。

來到走廊，悠木還是有些難以置信。

悠木搭乘電梯前往一樓，正要去找公共電話時，出入口的自動門也剛好打開，是燐太郎回來了。燐太郎跟自己的兒子同年，同樣都是十三歲，身材卻小了兩圈，因此手上的塑膠袋看起來又大又沉。

「唷。」

悠木打了聲招呼，燐太郎快步走來，遺傳自安西的圓眼珠來到了悠木面前。

「辛苦啦。」

「不會……」

燐太郎羞得臉都紅了。

「我見過你爸爸了。」

「嗯。」

「他會清醒的，別擔心。」

燐太郎低頭不講話。

悠木摸著他的腦袋，故意用力搓了幾下。

「打起精神來，你是男孩子吧？要好好照顧媽媽啊。」

悠木說他改天再來，說完便轉身離去。背後響起物品掉落的聲音，他正要回頭，燐太郎一把抱住他的側腰。燐太郎的雙臂抱在他的皮帶上方，抱得很緊。

悠木愣住了，就這麼讓燐太郎抱著自己。他雙腿用力踩穩，以免踉蹌。兩個塑膠袋掉在地上，一碗泡麵滾了出來。爸媽都不在家，或許那就是燐太郎今天的晚餐吧。

悠木胸口一陣酸楚。

這孩子一定很惶恐吧。

悠木將手繞到燐太郎的背後。

緊緊抱住那小小的身軀。

12

天快要亮了。

悠木聞到食物的香味，從帳篷裡爬了出來，燐太郎寬大的背影就在他面前。燐太郎蹲在河灘上，用小型瓦斯爐烤年糕。平坦的石板上放著紙盤，紙盤當中有加糖的醬油和海苔，看來燐太郎是要做海苔年糕捲給悠木吃。

「早安。」

悠木先打了聲招呼，燐太郎吃驚地回過頭：

「我吵醒你了嗎？」

「不早點起來，萬一全被你吃光那還得了。」

悠木開著玩笑。

抬起頭一看，晨曦逐漸照亮一之倉澤的山稜。天空還看得到星辰，美麗的景象令悠木渾然忘我。

「眞漂亮……」

燐太郎聽到悠木的感想，也跟著抬頭：

「是啊，我也很喜歡這段時光。」

悠木望向右手邊的衝立岩，衝立岩的線條，狀似高聳的金字塔，冷峻地佇立在清晨的薄霧之中。

「光看就覺得可怕啊。」

「吃飽就不會怕了。」

燐太郎露出隨和的笑容，遞上海苔年糕捲。

「你爸也說很可怕喔。」

「眞的嗎？」

「你媽告訴我的。」

「那麼，我爸攀爬衝立岩是要克服恐懼？」

「不，他說爬山就是爲了下山。」

「爬山就是爲了下山……？」

「你也不懂對吧？安西他很擅長出題考別人。」

二人決定六點出發。

有件事悠木不曉得該不該說，最後還是決定說出口：

「出發前，有些話我想先告訴你。」

燐太郎停下收拾的工作，專心聆聽悠木要講的話。

「當初的事你還記得嗎？安西剛住院，我第一次去探病的時候。」

燐太郎臉都紅了：

「嗯嗯，我記得很清楚。那天我還一把抱住悠木叔叔。」

「是，關於那件事……」

悠木扭扭身子，挺直背脊說道：

「我得跟你道歉才行，那時候你跟我滿親近的，我卻有點在利用你。」

燐太郎不解地歪著頭。

今天他們去攀爬衝立岩，是要紀念逝去的安西耿一郎。因此在挑戰衝立岩之前，悠木想先說出自己的心裡話，來之前他就有這個念頭了。

他接著說道：

「當初在醫院，其實我真正想抱緊的是淳，而不是你。你那樣抱住我，我真的很開心，但我心底想抱的是自己的兒子。」

燐太郎純厚耿直的雙眸，凝視著悠木。

「一年多以後，我有帶你和淳一起去爬榛名山對吧？我只是把安西教我的東西，拿來現學現賣罷了。老實說，那陣子我和淳的關係很不好，父子倆幾乎沒法單獨相處。我一直想要改善彼此的關係，但又不知道該如何是好，所以就利用了你。有個人當緩衝，我跟淳就能在一起了。好在你跟淳也處得不錯，當然我也很喜歡你，只不過——」

悠木低下頭說：

「你媽很感謝我，她認為我代替安西給了你父愛，你或許也是這麼想的吧。每次我邀你爬山，你都很開心地跟我走。你看我的眼神，就像在看自己的父親，讓我感到很愧疚。我現在依然很愧疚，其實我是為了自己的親子關係，才找你的……」

悠木當時唯一能相信的，就是燐太郎對自己的好感。所以，他在燐太郎面前總是表現得很自然。悠木很疼燐太郎，他甚至想過，如果燐太郎真是自己的兒子，不知該有多好。

然而……他也沒法放棄自己親生的兒子。

他想跟兒子從頭來過。

溪畔吹過一陣涼爽的晨風。

「我多少感覺得到。」

燐太郎靜靜地回答。

他的眼神依舊澄淨無暇，既沒有憤怒，也沒有不滿。

「我真的很開心。」

「嗯……？」

「那段日子，我每天都很期盼禮拜天到來。」

燐太郎的話語，溫暖了悠木的心。

悠木遙望遠方：

「嗯，真的很開心……」

每到禮拜天，悠木就會帶兒子和燐太郎去爬山。爬累了就停下來吃便當，吃完繼續爬。

他們去山上就只做這兩件事，但真的好開心。現在回想起來，那是一段無可取代的時光。淳取巧偷懶，爬山技術沒有太大的長進，倒是燐太郎進步得很快，一下子就超越悠木了。這帶給悠木很深刻的感觸，果然有其父必有其子啊。

「該出發了。」

燐太郎站了起來。

「你肯原諒我嗎？」

悠木鼓起勇氣尋求原諒，燐太郎又蹲了下來，兩人四目相對。

「千萬別這麼說，我非常清楚，悠木叔叔你比誰都溫柔。」

悠木情緒激動，差點就要落淚。

燐太郎轉過身，開始檢查包包、繩索、攀岩盔、登山扣等裝備。悠木在他身後，看到他耳根子都紅透了。對生性害羞的燐太郎來說，他也是鼓足勇氣才說出那番話的吧。

悠木感覺心中的重擔消失了。

他仰望衝立岩，這下終於能坦然面對挑戰了。

「好了，我們走吧。」

燐太郎揹起包包，嚴肅的表情與剛才截然不同，令人爲之一驚。悠木以前也看過同樣的表情，安西攀岩時就是那副模樣。

緊繃的情緒竄過全身上下，接下來就要踏入「魔山」的領域了，這一次悠木是卯足了勁要挑戰衝立岩。

燐太郎邁步前行，悠木緊隨在後。他們要從一之倉澤的溪壑行經主段谷，前往「尾脊」，那裡相當於攀上衝立岩的踏台。

灌木叢有前人走出來的小徑，他們循著小徑前行，這段路程並不陡峭。衝立岩就在右前方的位置，看上去十分巨大。垂直的岩壁沐浴在朝陽下，絲毫不減其險峻的威勢。

二人踩著溪中的石頭前往對岸，之後再繞回原岸，從「飛瀑」的左側爬上比較好攀登的地方，也就是繞過灌木叢攀上去。燐太郎穩紮穩打，維持著一定的速率前行，既不會太慢、也不會太快。

尾脊的岩壁就在不遠處了，二人走下溪谷地，越過雪溪。凹凸不平的地面並不好走，感覺像被湯匙挖過一樣，因此這裡又叫「湯匙小徑」。四處可見落石和雪崩帶來的岩塊，這也意味著此地已經沒有安全地帶了。

悠木一顆心也激動了起來，終於進入一之倉澤的腹地了。十七年前，他本該跟安西一起來這裡的，如今卻跟安西的兒子結伴同行。頭頂上方盡是知名的岩壁，包括瀧澤板岩，還有垂直落向谷地的瀧澤板岩下段，以及烏帽子澤奧壁。最後，就是他們要攻克的衝立岩正面岩壁。

二人花了四十分鐘左右抵達尾脊的底部。

燐太郎轉頭問道：

「要休息一下嗎？」

「沒關係，繼續走吧。」

燐太郎點點頭，開始檢查要攀附的岩石狀態如何。昨晚有零星降雨，長年被雪崩沖刷的光滑岩壁潮濕發亮。

「爲求愼重起見，我們結組吧。」

悠木對燐太郎的體貼感到開心，燐太郎肯定看出悠木的不安。照理說，攀爬這個區域還不需要結組，但悠木沒信心攀上濕滑的岩壁。

繩索一穿過登山扣，一股難以想像的安心感油然而生。原來結組有這樣的效果，跟燐太郎繫在同一根繩索上，讓悠木的身心都充滿了活力。

「那我們開始爬吧。」

「好。」

二人攀上了尾脊。

燐太郎幾乎只靠雙腿就爬上去了，悠木則要壓低重心，手腳並用才跟得上。爬得越高，原本聳立前方的衝立岩峭壁，變成了泰山壓頂的存在，那股壓迫感難以形容。

悠木自問，我眞的爬得上去嗎？

老友在遙遠的回憶中答覆他。

「像你這種的一定敢上。」

「平常沉著冷靜的人啊，反而會拚命往上爬。」

「就是亢奮到極限，恐懼感麻痺的狀態。」

Climber's high。

往事在腦海中浮現。

十七年前的那一天，悠木確實體驗過亢奮到極限的狀態。

13

悠木在縣央醫院待了好長一段時間，才開車趕回編輯部。等他進到辦公室，已經快下午四點了。追村次長破口大罵的聲音，打散了他在醫院的愁緒，將心思拉回統籌主編這份工作上。

疲勞感揮之不去。

「王八蛋，哪有統籌主編沒交代去向就不見蹤影的！」

追村次長之所以暴怒發飆，主要是悠木不在的時候，空難事故有了重大的發展。辦公桌上的共同通信報導，記述了一則重大消息。其中一名獲救的女性，也就是日航的助理事務長，詳述了事發當時飛機內的狀況。

「下午六點二十五分，飛機上方發出巨響，之後我感覺到耳朵發疼。

「機艙內變得白茫茫的，機組員座位下方調整壓力的通氣孔也打開了。廁所上方的天花板掉落，氧氣面罩也掉了下來。

「機身晃動得很厲害，好像在飄擺一樣。

「之後機身急速下墜，不久發生兩、三次強烈的撞擊，周圍的座椅、靠墊，還有其他東西都摔得東倒西歪。」

從這些證詞推斷，空難可能是機身後方的垂直尾翼破損所導致——共同通信的相關報導做出了這樣的結論。

悠木看得怒火中燒。

因爲這一篇證詞，是由日航的幹部詢問倖存者，並主動召開記者會公布的。縣警昨晚成立特搜本部，準備追究空難的刑事責任。倖存者的證詞是今後調查不可或缺的關鍵，況且光看這篇證詞的內容就知道，專業機組員的筆錄是立案所需的重要資料。不料，可能成爲嫌疑人的日航，竟然動用關係取得證詞，還擅自公布內容。就算證詞本身值得信賴，誰也不敢保證日航不會爲了明哲保身而「加料」。

罹難者家屬和國民都亟欲知道墜機時的狀況，日航眞的有心回應眾人期待，就該等待機組人員康復，讓她接受媒體代表的採訪。或者，交給交通部的航空事故調查委員會訊問也是一個辦法。

編輯部傾向用這一篇「重要證詞」來製作今天的版面，甚至有人提議，乾脆把這篇證詞當成頭版頭條，但悠木不同意這樣的做法。頭條要用佐山的現場雜觀，他並不打算推翻這個決定。

過了下午五點，粕谷局長挺著大肚腩來了。

「喂，那篇證詞你打算怎麼處理？」

「放頭版的次要新聞欄位吧。」

悠木提出了腹案。

放頭版的次要新聞欄位——也就是當成準頭條來報導。其實悠木認爲挪到第二社會版也沒什麼，但他不想得罪編輯部的主流意見，以免大家吵著要放頭版頭條，因此才準備了這個腹案。

粕谷不解地問道：

「這只有準頭條的價値嗎？當頭條都沒問題吧？」

「可是——」

悠木不斷強調日航有操弄情報的可能性。而日航在羽田公布證詞內容，也讓悠木內心非常不滿。123航班墜落在群馬境內，倖存的空服員也住在群馬的醫院，證詞同樣是在群馬的醫院內問出來的，爲何公布地點卻是在東京？群馬蒙受無妄之災，倒楣成了事故現場，這些一度隱忍的負面情緒，又一次爆發出來。

粕谷局長勉爲其難地同意了。局長離開後，悠木回頭審閱原稿。他再次體認到這是一起前所未有的重大空難，辦公桌上堆疊的原稿數量，跟他離開的時間完全成正比。

「回收一百二十一具遺體，已確認五十一名罹難者身分」「家屬趴在棺木上痛哭失聲」「與七年前的機尾擦地事故有關？」「一天飛五趟，有過度飛行之嫌」「日航四十九架波音客機近日安檢」「事故調查委員會回收飛行資料紀錄器和通話紀錄器，開始進行分析」「日航的高木社長對中曾根首相表明請辭之意」「縣警近日將訊問空服員」「美國總統表達哀悼之意」「上野村公所失去行政機能」「航空保險業績增長五倍」「補償金額高達五百億元」

「四名倖存者恢復狀況極佳」。

晚上七點過後，部內的吼叫聲不絕於耳。悠木也累了，對周遭的關注力不如平時敏銳。因此當他在審閱原稿時，沒有聽到那「黏膩的嗓音」，平時他是絕對不會漏聽的。

「喂。」

隔壁的田澤出聲提醒悠木。

「怎樣？」

悠木瞄了田澤一眼，田澤示意他望向身後。悠木跟著看去，一看到來人便僵住了。

對方長著一個鷹勾鼻，嘴上還有留鬍子，是銷售部長伊東。

「打擾一下可好？」

伊東的口音異常黏膩，彷彿嚼著口香糖講話一樣。

「有何指教？」

悠木也提高戒心。

「沒有啦，只是想問一下今天的截稿期限。」

「今晚不會延長期限，應該會按照平常的期限截稿。」

「是嗎？那就好。不是啦，因爲報紙太晚送到通路商，我們會被店主罵嘛。」

伊東意有所指地說完後，臉上浮現意味深長的笑容。

悠木永遠忘不了，他剛加入北關東報時，第一次被伊東找上有多震驚。那是一種如墜冰窖的感覺，因爲伊東的聲音跟他小時候聽過的聲音一模一樣。

你媽是在賣的對吧——

那是悠木念小學的事情，算一算也將近三十年了。他在附近的兒童公園偶爾會看到一個高中生年紀的少年，少年曾說過關於母親的祕密。他們的學區不一樣，但剛好都住在學區的分界上，所以才不期而遇。兩人頂多就是那樣的關係，悠木也不知道少年住在哪裡，更沒有稱兄道弟的記憶。

後來悠木再也沒有去那座公園，好一段時間都沒法安心。一想到自己可能再次碰到那個高中生，他就不敢出門玩耍。只要遠遠看到對方，就會狂奔回家。午夜夢迴時，也經常做著逃離對方的噩夢。

所以悠木在報社一聽到伊東的聲音，馬上就想起那個高中生的聲音。從他剛進公司的時候往回推算，那也是十五年前的事了，對方的聲音不可能毫無變化，但悠木幾乎確信伊東就是那個高中生。他調閱員工名冊查探伊東的住址，果不其然，伊東就住在他小學時的住家附近。悠木想不起高中生的面容，或許是對方的嗓音和說話方式太特別吧。也有可能是小時候的悠木心中膽怯，不敢注視對方的臉龐。不過——

假如那個高中生就是伊東，搞不好他還記得悠木吧？悠木加入北關東報以來，這分恐懼感就一直吊在心上。對方當時已經就讀高中了，肯定知道悠木是誰家的孩子。照這樣聯想，高中生知道悠木的名字也不足為奇。

伊東倒是沒有表現出那樣的態度，畢竟是很久以前的事了，沒準他早就忘記了，說不定悠木根本就搞錯對象。然而，大概是疑心生暗鬼的關係吧，伊東隨便一個動作或表情的變化，都會讓悠木想起祕密被揭穿的往事。一想起那不堪回首的過往，悠木總是情緒萎靡、膽戰心驚。母親懷裡的酒臭味，跟那些男人猥瑣的笑容交織成鮮明的意象，在悠木心中激盪出反胃的感覺。

今晚也有那樣的預兆，伊東沒有其他要事，卻遲遲不肯離開悠木的辦公桌旁，令他不免猜忌對方有何企圖。

他拿起另一份原稿審閱。

「勞動部著手調查乘客是否合乎勞動災害認定。」

悠木才剛要讀原稿，伊東又打開話匣子：

「啊啊，對了。」

「怎麼了嗎？」

悠木拋出一個不太友善的眼神。

「聽說，你今天去探望安西啦？」

「嗯嗯，沒錯。」

「情況怎麼樣？」

「還能怎樣，安西昏迷不醒啊。」

「是啊，眞令人頭疼呢。」

悠木幾乎要飆罵髒話了。

「他的太太呢？」

「啥？」

「他太太也在場吧？」

「是在場啊。」

「他太太有說什麼嗎？」

悠木想起小百合說過的話——

「我只是覺得很過分，公司讓他那樣做牛做馬。」

悠木一直以爲安西對公司和工作沒什麼興趣，因此小百合那句話出乎他意料之外。

伊東自己也覺得，他讓安西過勞了？

安西以前曾說伊東是他的「救命恩人」。安西沒說過理由，只知道他非常仰慕伊東。悠木不能理解，銷售部被稱作「黑盒子」不是沒原因的，大家都不太清楚他們的工作是什麼。身爲銷售部部長的伊東，在其他單位的人眼中，儼然是謎樣人物的最佳寫照。

悠木答話的語氣，頗有不願繼續對話的味道：

「他太太很感謝部長，聽說你還叫安西好好休息是吧。」

「是喔，還有嗎？」

悠木手勁加重，紅筆的筆尖刺進原稿中。

「還聊滿多的，他太太很憂心，請趕快派總務的人去一趟吧。」

「當然，我會派人過去。」

悠木低頭看稿，打算來個相應不理。但這一回，他感覺到正面有充滿壓力的視線。

是追村次長在凝視他，也許用瞪視來形容比較貼切。不對，追村在瞪視伊東。或者，是對伊東和悠木走太近有意見吧。

悠木不必細想，多少也心裡有數。銷售部被視為理事派的黨羽，追村則是社長派的紅人，光看到伊東踏入編輯部，追村一定很不是滋味。安西是伊東的部下，追村會說安西的壞話，肯定也是出於同樣的理由，不外乎是不理性的遷怒罷了。

悠木感覺腦部發麻，想必是過度疲勞的關係。

你們愛鬥就去鬥吧。

「麻煩您了。」

悠木聽到核稿部職員的聲音，職員在辦公桌放上第二社會版的打樣。

最先映入眼簾的，是下半部的大幅廣告。

「道歉啓事：本公司JA8119號客機之事故，造成許多寶貴的性命殞落——」

那是一篇以日航社長名義刊登的「道歉廣告」，廣告上方就直接擺著罹難者家屬痛哭認屍的照片。

悠木憤然起身。

「畫哥！」

悠木怒不可遏，渾身氣血幾乎要逆流。傷亡慘重的火災報導上，也是有肇禍者登報道歉的例子。不過，眼前的這份報紙令人難以忍受。再加上日航擅自詢問生還者一事，這一切善後都做得太周到了。該死的不只是日航，北關東報把道歉廣告跟家屬認屍的照片放一起，也一樣罪無可逭。

龜嶋急急忙忙趕來了：

「怎麼了？出什麼差錯了嗎？」

悠木指著廣告說道：

「請把這篇廣告撤下來。」

「爲什麼？」

「請你撤就對了，放這廣告太不長眼了。」

龜嶋不解地看著悠木的臉：

「所以到底是怎麼了？你沒事吧？」

核稿部是製作版面的專家，他們只懂這個，因此悠木和龜嶋的認知有極大的落差。

「廣告不能說撤就撤啦，要跟廣告單位的人商量一下。」

悠木想起了暮坂廣告部長的那張紅臉。可他轉念又想，這次廣告部的可沒資格抱怨，日航的這篇廣告算是天上掉下來的，不是他們辛苦爭取來的。

「責任我扛，請你撤掉廣告。」

「可是——」

「你撤掉就對了啦！」

悠木忍不住動怒。

龜嶋的圓臉揪成一團，其他人也轉頭看著悠木。

悠木再也無法平心靜氣：

「你們好意思做出這麼可恥的報紙嗎？買這篇廣告二、三十萬跑不掉吧？去跟日航的那些傢伙講，不要只會拿錢做這種公關，去多買一點花供奉無辜的死者吧！」

現場沒人答話，悠木看了更加惱怒：

「你們都沒感覺就對了？相關的報導跟廣告就這樣擺在一起——」

話才說到一半，悠木愣住了。

他現在才注意到，罹難者家屬的照片斜上方，有一篇字體擠得密密麻麻的小篇幅報導。

【御巢鷹山所見所聞・記者佐山】

那是佐山寫的現場雜觀，本來這篇報導是要拿來當成頭版頭條的，結果卻在悠木不知情的狀況下，被挪到第二社會版。而且還是在下方不起眼的小角落。

王八蛋，又要小手段！悠木一股火氣飆了上來。

他拿著打樣直接去找等等力。

戴金邊眼鏡的傢伙就在位子上，佐山和神澤等五、六名日航空難的採訪記者圍在一旁。鏡片底下的瞳仁傲視那些記者，想必又在賣弄採訪的經驗之談吧。

「你們讓一讓。」

悠木推開那些記者，把打樣甩到等等力的桌上。

「請問你這是什麼意思？」

佐山看到自己的報導被糟蹋，也發出了驚詫的聲音。

等等力緩緩摘下眼鏡，直盯著悠木的臉龐，根本不屑看桌上的打樣一眼。

「怎樣？」

「我說過，現場雜觀要當頭版頭條，爲什麼被挪到第二社會版？」

「我怎麼知道？」

「你別裝蒜！」

悠木破口大罵，等等力扭扭脖子，也站了起來：

「你以爲你在跟誰講話？」

「跟你啦，改一下你那狹隘善妒的毛病！」

雙方各自往前一靠，鼻頭幾乎就要撞在一塊。

「你現在下跪道歉，我就原諒你。」

「誰要跟你下跪啊，這篇報導我要挪回頭版，你沒意見吧！」

「改版面的事你去跟次長說。」

是追村更動版面？

悠木張著嘴巴，一時反應不過來。

「爲什麼？」

等等力冷笑道：

「次長怎麼可能把自衛隊的相關報導放在頭版。」

悠木有一種被打臉的感覺。

沒錯，佐山的現場雜觀開場白就是描寫自衛隊。

悠木的怒火轉移到了追村身上。

那篇報導哪裡不好？

他望向追村的辦公桌，人不在位子上。

「次長在哪？」

「他說要去找總務。」

悠木一把抓起桌上的打樣，等等力卻壓住紙張，不讓悠木抽走。

「請你放手。」

「你先下跪道歉我就放手。」

旁邊的記者都倒吸了一口氣，佐山凝視著悠木的側臉。

等等力的眼光猶如刀刃般銳利：

「年輕小伙都在看，好好道歉負責。」

悠木也怒目相向：

「沒必要吧。」

「什麼叫沒必要？你搞錯發怒的對象，給我道歉。」

「你昨天也這樣搞過，要我當著他們的面揭穿你嗎？」

等等力惡狠狠地瞪著悠木，沒有回嘴。

悠木用力抽起打樣，等等力還是沒有放手。一陣清脆的聲音響起，日航的道歉廣告被撕成兩半。

「這件事我跟你沒完。」

等等力撂下威脅，悠木也不搭理他，逕自走向編輯部的出入口。那些年輕記者也追到走廊。

佐山代表同件發言：

「悠前輩，我們支持你。」

悠木快步跑下樓梯。

已經晚上十點多了，悠木對等等力的說法存疑，總務單位這個時間不該有人。

總務部位於西館一樓。

室內的光源透到走廊，悠木打開大門，看到同梯的久慈在使用文書處理器。總務建議記者也該使用文書處理器，但沒有人照辦。大家認爲用那種東西寫不出有魄力的報導，悠木也是同樣的想法。

「眞是稀客啊，你竟然會來這裡。」

久慈是眞的很吃驚。

「我們次長有來嗎？」

久慈抬起下巴，示意人在後面的房間。

「就在大殿裡。」

所謂的大殿是指社長室。

「社長還在？」

「小聲點，他會聽見的。」

「還在嗎？」

「在啊，他參加完附近的聚會，順便過來一趟。」

悠木走向社長室。

「喂，你要幹嘛？」

久慈趕緊叫住悠木。

「我有急事。」

悠木並沒有說謊，不是所有版面的截稿期限都能拖到晚上十一、二點。而是要考量製作部的作業能力，先從原稿比較早交的版面依序付印。第二社會版的死線是十點半。

悠木來到門前，久慈在他身後問道：

「你也是站這邊的吧？」

久慈指的大概是派系，但悠木沒有解釋或找藉口的時間。

他毫不猶豫敲響木紋鮮明的豪華大門。

14

悠木是頭一次進入一樓的社長室。

原本社長室設在三樓，後來白河社長出車禍傷到脊髓，必須用輪椅代步，社長室也就在半年前移到一樓。

坐輪椅的白河社長，以及秘書高木眞奈美都在室內。追村次長則坐在可容納十個人的環形沙發上。

「你來啦，坐吧。」

追村以輕鬆的語氣請悠木入座。或許是「老大」在場的關係，追村一看到悠木前來雖然很訝異，但神情依舊和顏悅色，絲毫沒有平日的火爆氣息。

「這位就是我之前提到的悠木。」

追村一副很歡快的口吻。

白河的眼神也帶著笑意：

「我知道啊，這小毛頭進來公司的時候，我還在當編輯局長嘛。」

「人家現在可是日航空難的統籌主編呢。」

「是喔，變這麼了不起啦？以前總是要上面的人關照呢。」

他們的對話讓悠木感到納悶。追村有提過悠木？這麼說來，編輯部內的大小事追村都有向社長報告囉？

「請用。」

眞奈美在桌上放了一杯冰咖啡，她的外表美得令人驚豔。三個月前，眞奈美還是住宅供給公社的職員，據說是追村爲了白河社長特地挖角來的。之前幫社長推輪椅的是一個叫黑田美波的女子，不曉得那個人怎麼樣了？

白河社長和追村似乎不乏閒聊的話題。

「次長，容我請教一個問題。」

悠木直接打斷二人談話，他真的沒時間拖下去了。

「什麼事啊？」

「請看這個。」

悠木在桌上攤開印刷的打樣。

「這篇報導我本來安排在頭版，好像被放錯版面，放到這一個版面上了。」

悠木在社長面前，改用試探性的方式提問，追村一副不以爲意的態度。

「那不是放錯版面，是我下的指示。」

「敢問原因爲何？」

「這還用問嗎？報紙不需要替自衛隊宣傳啊。」

「可是——」

悠木探出身子說道：

「這篇新聞只是剛好提到自衛隊，並不是宣傳。」

「從結果來看就是宣傳啊，社長您怎麼看？」

「什麼事啊？」

白河社長乖乖坐著，讓眞奈美幫他梳頭。

「次長，可否出去一談？」

悠木對追村說悄悄話，這裡並不適合討論，在這裡講太耗時費力了。

「出去幹嘛？結論已經定下了，不用談了吧。」

「話不能這麼說，請重新考慮一下。」

追村又問白河社長：

「社長，用自衛隊的佳話來當頭版頭條，您認爲妥當嗎？」

「嗯～這個嘛。」

情況突然發展成由社長定奪，悠木大感意外，連呼吸都忘了。

這太不公平了，追村用「佳話」來形容那篇報導，沒有一個新聞從業人員，會按照字面上的意思來解釋那句話。照常理思考，一定會認爲是在「歌功頌德」或「另有隱情」。

「社長——」

悠木急忙解釋：

「那絕不是在歌功頌德，您看過就知道了。」

悠木的反應令追村大吃一驚，但握有決定權的白河社長，並沒有拿起印刷打樣閱讀。他把自己的手交給眞奈美修剪指甲。

「社長，我沒騙您，您看過就知道了——」

話才說到一半，白河轉過來說：

「這樣不太妥當吧。」

悠木愣了半餉，社長竟如此輕率地做出決定。

不，現在還有挽回的餘地，悠木鼓舞自己據理力爭：

「社長，那篇報導是底下的記者花了十二個小時爬上山，才寫出來的——」

「喂，悠木。」

追村以勸戒的語氣說道：

「你不是想反對社長的意見吧？」

「不是的，但——」

「你這樣太難看了。放手吧，社長已經決定了。」

白河社長一臉皮笑肉不笑的表情，一面看著悠木和追村較勁，一面享受眞奈美替自己按摩肩膀。眞是性好漁色之徒，一個曾經幹到編輯局長的人，只是身體不靈便了一點，結果卻墮落到這種地步。

悠木低頭懇求：

「拜託了，社長，頭版頭條請讓我用這一篇報導。」

白河社長閉起眼睛，淡淡地說：

「你眞的變得很了不起呢。」

同樣的一句話，意思卻跟剛才截然不同。悠木很清楚，再講下去社長就要發飆了，過去白河擔任編輯局長的外號叫「氫彈」。

佐山的容顏和聲音，在悠木的腦海中浮現。悠前輩，我們支持你——

悠木下定決心，從沙發上站了起來。

他拿起印刷打樣，走到白河社長的輪椅前。追村大罵無禮，悠木也懶得理會，直接把打樣放到白河社長的膝頭上。

「社長，請您務必看一下，拜託了。」

悠木深深一鞠躬。

短暫的沉默過後，真奈美離開輪椅旁邊。

緊接著，白河社長怒目圓睜：

「一個小小編輯意見別那麼多！」

悠木反射性立正站好，但他還是提出了建言：

「請您務必看一下。」

白河社長布滿血絲的眼球一轉，直瞅著悠木：

「你想丟工作就對了？」

悠木低下頭來。

他不是害怕，也不是失望。

而是想要痛扁這些老賊，血液在全身上下奔騰流竄。

悠木心想，一點小事情就要開除我？好啊，那就開除吧。在這裡退縮的話，主編的工作也不用幹了。連續兩次保不住部下的報導，這種主編是不會有人追隨的。

悠木對記者工作沒啥眷戀，反正也夠本了，再做下去也是丟人現眼而已。

家庭怎樣也無所謂了。

那只是表面上像個家，實際上根本沒有向心力。悠木不想整天戰戰兢兢討好兒子，老婆若知道他丟了飯碗，也不會給他好臉色看。那就自己一個人過活吧，悠木之前就有這種打算了，獨自生活還輕鬆一點。

悠木摸著自己的額頭。

手掌遮住了視線。

好累。一想到這裡，悠木一顆心墜入了黑暗之處。

是記憶中的倉庫。他看到嬌小的自己，抱住膝頭渾身哆嗦。

悠木差點就要發出哀號了。

耳朵深處隱隱作痛。

他彷彿聽到母親的嬌喘聲……

男人們嘲弄的笑聲……

狗吠的聲音……

還有，滲入骨髓的孤獨感……

一張張臉龐浮現眼前。

弓子……淳……由香……

請你們別離開，只要待著就好。

貌合神離也沒關係。

我受夠孤獨了，再也不想孤獨地坐在倉庫裡了……

悠木身子一傾，就在他快要倒下去的時候，奮起最後一絲力氣站穩。

模糊的視野依稀可見白河社長憤怒的臉孔，悠木彎下腰來，伸出發抖的手掌拿起白河社長膝頭上的印刷打樣。他把打樣對折捲起來，最後無力地低頭致歉：

「是我失禮了。」

悠木在昏暗的走廊前進。

爬完階梯後，他在自動販賣機前面，看到那一群年輕的記者。光看那幾個人的表情，就知道他們在等悠木回來。

悠木和佐山對上眼。

佐山觀察悠木的表情，也猜到發生了什麼事。他低下頭，轉身離去。

神澤擋住悠木的去路：

「情況怎麼樣？」

「請你們多擔待。」

悠木講完這句話，走向編輯部的大門，後方傳來不滿的咂嘴聲。

還以爲他會有點作爲——

截稿期限將近，辦公室鬧哄哄的。悠木站到牆邊的黑板前面，沒有走向辦公桌。

「日航空難統籌主編．悠木」。

悠木用手掌抹掉粉筆的字跡。

15

深夜時分依舊悶熱。

早報付印後，悠木驅車離開報社，回到家已經過了十二點半。家中的電燈都關了，悠木有點小小的失落。

家人都睡了，屋內靜悄悄的。走廊潮濕的空氣夾雜著家中的氣味。悠木一進入客廳，冰涼的空氣迎面而來，弓子應該才上床沒多久。走到廚房，餐桌都收拾乾淨了，瓦斯爐上的鍋子有乾掉的咖哩。悠木白天回來時，有說今天要睡在公司，因此冰箱裡沒有準備他的啤酒和配菜。

悠木拿著麥茶返回客廳，將剛印出來的早報丟在桌上。他連襯衫也沒脫，就躺在沙發上拿遙控器打開電視。電視上播出御巢鷹山的畫面，因爲職棒的延長賽耽誤到新聞播報時間，所以新聞順延到現在。穿著樸素西服的年輕女主播，一臉嚴肅地唸著新聞稿，每一項訊息都是悠木聽過的。

悠木茫然凝視著電視螢幕，開始後悔爲何要跑回家了。

你想丟工作就對了？

白河社長的威脅，言猶在耳。

悠木屈服了，他不但沒有據理力爭，甚至還丟人地低頭致歉。保不住佐山的報導，底下的記者也不再尊重他了。

悠木長嘆一口氣，閉上眼睛。

他是回家尋求慰藉的。害怕孤獨，想要馬上見家人一面的心情自是不假，但……

這分心情也快煙消雲散了。

悠木想到了一個形容：殘破的盆景。

那是他一手打造出來的盆景，叫理想的家庭。他自以爲能在這小小的盆景中，擺布獨立自主的活人，這就是他必須承擔的下場。他不是因爲孤獨才這麼想，就算家中燈火通明，全家人都聚在一起有說有笑，情況也不會有任何改變。

悠木感覺一口悶氣憋著難受。

每次他待在家裡，就好想趕快回到報社。哪怕報社有再多狗屁倒灶的事情，待起來也比這個家輕鬆自在。

在忙碌的喧囂中，可以渾然忘我。

編輯部的辦公室沒有惱人的過去和未來。一大群人在有限的時間裡奮力衝刺，只爲了達成一個簡單明快的目標，就是做出明天的報紙。截稿期限像一座斷頭台，會截斷所有的憤怒、焦躁、不滿。截稿的那一瞬間，大家會很乾脆地放棄「今天」，隔天再裝出一副什麼都沒發生過的嘴臉，重新設下一個截稿時間，全力對抗新的一天。一切只在當下，事情過去了就什麼也不用管，所以能沉浸其中。

這是一份很現實的工作，死人看多了總會習慣。不管誰在哪裡遭遇到何種死法，記者只會公事公辦，把事件整理成文字，輸出在紙張上。麻木不仁不會被視爲罪惡，待在那個辦公室裡，不會有人評斷你是溫柔還是薄情。

那種現實的氣氛，或者說寬容，大概也是悠木想去辦公室的一大原因吧。一個嘗盡悲傷的人，不見得能體恤旁人的悲傷，這一點他比誰都清楚。悠木把人世間的各種不幸，拿來跟自己的際遇比較，藉此弭平心中的傷痛。對此，他也深有自覺。

這時，他聽到了哽咽的聲音。

聲音是電視發出來的。女主播的大眼睛淚光湧現，身後播放著劇烈晃動的攝影畫面，是罹難者家屬在藤岡市民體育館崩潰痛哭的鏡頭。

悠木凝視主播的臉龐，用遙控器關掉電視。

電視螢幕轉暗，悠木仍然凝視著畫面。他彷彿聽到攝影棚裡，人們在節目結束後互相寒暄的聲音，女主播應該不會馬上離席吧。難不成女主播會待在昏暗的攝影棚裡繼續啜泣，不跟同事下班小酌？

哭泣是罹難者家屬的權利。

悠木像在發洩一樣喃喃自語。

突然間，他想起了安西躺在病床上的模樣。

持續性植物狀態……說穿了就是植物人。悠木安慰小百合，還保證安西一定會清醒，但現實問題是，僥倖恢復的例子非常少。

話雖如此，安西並沒有死。

那麼他的妻兒小百合和燐太郎，到底該什麼時候哭泣呢？

「啊，爸爸。」

悠木聽到有人叫自己，趕緊撐起身子。

穿著睡衣的由香站在客廳入口，睡眼惺忪地揉著眼睛，看上去充滿稚氣。以一個四年級的小朋友來說，由香的體格不錯，但在運動少年團的排球隊當中，她的身高只能當候補選手。

「怎麼啦？起來上廁所啊？」

悠木的嗓音不自覺拉高了。

「我口渴——爸爸，你什麼時候回來的？」

「剛剛才回來。」

「歡迎回來，工作辛苦了。」

由香像在參加才藝表演一樣，恭敬地行了一個禮。

悠木感覺眼窩深處有點酸楚，隔了一會才露出笑容回答：

「嗯，我回來了——不對，應該說多謝關心啊。」

「阪神虎今天也贏了嗎？」

「這就不清楚了耶。啊，好像輸了的樣子。」

「是喔，幾比幾啊？」

「這就沒聽說囉。」

「是喔。」

由香繼續找話聊，眼睛不斷觀察悠木的心情好壞。由香還在蹣跚學步的時候，就見過悠木動手打淳。由香第一次帶回來的通知單上，老師對由香的評語是「令嬡遇到比較強勢的孩子，會看對方的臉色」。悠木看到那段評語，身體由內而外都在顫抖。

「眞弓選手有打出安打嗎？」

「不曉得耶，爸爸沒聽說。」

「那巴斯選手呢？」

「不好意思，爸爸都不知道。」

「這樣啊。也對啦，爸爸在忙空難的報導嘛。」

「是啊。」

「聽說很多人死翹翹呢。」

由香像個小大人似的皺起眉頭。

「嗯，五百二十人去世了。」

「好可憐……」

「是啊。」

悠木努力裝出難過的表情，至少要教由香同理心，讓她對別人的傷痛感同身受。

「不過，也有人獲救對吧？」

「嗯！爸爸聽到這個消息也很高興。」

「我也是。」

「這樣啊，由香眞善良。」

「也沒有啦。」

由香靦腆地笑了。

悠木看了牆上的時鐘一眼。

「時間很晚了，妳飲料喝完了嗎？」

「嗯，我喝過麥茶了。」

「那快去睡吧，不然明天會沒精神。」

「好，爸爸晚安。」

「乖，晚安，祝妳有個好夢。」

由香在胸前搖搖小手，爬上了樓梯。

悠木躺回沙發上，當他收起和藹可親的笑容時，感覺整張臉都僵住了。

由香一步也沒踏入客廳。

悠木扭扭脖子鬆開上面的領帶，卻沒有解下來。他很猶豫要不要回公司的值班室睡，這個念頭越來越強，幾乎要把悠木趕離沙發。

16

隔天，八月十五日早上。

北關東報編輯部的主要幹部，都聚在編輯局長室內。包括粕谷局長、追村次長、等等力社會部長、龜嶋核稿部長等人。

悠木進入室內，沒有人跟他打招呼。連平日關係不錯的龜嶋，看到他進來也沒好臉色。悠木已經做好心理準備了，待會等等力一開口，恐怕就會解除他統籌主編的職務。其實，他心底也想過要主動請辭。

不料，會議的議題跟他完全無關。

「好，來討論今天版面如何安排吧。請大家集思廣益，想想怎麼做比較好。」

粕谷局長說完開場白後，環顧眾人的表情。

確實也需要集思廣益，今天的版面總共有三大主軸。第一是空難第四天的後續報導，第二是戰後四十年的終戰紀念日，第三是中曾根首相參拜靖國神社。

其中最麻煩的是首相參拜靖國神社。號稱「鄉土宰相」的中曾根參拜靖國神社，很難說這是聰明的決定還是愚蠢的行徑，一份地方報該如何報導這則新聞，也是非常頭痛的問題。空難發生以來，政治部長守屋和主編岸一直沒機會發揮，現在這兩個人會坐在上座，就是這則新聞的關係。

守屋先發制人。

「今天的頭條，應該用中曾根吧？」

等等力從守屋的口氣，聽出了政治部想專美於前。於是，等等力以社會部長的身分，對守屋說道：

「你是說，要把日航空難撤下頭條？空難發生才四天耶？」

「今天先當次要新聞吧。在戰後第一個參拜靖國神社的，竟是商賈出身的首相。我們政治部不可能放過這則頭條吧。」

「不要用看熱鬧的心態議事。」

「什麼叫看熱鬧的心態？」

兩個同梯用眼神較勁。

「我的意思是，這跟他當上首相後榮歸故里是兩回事。參拜靖國神社不該當好事來報，在野黨和宗教團體肯定有意見，中國和韓國也不會默不作聲。」

「那又怎樣？日本國內的事情，什麼時候輪到外人來說嘴了？一國之首敬奉先烈，有何問題可言？」

「那政教分離的問題呢？改了參拜的方式，也還是有違反憲法的疑慮。」

「涵蓋的問題層面廣泛，所以我才說是大新聞啊。跟日航空難相比，也毫不遜色吧。」

「日航空難死了五百二十人吶。」

「前橋空襲死了多少人啊？」

「別講這種屁話好嗎？」

「等等力，你才是用看熱鬧的心情在判斷吧？」

「你這話什麼意思？」

「這是一起重大空難，所以你也失去了冷靜的判斷力。可話說回來，世界最嚴重的空難又怎樣？掉在我們這根本是無妄之災。你別忘了，日航空難不是純粹的地方新聞。」

悠木望向守屋。

他知道早晚有人會說出這種事不關己的話，只是沒想到會在社會部和政治部的鬥爭中被提出來。

悠木低頭看著自己的手，他對守屋是有不滿，但也僅此而已。日航空難不被當一回事，他卻沒有那種同仇敵愾的心情。

不管怎麼說，悠木也心知肚明，今天的頭條一旦讓給中曾根的新聞，編輯部對日航空難的關注很快就會退燒。守屋說等等力只看空難的嚴重性，而失去了冷靜的判斷力，這句話也說中了編輯部內的氛圍，說是「看熱鬧」的心態並沒有錯。編輯部的成員刻意忽視這是一起「無妄之災」，用「世界最嚴重的空難」一詞，來鼓舞自己夙興夜寐。

守屋和等等力的口舌交鋒，並沒有持續太久。

他們只是互相牽制罷了，北關東報組織規模較小，不像那些大規模的報社，政治部和社會部沒有嚴重的對立。悠木這種純粹的社會記者算是罕見的例外，編輯部內的幹部都有在兩個部門待過的經驗，只是時間長短有別而已。

北關東報內部稱得上對立的，是編輯部門和銷售部門，也就是社長派和理事派。再來就是幹部在政治立場上相左。平常政治問題沒有浮上檯面，但在爆發爭執的時候，不同的政治傾向會使爭執更加複雜難解。

粕谷剛當上編輯局長就發布了「恪守中立」的政策，因此現在編輯部已經沒有太多政治色彩了。且不論社內的政治問題如何，現任首相中曾根和前首相福島互有嫌隙，而雙方過去的選區都在群馬第三區，這樣的現實情況自然會對報導產生微妙的影響。尤其十三年前，田中角榮和福田赳夫競選自民黨黨魁，中曾根在這場「角福戰爭」中背叛同鄉，轉而支持田中角榮。從那之後，北關東報導福田和中曾根的新聞，就必須特別謹慎。在場所有幹部也很清楚，現在討論的靖國神社參拜議題，沒法跳過「福中」問題來議論。

粕谷嘆了一口氣，引來眾人關注。

「守屋，假設我照你的意思，用中曾根的新聞來當頭版頭條，你打算怎麼做？內容畢竟很敏感，等等力說得也沒錯，的確不能當好事來報啊。」

「當然，我會放上在野黨的批判性談話。」

「這樣做，會不會顯得我們放頭條是在刻意批判啊？跟朝日或每日的調性相同，中曾根陣營一定會這樣想。」

「話是這麼說沒錯啦。」

守屋想了一想，接著說道：

「整體的調性，應該會寫成中曾根做了一件大事吧。標題下得小心一點，我想就沒問題了。」

粕谷雙手環胸。

「做成頭條的話，福田的支持者會怎麼想？」

「他們要是覺得報導批判性不夠，一定會不高興吧。」

「這可不好辦啊……」

北關東報也有被「角福戰爭」牽連的經驗。時任編輯局長的白河下達指示，不准底下的記者批判中曾根，結果群馬第三區報紙銷量大減。不僅如此，同年十二月舉辦的大選，福田以前所未有的高票擊敗中曾根，票數高達十七萬八千兩百八十一票。這個數字逼近當時北關東報的銷量，因此北關東報的幹部都很清楚，惹火福田的支持者有多可怕。

粕谷問追村次長意見：

「你怎麼看？」

「這個嘛，我想拿來當頭條也沒關係吧。」

追村的語氣沒有平時果決，他討厭自衛隊，對中曾根肯定是沒有好印象，但白河社長支持中曾根，這也讓他陷入兩難。粕谷會問追村意見，就是認定他是福田的隱性支持者，因此這個答覆令粕谷很意外。

粕谷又嘆了一口氣，喃喃說道：

「到頭來，還是得去請教飯倉先生啊……」

粕谷一提到這個名字，房內頓時產生緊張的氣息。

飯倉理事直到前年都還兼任編輯主管，據說他籠絡縣內的政經高層，企圖推翻白河社長和土田副社長，所以才被解除職務。這個消息的眞僞不得而知，但繪聲繪影的謠言始終沒有中斷過。謠言指出，飯倉理事這次打算培植內部勢力，集合所有銷售部門的力量，醞釀一股反動的氣息，劍指社長大位。半年前白河受傷不良於行，謠言更是甚囂塵上，連不諳社內派系鬥爭的悠木，都聽過這個傳聞不少次。

飯倉理事看起來像紳士，被取了一個「文化流氓」的外號，號稱是北關東報內最接近福田的存在。

粕谷以「調停者」的身分詢問守屋：

「這一次參拜靖國神社，飯倉先生有說什麼嗎？」

「沒有，連一通電話都沒有。」

飯倉失去編輯職權後，還是經常打電話到編輯部辦公室，傳達「福田的見解和反應」。編輯部的幹部對此看法不一，有人認為飯倉意在試探，也有人認為這純粹是在出氣，還有人說是反向搜查情報。總之，編輯部也經常透過「飯倉情報」來了解福田陣營的意向。飯倉提供的情報，比採訪福田的記者帶回來的「秘書情報」更加深入，也更接近福田的心聲。

「為什麼這一次他沒表示意見？」

「故意靜觀其變吧。」

追村回答了這個問題，粕谷提起飯倉的名字，激起了他的警覺心，眼神又透露出平日火大的氣息。

「靜觀其變？何以見得？」

粕谷追問下去，追村講了一大串理由：

「這則新聞，之後可以當槍使啊。我們放頭條的話，他可以批評我們瞎捧中曾根；我們不放頭條，他又會說我們在包庇中曾根。反正，理事是打著見招拆招的算盤啦，也的確是文化流氓會用的手法。」

粕谷鬱悶地點點頭，腦子裡肯定想到下個月開部長會議的景象。

「盡量不要給人抓小辮子。追村，說出你的結論。」

「還是得放頭條啦。就照守屋講的那樣，放上在野黨的意見，順便加入解說消毒就行了吧。」

「解說？要用共同通信的解說嗎？」

「共同通信的解說太尖銳，叫青木寫一篇不痛不癢的就好。」

「不行，加入解說太危險了。沒準人家會以爲解說內容是我們報社的立場，不要刊載有主觀意見的文章比較好。」

「這，也是啦……」

追村話才說到一半，就陷入沉思。

在場沒有一個人發言，大家都想不出好主意。摸不透飯倉理事的意圖，也是他們難以決定方針的一大因素。

粕谷靠在沙發上，環視整間局長室。

「上毛會怎麼編排啊？」

「繼續主打日航空難吧。」

這次答話的是龜嶋核稿部長。

粕谷意外地看著龜嶋：

「怎麼說呢？」

「看我們的編輯辦公室就知道了啊，大家的注意力都在日航空難上。今天叫大家做中曾根的新聞，他們應該興趣缺缺吧。」

龜嶋的發言沒有考慮到這場議論的本質，但也正因爲如此，粕谷反而聽得進去。

「這麼說也有道理喔……」

「對吧？新聞是活的，要注重趨勢才行嘛。」

粕谷點了點頭，對悠木說：

「說說你的看法？」

悠木默默地凝視粕谷。

他有料到粕谷會徵詢自己的意見，但沒有準備好該如何回答。如果沒有發生昨晚的事，他一定會堅持用日航當頭條。不過，昨晚他保不住後輩的原稿，還屈服於上級的壓力，內心留下很強的無力感。隨著時間流逝，無力感也越來越強，蠶食了他報導日航空難的幹勁。追村和等等力冰冷的視線，也形成一種難以暢所欲言的氣氛。他很清楚，自己身爲統籌主編早已失去了信用。

「怎麼了？我在問你意見啊。」

粕谷的表情和聲音都隱含著期待，他想利用悠木的答覆，來順著龜嶋的意見做新聞。看得出來粕谷不想自己攬下這個責任。

悠木被逼急了，也只剩下一句話可講：

「用哪一則當頭條都無所謂吧。」

粕谷的表情變得很失望。

最後會議也沒談出結論，就在粕谷的連連嘆氣聲中結束了。

「傍晚麻煩你們再過來一趟，我先去見飯倉先生。」

17

辦公室內未見平日的喧囂。

悠木離開局長室以後，趕緊追上龜嶋核稿部長。昨晚他飆罵龜嶋，硬要對方把日航的道歉廣告撤下來，他想好好賠不是。縱使有正當的理由，龜嶋號稱是編輯部內的良心，遷怒這樣一個好人，悠木自己也覺得太過火了。

「畫哥——」

龜嶋轉過頭來，表情並不友善：

「怎樣？」

悠木低頭致歉：

「對不起，昨晚我太激動了。」

「算了啦。」

「以後我會注意的。」

龜嶋鼻孔噴氣：

「我就說沒關係了。倒是你剛才的反應是怎樣？」

「咦……？」

「我在說剛才開會的事啦。你怎麼可以說頭條用哪一個都無關緊要？那一起空難是你負責報導的吧，從空難一開始努力到現在，你都沒有一點感情就對了？」

一陣苦楚的滋味湧上心頭，悠木回到自己的辦公桌。

你都沒有一點感情就對了？

龜嶋說得出這種話，老實說悠木很羨慕。悠木也懷疑過，爲何龜嶋能夠那麼關心別人。

龜嶋沒在核稿部以外的單位待過，也不像記者有四處走訪的機會。他一直待在這間辦公室裡面，不斷面對「當下」的挑戰。或許就是沒機會接觸外界，龜嶋才會時刻保持敏銳，想要好好感受每一則新聞的溫度吧。

用哪一則當頭條都無所謂吧。

想起自己剛才說過的話，悠木的心隱隱作痛。

他輕嘆一口氣，整理桌上的東西。現在還沒十一點，共同通信已經傳來大量的空難相關報導。他在成堆的報導當中看到一張照片，是用來安置遺體的藤岡高中體育館的照片。昨晚體育館開放媒體採訪，但底片太晚送回來，來不及刊在早報上。

白色的棺木整齊排放在體育館內，上面還有名牌和鮮花。在市民體育館內確認完身分的五十一具遺體當中，有四十三具遺體被安置在那裡。

悠木凝視照片，赫然察覺一個問題。

這不是……

昨晚他並沒有注意到，照片上中央大門的兩旁各有一個花圈。這是經過放大的照片，連花圈寄贈者的名字都拍得一清二楚。右邊的花圈是「前內閣總理大臣福田赳夫」敬贈，左邊的花圈是「內閣總理大臣中曾根康弘」敬贈。

的確，那裡是兩位政治人物的地盤。群馬第三區落在縣內的西部地區，中心爲高崎市。日航墜落的多野郡上野村，還有安置遺體的藤岡市，都在第三區內。

悠木仔細端詳那張照片，越看就越覺得奇怪。花圈竟不是放在體育館外面，而是靠在館內的牆壁上。剛好在開放媒體攝影的區域正面。

苦楚的滋味再次湧上悠木的心頭。

「早安。」

有人以開朗的語氣向悠木打招呼，順便遞上一杯茶水。悠木還來不及道謝，上茶的依田千鶴子已經甩著裙襬離去了。她手上的托盤擺滿了茶杯和咖啡杯，也代表接下來部內的人數會變多。

悠木喝了一口茶，沖淡那股苦楚的滋味，但他沒有心思立刻審稿。

他拿起桌上的早報，一翻開就找到他要的體育新聞專欄。只有在這種時候，他才會覺得自己幹這一行已有很長一段時間。

阪神虎果然輸給巨人，比數三比四，眞弓四個打數擊出一支安打。

「搞不好眞的會奪冠啊。」

悠木聽到有人講話，抬頭一看，原來是岸回到辦公室了。他手上端著一個特大馬克杯，大概是跟千鶴子擦身而過時拿到的。

「昨天也輸了喔。」

悠木說出戰報，岸佯裝阪神虎的粉絲，嘟起嘴巴說道：

「連贏五場後才輸兩場，不痛不癢啦。」

「先勝後敗，之後一蹶不振，這是常見的輸法啊。」

「你這隱性巨人迷。」

岸模仿追村次長的語氣，說完自己也笑了。群馬也躲不過讀賣新聞搶占市場的攻勢，因此北關東報的人膽敢說自己支持讀賣旗下的隊伍，肯定會被說成叛徒。

「不過，你們家那個小的……好像叫由香是吧？她不是阪神虎的粉絲？」

「是眞弓的粉絲啦。」

「對對對，全日本的家庭主婦和小女生，都是眞弓的粉絲。」

岸又說笑了，但他把馬克杯放到桌上後，表情變得很嚴肅，還刻意壓低音量：

「我問你，由香怎麼樣啊？」

「你指什麼？」

「她有沒有嫌棄你髒？」

悠木暗自心驚：

「你怎麼突然問這個？」

「不是嘛……」

岸蹙眉咋舌：

「人家不是常說，女兒在小五、小六的年紀，會變得很討厭父親。好像是受到生理期的影響還怎樣。」

「你是說你們家阿和嗎？」

悠木只見過岸的女兒一面，照片倒是看到不想看了。

「小女兒史子也一樣。」

「她們幾歲啊？」

「大的中學一年級，小的小學六年級。她們簡直把我當黴菌，我這老爸有夠可悲的。我一回到家，她們就跟變魔術一樣，不曉得躲到哪裡去了。」

岸嘴上說笑，表情卻很消沉。

「暫時的而已吧。」

悠木講這句話，一方面是安慰同事，一方面也想先打探一下育兒經。

「大家都嘛這樣講，但誰敢保證只是暫時的？萬一她們一直不理我該怎麼辦啊？我超想哭的啦。」

「嗯。」

「唉，虧我那麼疼她們。還是男孩子好啊，眞羨慕你。」

悠木想找其他話題，但對方接話的速度比他快。

「你們家小淳，年紀跟我們家阿和一樣對嗎？也長大不少吧？」

「是啊，個頭是有變大。」

悠木說這話時，心虛地轉移視線。

「你們家由香應該是不用擔心啦，她是乖孩子嘛。」

「這可難說了。」

「由香很乖啊。不過我跟你說，我們家阿和跟小史，小四的時候也很乖——」

岸才說到一半，就看到追村次長走了過來。

「喂，岸。」

追村一屁股靠在岸的辦公桌上。

「剛才沒聽到你的意見，說來聽聽吧。」

悠木把椅子轉到一旁，故意裝作沒看到。追村的出現讓悠木不必談論家庭問題，但他實在不想見到那個毀掉佐山原稿的傢伙。

岸的談話似乎比較偏袒中曾根，這也難怪。以前中曾根出國訪問，岸當過隨行採訪的特派員。

悠木想起岸家中的客廳，有岸跟首相合照的照片。照片是在政府的專機上拍的，算是官邸討好記者的手段。岸得意洋洋地秀出照片，悠木看到那張照片時，心中很看不起岸崇尚威權的姿態。

可是，剛才聽到岸提起自家女兒，悠木的看法有了一點改變。岸跟首相的合照是擺在電視機上，旁邊還有女兒的照片。也許那不是擺給客人看的，而是要擺給家人看的。每個男人都希望得到老婆和孩子的尊重。

「日航的新聞，也確實報得有點膩了吧。」

悠木聽到這句話，稍微轉過頭一看，追村已經邁步離去了。

報得有點膩……

悠木對這句話很感冒。

編輯部的職員陸陸續續進入辦公室，再過不久又要定下今天的截稿期限了。

用哪一則當頭條都無所謂吧——

悠木心裡總有個疙瘩，他還是頭一次抱著這種躊躇不決的心情，面對全新的一天。

18

悠木在地下室的員工餐廳吃完午飯。

回到辦公室以後，他坐上位子拿起電話，撥打佐山和川島的 CALL 機，這兩個人是負責採訪縣警的。

在等待回電的同時，悠木重新閱讀早報的日航空難報導。

頭版頭條的標題是「回收一百二十一具遺體，其中五十一具遺體已確認身分」，副標題則是「事故原因可能是尾翼附近破損」。悠木繼續翻頁，「魂歸御巢鷹山」的第一篇原稿，本該用來當作頭版頭條，被挪到了第二社會版。看到一篇好報導被糟蹋，憤怒和自責又在心中死灰復燃。然而，事到如今也沒法挪回頭版了，連載企畫已經算是「胎死腹中」。

佐山先回了電話。

「你找我？」

佐山的語氣冷淡，不若以往親密。

「你那邊有什麼消息。」

悠木也是公事公辦，單純說明打電話的用意。

「縣警有找那個助理事務長問話了，我會寫大概五十行的報導。」

「警方動作眞快。」

「被日航先發制人，警方的幹部都很憤怒。」

「我想也是，日航是在妨礙調查。」

「的確。」

佐山愛理不理，一陣尷尬的沉默降臨。

「你在縣警那嗎？」

「對，我在記者室。」

「川島也在嗎？」

「不，他出去了。」

「看到他的話，叫他跟我聯絡。打他 CALL 機都很晚才回。」

「明白了。」

悠木看著已經掛斷的電話，佐山顯然已經沒有採訪的幹勁了。賭上性命寫出來的現場雜觀被人糟蹋，會這樣也情有可原。

電視上播出政府主辦的全國戰死者追悼儀式。一直到追悼儀式快要結束，悠木才聽到川島怯懦的聲音。

「我是川島……」

「你稿子什麼時候要交？」

「咦……？」

「我是說第二篇連載報導。雖然改了版面，但企畫沒有取消。」

「啊，神澤會寫那一篇報導。」

悠木懷疑自己聽錯了：

「這是怎麼一回事，我是叫你寫。」

「……」

「你才是副組長，怎麼會是排行第三的神澤先寫？」

「這……」

川島支吾其詞。

其實悠木也猜得出原因。神澤和佐山是北關東報第一組登上御巢鷹山的人馬。川島力有未逮，沒有抵達空難現場。這件事改變了雙方的上下關係。

「川島，你來寫。」

「……」

「五點以前交，知道嗎？」

悠木沒等對方回答，直接掛斷電話。

照這樣看，說不定川島會辭職離開北關東報。工作和地位都被部下搶走的記者，是沒法在職場生存下去的。

悠木抬起頭。

電視機前面圍了一群人，悠木一下就看出，他們在看首相參拜靖國神社的報導。身穿晨禮服的中曾根首相，踩著莊嚴的步伐踏上神社大殿的階梯。藤波國防部長和增岡行政院長也隨侍在側，中曾根走到最上面停下腳步，深深一鞠躬。

粕谷局長凝視畫面，表情十分凝重，他很猶豫該不該用靖國神社當頭條。

這時，悠木眼前的電話響了。

是玉置打來的。玉置是北關東報唯一工科出身的記者，他代替藤岡分部的戶塚前往上野村，採訪交通部的航空事故調查委員。然而，玉置在大學並非主修航空工學，悠木也不期待他挖到「獨家」訊息。說實話，這麼做只是要避免北關東報「獨漏」訊息。

不料，玉置說出了驚人的消息。

「空難原因我大致釐清了。」

玉置這話一說出口，悠木當場愣住了。倘若玉置所言不假，這可是大獨家。

悠木拉了張椅子，說道：

「說來聽聽。」

「是耐壓艙壁損毀的關係。」

悠木沒聽過這個專業術語。

「那是什麼東西？」

「又叫加壓艙壁，是飛機後面的半球狀艙壁，用來維持客艙內部的氣壓。」

「再來呢？」

悠木有聽沒懂，繼續叫玉置說下去。

「在高空飛行的時候，艙壁會提升客艙內的氣壓。換句話說，跟外部相比，客艙內部相對高壓。當然，壓力會由內而外施加在艙壁上。」

悠木隱約想起一張七三分的正經面孔。他只記得玉置是群馬大學工學部畢業的，負責採訪前橋市政，入行才三年資歷。

「複雜的解說晚點再講，先說結論。」

「簡單說，壓力破壞了艙壁。大概是艙壁破損以後，客艙內的空氣從內部震碎尾翼。」

大概……？

悠木沉聲問道：

「這不是事故調查員告訴你的？」

「啊，不是……我聽到調查員他們講到『艙壁』一詞。」

「這不是你採訪來的，而是你偷聽到的？」

「呃呃，是……」

「他們有說是艙壁破損？」

「這倒沒有。」

悠木難掩失落。

這一切只是玉置個人的推測，但推測也有可能矇對。

「今晚你潛入旅館，直接找調查員問個明白。」

「這有點困難，每家報社都派一大堆人盯哨，誰也沒法偷跑啊。」

「再困難你也要想辦法。」

悠木訓完玉置後掛斷電話，轉身對一旁政治部的岸說道：

「岸——」

「怎麼啦？」

「我們有記者加入交通部的記者俱樂部嗎？」

「沒有，之前是有加入過啦。」

「這樣啊……」

那麼，只好去問住在上野村的事故調查委員了。這件事交給玉置一個人辦沒問題嗎？

悠木去找地方部的主編山田，山田有一頭亂糟糟的硬頭髮，那是他的註冊商標。

「山田啊，負責前橋的玉置，能力怎麼樣？」

「你說玉置啊……他這人不好說耶，就普普通通吧。」

悠木回到辦公桌，俯視著桌上的電話。能請教的只有佐山了，佐山一定知道玉置的採訪能力、資質，還有採訪資料的可信度。

悠木還在猶豫不決，後方有人叫他的名字。

來者有一口黏膩的嗓音，悠木心不甘情不願地回過頭，伊東銷售部長已來到他身後。

「耽誤你一點時間可好？」

「請問有什麼事？」

「陪我十五分鐘吧。」

伊東講話時還摸著嘴上的鬍子。

悠木看著牆上的時鐘，面有難色。

「那十分鐘就好，是跟安西有關的事情。」

悠木一聽到事關安西，臉色都變了。

「安西的病況有變化嗎？」

「沒有，跟他的病況無關。」

伊東講話兜著圈子，轉頭示意悠木往大門走。

二人一起來到走廊。

悠木原以爲伊東會到自動販賣機旁邊的沙發談話，但伊東走過沙發後繼續下樓，那種自信又目中無人的態度，讓悠木感到很不安。這個男的果然知道母親生前的祕密？

伊東在一樓準備好談話的地方，是銷售單位的職員商談用小型會客室。伊東請悠木坐上沙發，悠木幾乎可以肯定伊東別有圖謀。

「哎呀，真是頭疼啊。安西病倒對業務影響很大，我派了三個人來補他的缺。」

悠木默默聽了一會，果不其然，伊東的談話毫無重點可言。

於是，悠木故意看了手錶一眼：

「已經十分鐘了，沒有其他要事的話，我先回去了。」

伊東也不著急，氣定神閒地說道：

「先別急嘛，該說的我一定會告訴你。」

「我今天特別忙。」

伊東探出身子，雙手十指交扣，彷彿就在等這一句話。

「在忙中曾根參拜靖國神社的新聞嗎？」

悠木神色不善地凝視伊東。

一個念頭閃過腦海，伊東是理事派來打探消息的。

伊東瞇眼微笑，幾乎看不到瞳仁：

「你也知道，我們就跟那個政治人物一樣嘛——都是風箱裡的老鼠，兩邊受氣。」

這是政治人物小淵惠三的口頭禪。小淵惠三也是群馬縣第三區的議員，被夾在福田和中曾根這兩大強豪之間，每次都選得很辛苦。伊東以小淵的立場來比喻北關東報的處境，仍舊不改瞇眼微笑的表情。

「你們打算如何編排版面啊？」

悠木也不訝異了。

飯倉理事命令伊東打探編輯部的動向，伊東才找悠木出來談話。換句話說，理事派選擇悠木作爲「情報來源」。

悠木不解的是，爲何理事派會挑上自己？

難不成自己被看扁了？還是他們以爲編輯部容不下自己？或者，純粹是跟安西一起去登山的關係？畢竟安西可是伊東的部下。

悠木心中已有定見，想必安西也是理事派的人。安西把伊東視爲「救命恩人」，那麼他肯定是伊東的心腹。悠木跟安西走得太近，才會被理事派的盯上。不知不覺間，悠木也被貼上了「理事派」的標籤。

「怎麼啦？一臉凶神惡煞的表情。」

「……」

「所以情況究竟如何？會用參拜靖國神社當頭條嗎？」

悠木直視著伊東的瞇瞇眼回答：

「打探這個對你有好處嗎？」

不消說，理事派的會把這個消息透漏給福田陣營的人。正確來說，是透漏給福田底下那些狐假虎威之輩。理事派的想討好那些人，事先告訴他們明天早報會有什麼樣的報導。這個消息本身毫無價值可言，但新聞從業人員非常清楚，有些蠢蛋專門利用二、三流的情報來培養人脈。透漏一點微不足道的訊息，換取一點小小的恩惠。做久了就會換到人情，最終人情會昇華成信賴。

悠木從座位上站了起來。

伊東抬頭看著悠木：

「對了，聽說你昨天很囂張嘛。」

「你指什麼……？」

「社長室的事情啊。」

伊東都知道了是嗎？

「你也很清楚吧？白河那個人差勁透了。公司不能交給那種好色之徒。」

「……」

「只要白河還在，你就不可能出頭。尤其發生昨天那件事，搞不好你秋天就會被下放到梔木了。」

悠木俯視著伊東說道：

「總比出賣自己好吧？」

悠木轉身走向門口，黏膩的嗓音仍不肯放過他。

「我說啊，你以前是不是住在中新田町？」

悠木停下腳步。

他緩緩回過頭，伊東雙眼圓睜，活像貓咪盯上獵物的眼神。

伊東的眼神令他不敢直視。

那一瞬間，母親白皙的背影浮現眼前，還有一群眼神猥瑣的男子，弓著身子從後門口離去的景象。

19

下午四點過後，編輯部辦公室人聲鼎沸。

悠木在自己的位子上審核原稿。

「已回收兩百七十一具遺體」「已確認一百〇一具遺體的身分」「美日展開聯合調查」「不顧飛安的效益競賽」「國家公安委員會將調查日航有無刑事責任」。

你媽是在賣的對吧——

悠木所料不差，伊東就是他以前在公園遇到的高中生。

激昂的情緒慢慢平靜下來了。

伊東說得太多了。要讓一個人感到恐懼，就不能把他的祕密徹底說破；一旦說破了，反而不會有太大的恐懼感。不管死去的母親有何齷齪的祕密，也威脅不了一個已經年過四十的男人。

悠木拿起下一份原稿，持續用紅筆刪改註記。

他的心中深藏著一個匣子，原以爲裡面裝的是會毀滅自己的汙穢祕密。多年來，他一直擔驚受怕，生怕匣子有被挖出來打開的一天。不過，實際打開來一看，裡面裝的只是一個悲劇。一個可憐的女子，在戰後的混亂期被丈夫拋棄，孩子又嗷嗷待哺，只好委身於那些猥瑣的男人，死去的時候也沒有其他親友參加葬禮。

悠木繼續動筆。

「緊急分析通話紀錄器」「尾跡雲顯示飛航狀況凶險」「機長拚死操作引擎」「全面檢查大型客機」。

「悠木先生。」

悠木聽到有人叫自己，抬起頭一看，核稿部的吉井憂心忡忡地站在他面前。吉井負責編排今天的頭版。

「請快點決定吧，日航和參拜靖國神社，到底要用哪一則當頭條？」

悠木伸長脖子望了一下，局長室的大門緊閉，部長層級的幹部還在裡面，討論今天早上的議題。

「似乎還沒談出一個結果。」

「你們不快點決定，我很困擾啊。」

「我也困擾啊。總之，請你再等一下吧。」

「是說，爲什麼要考慮用中曾根呢？繼續用日航不就得了？」

悠木覺得吉井的耿直很耀眼。吉井三十五歲左右，算是核稿部的資深成員，但一張娃娃臉再配上矮小的身材，讓他看起來像個年輕人。

「才三、四天就換頭條，我們會被全日本的報社恥笑。」

「恥笑……？」

「對啊，事情就發生在我們這，好歹也該撐到其他報社撤下來再說吧。」

悠木感覺到心中掀起了微小的波瀾。

「悠木先生，你去跟上面的講一下啦，你不是統籌主編？」

「我掛名的而已。」

悠木被自己的話傷到了自尊。

身爲統籌主編卻沒法附和吉井的提議，悠木不能忍受這樣的自己。可話說回來，他在心裡找不到任何理直氣壯的理由。

吉井喃喃抱怨，他說這下得事先做好兩種版面了，說完便回到工作崗位上。

悠木無奈地嘆了一口氣，順便望向牆上的時鐘。就快五點了，採訪副組長川島到現在還沒有回傳連載的原稿。

悠木正要回頭辦公的時候，視線停在隔壁的辦公桌上。

他看到了人體的斷肢，而且是跟身體分家的人腿，肯定是《FOCUS》或《FRIDAY》雜誌刊載的空難照片吧。社會部主編田澤翻著雜誌，內容是御巢鷹山的特別報導。田澤每翻到新的一頁，就有狀極慘的屍塊照片。

「今天發售的雜誌嗎？」

悠木主動搭話，田澤把雜誌遞給他：

「拿去參考。」

「你要我參考……？」

田澤用手指敲著雜誌上的照片。

「這才叫日航空難報導，報紙根本比不上。」

「此話怎講？」

田澤不屑地笑道：

「你不懂嗎？大家一聽到空難死了五百二十人，都想要看到屍體啦。報紙上的文字描述得再怎麼悽慘，也比不過這樣的一張照片。」

悠木不曉得田澤說這些話是不是認眞的，難不成是統籌主編的位子被搶走，他才講這種話發牢騷？

「賺人熱淚的手法也太單調了，每天都在講空難家屬多可憐，那種報導誰看啊？沒有人會看好嗎？」

「少講這種幼稚的屁話。」

悠木反駁時，還夾雜著嘆息。

「你說誰幼稚……？」

「田澤，你有沒有眞的寫過感人的報導，來賺人熱淚？」

田澤才剛要開口，旋即保持沉默。

「把死亡這件事報導得很悲傷，這是媒體的習性。讀者看與不看是一回事，反正我們就是寫出來，做成報紙配送出去。死了五百二十人，那我們就寫五百二十人份的感人故事，這不就是我們的工作嗎？」

悠木講完這段話，連他自己聽了都心寒。

「也許眞的有人會爲了陌生人哭泣。想看屍體還是想看感人的報導，那是讀者的自由，我們想太多也無濟於事。」

雙方沉默了一會。

「你很豁達嘛，眞不像你會講的話。」

「田澤。」

「怎樣？」

「我隨時可以退出這個位子，你想報導這次的空難，就去跟上面的說。」

田澤雙手環胸，端詳著悠木的眼神。

「聽說你跟社長吵過了？」

「消息很靈通嘛。」

「我才不想撿人家吃剩的。」

「這麼大的空難，以後應該遇不到囉？」

「規模太大，報起來也無聊。你就當你的唐吉訶德，當到最後吧。」

田澤隨口說完後，轉身背對悠木。

悠木也坐回椅子上。

唐吉訶德。如果不是自己坐在這個位子上，悠木大概會拍案叫絕，稱讚田澤取了一個很貼切的名字。

悠木拿起記述空難原因的原稿。

「交通部調查委員會宣稱『R5艙門並非事故肇因』」「可能是尾翼連接機身的部分破損而導致『共振』」「尾翼結合部分破損的可能性」「垂直尾翼脫落」「尾翼根部異常受力，導致後續不良影響，或受亂流影響」「水平尾翼也有受損？」「美國聯邦航空總署指稱『波音客機是容易劣化的大型客機』」「空中蛇行三十分鐘的謎團」「全力調查殘骸」。

悠木花了不少時間閱讀原稿，他試著找出「艙壁」二字，但沒有一篇報導提到艙壁，對玉置的不信任感也越來越強烈。

接下來，悠木閱讀和空難家屬有關的原稿。

「遺體殘破不堪，難以確認身分」「遺體逐一運回家鄉」「家屬絕望心焦」「還有三名乘客的家屬聯絡不上」「家屬不顧警方制止，前往事故現場」「連假一大清早，家屬難過認屍」。

悠木重新整理原稿。

「難以確認遺體身分」和「遺體運回家鄉」，這兩個要素放在同一個版面，內容可能有互相牴觸之嫌。繼續用日航空難當頭條的話，用「難以確認遺體身分」比較有衝擊性；反之，日航空難被挪到次要新聞欄位，那就要用「遺體運回家鄉」來賺人熱淚——

悠木抬起頭。

去局長室查探狀況的岸，也正好回來了。

「決定了嗎？」

悠木詢問狀況，岸模稜兩可地點點頭：

「好像是要用中曾根當頭條，但內容該怎麼報導，他們還在吵。」

「局長見過飯倉理事了嗎？」

「沒有，理事今天請假。」

「故意避不見面嗎？」

「大概吧，打電話去家裡也沒人接。」

「簡直就是大白鯊或異形，沒現身反而可怕。」

「你倒是老神在在啊，日航的報導都齊了嗎？」

岸笑著說道：

「共同通信的都齊了，你那邊呢？」

悠木抓起「遺體運回家鄉」的相關原稿。因爲他幾乎可以肯定日航空難的報導，會在頭版的次要新聞欄位。

「我在等東京的青木回傳原稿。他的文筆沒他嘴巴厲害，應該寫得很辛苦吧。」

悠木也被逗笑了。

「我說悠木啊。」

「嗯？」

「你不介意嗎？」

「介意什麼啊？」

「日航被放在次要新聞欄位。」

悠木觀察岸的表情，岸的臉十分嚴肅。

「這又不是我能決定的。」

「也是啦。」

二人不再看著彼此，這時耳邊傳來田澤高亢的嗓音。

「請等一下，妳這樣跑進來讓我們很困擾。」

一位三十歲左右的長髮女子站在辦公室入口，臉上掛著客套的笑容。長髮女子還牽著一個小男生，看起來應該是母子。

田澤起身對長髮女子說道：

「外部人士不得進入，請妳出去。」

「不好意思。」

那位母親誠惶誠恐地道歉：

「那個，我只是想跟你們討一份報紙……」

「那麻煩妳去樓下。」

田澤走近那對母子，作勢要趕人。

「可是，樓下都沒人——」

那位母親說話帶有一種不太常聽到的口音，身上的服飾很樸素，但遠遠看得出她眼影畫得很濃。身旁那個五、六歲大的小男生，可能以為母親被欺負了，眼睛死盯著田澤不放，連眨都沒眨一下。

小男生的視線突然轉向悠木。

悠木試著擠出微笑，但整張臉僵住了。

「妳走下樓梯，右手邊有賣報紙的販賣機，投幾個銅板就買得到了。」

「不好意思，勞您費心指點了。」

那位母親向田澤低頭致歉後，轉身離開辦公室，小男生也不再看著悠木了。

悠木愣在原地。

他看過那種眼神……以前他也有過那樣的眼神，小時候他曾經躲在被窩裡，發誓一定要保護自己的母親。

當他領悟父親再也不會回家時，就是那樣的眼神。

一股熱血竄過悠木的心頭。

他一把抓起桌上的報紙，包括今天、昨天、前天，還有一直到十三號的報紙，全都整理好放進牛皮紙袋裡。同時，他看到了剛才分類好的原稿標題，「遺體運回家鄉」——

悠木拔腿狂奔衝下階梯，追上了已經下樓的母子。

「請收下吧。」

悠木遞出牛皮紙袋，母親手拿錢包，一臉訝異地看著悠木。

果然，那位母親並沒有化妝，那是眼睛哭腫的黑眼圈，根本不是什麼眼影。

悠木低下頭說：

「這裡有十三號到今天的報紙，請收下吧。」

「啊……」

那位母親的眼中，浮現斗大的淚珠：

母親準備打開錢包，淚珠落在她顫抖的手上。

「……謝謝……多謝你……」

「不用錢沒關係，請收下就好。」

悠木把牛皮紙袋塞到對方懷裡。

他隔著大廳的玻璃門，看到外面有一台黑色的靈車。

那位母親離去前，多次低頭道謝。

小男生一直盯著悠木，到最後都沒有轉移視線。

悠木爬上樓梯，卻沒有走進辦公室。他不斷告訴自己，哭泣是空難家屬的權利，但仍舊壓抑不了激動的情緒。

他一步一步慢慢走下樓，腦海中推敲著那位母親的遭遇。

那位母親可能剛好看到北關東報的招牌。

所以才叫司機停車。

聽她的口音，不曉得是從哪裡來的？

每縣市都有在地的報紙，她的故鄉一定也有。不過，空難發生在群馬縣，照理說在地的報紙會比其他報社更詳盡，這才是她在北關東報停下的原因。日航空難奪走了她丈夫，她相信這起事故的相關報導，沒有一家報社會比北關東報更詳盡——

悠木抬起頭不再細想。

他用領帶擦拭眼淚，快步衝上樓梯。

一進入辦公室，岸和田澤都默默凝視著他。他也不管那麼多，直接回到自己的位子上，從抽屜裡抓出一張照片直奔局長室。

悠木一把推開大門。

粕谷局長、追村次長、等等力社會部長、守屋政治部長、龜嶋核稿部長，所有人都轉頭望著他。

悠木也不廢話，開門見山就說：

「頭版頭條用日航空難吧。」

所有人都沉默了。

隔了一會，粕谷開口：

「不，我們打算用中曾根——」

悠木打斷粕谷，以強硬的語氣說道：

「用中曾根，文化流氓不會善罷干休吧。」

悠木把手中的照片放到桌子中央，是遺體安置所的照片。照片有拍到兩旁的花圈，以及兩個政治人物的名字。

「照片就用這個大小登上去，這樣兩邊的面子都顧得到。」

在場所有人呆若木雞，不知該做何反應，悠木看著他們每一個人說道：

「五百二十人死在群馬，日航頭條不能撤。」

最先點頭認同的，不消說，正是現場最人微言輕的龜嶋。

20

下午六點，明天早報的頭版版面終於設計好了。

頭條同樣是日航空難的追蹤報導，中曾根首相參拜靖國神社的報導略為縮小，放在左邊的次要新聞欄位。悠木直接一舉定乾坤，不給其他人決定的機會。他用一張照片顧全兩大政治人物的面子，這個奇策深得粕谷的歡心，追村和等等力找不到理由反駁，也只好消極同意他的意見。

「今天的頭版頭條同樣是日航空難啊！」

龜嶋大聲吆喝，編輯部辦公室的氣氛也活絡起來了。大部分成員都很投入這一次的空難報導，姑且不論檯面下如何運作，把鄉土宰相的大新聞撤下頭條，似乎展現了北關東報的志氣，這也讓大家感到痛快。

悠木回到位子上，依田千鶴子已經拿著訂餐用的記事本在等他了：

「悠木先生，你晚餐要吃什麼？」

「嗯——幫我點樂樂亭的中華涼麵吧。」

「中華涼麵……」

千鶴子低頭看記事本，確認有沒有其他人訂中華涼麵。

「只有我訂中華涼麵嗎？」

「對，大家冷氣都吹夠多了。」

訂單越複雜，外賣送來的時間就越晚。

「比較多人訂的是什麼？」

「呃，今天最多人訂的是五目炒飯，有八個人訂。」

「就訂那個吧。」

悠木坐下來繼續審閱原稿，他不在的那段時間，桌上又積了不少原稿。他進入局長室才不到二十分鐘，但這起全球最嚴重的空難，罹難者多達五百二十人，每一刻都有大量的相關報導問世。

悠木拿起紅筆。

「全力搜索剩下的遺體」「上野村全體村民提供支援」「日本電信電話公司臨時開設三百四十台電話，供罹難者家屬使用」「兩名採訪記者性命垂危，疲勞又脫水」「交通部下令其他四家航空公司檢查客機尾翼」「美國調查團今日前往御巢鷹山」。

悠木眼中的熱度並未消退。

那位母親將報紙小心翼翼地揣在懷裡，牽著兒子坐進靈車的光景，悠木短期內大概是忘不掉了。她載運亡夫的遺骸返回故鄉的途中，來到北關東報購買「在地人編的報紙」。在群馬發生的空難，一定是群馬的報社報導得最詳盡，對她來說這是理所當然的認知。

理所當然的認知……

悠木從那位母親身上學到了一課，詳細報導正是地方報存在的價值。

有人拍拍悠木的肩膀，悠木回過頭來，看到龜嶋踩著輕快的步伐離去的背影。

悠木忍不住噴笑，順便望向牆上的時鐘。

下午六點半了。

稍微放鬆的情緒又再次緊繃起來，連載企畫「魂歸御巢鷹山」的原稿還沒回傳。悠木要求川島在五點以前上繳，多次撥打 CALL 機也沒有回應。川島是鐵了心不寫嗎？那他在編輯部是待不下去了。

悠木回頭審閱原稿。

「群馬縣警詢問助理事務長」「農大二高，發誓要爲喪親的隊友拿下勝利」「下午三點半山區強降雨，直升機暫停回收遺體」「第三管區海上保安本部，從相模灣回收尾翼零件送往群馬縣警」。

大略看完以後，悠木轉頭面向右邊：

「岸——」

「嗯？」

岸只有把耳朵靠過來，眼睛和紅筆還是緊貼著原稿不放。青木交的那份參拜解說報導已經被改得一片通紅。

悠木加強語氣，喚起對方的注意力。

「國際版還有空位嗎？」

「怎麼啦？」

這次岸終於把頭轉過來了。

悠木遞出幾份原稿。

「美國調查團隊和波音公司的相關報導，刊上去吧。」

「那不是放頭版的？」

「頭版我都放罹難者家屬的相關報導，有空位的話借我吧。」

「先等等喔……」

岸觀看手邊的原稿編排表，本來頭版是他負責的，自從悠木擔任日航案的統籌主編，握有版面的決定權以後，他就負責國際版和國內政治版的內容取捨。

「還放得下兩、三篇小型報導吧。」

「那就拜託了。還有，這是交通部的相關報導，請放進內政版。」

「啥？」

岸完全傻眼了：

「爲什麼要拆散啊？都放頭版或社會版不就得了？」

「不放到其他版面報不完，我每天已經去掉三分之一的量了。」

悠木解釋的時候，沒有停下分類原稿的工作。

岸面露苦笑：

「悠木，本來就不可能全部刊出來啊。只要還沒下班，稿子就會一直送過來，凡事都有極限的啦。」

「我也沒說要全部刊出來，只是盡力而爲罷了。」

「可是，你也要考慮其他版面的新聞啊。」

岸的語氣有些不滿，悠木眼神一厲：

「我只是覺得要拿出點氣魄吧。」

「啥氣魄啊？」

「朝日和讀賣都用很大的篇幅在報導，我們在地的可以隨便亂做嗎？」

「還好吧？我們也做得不差啊。」

好壞如何其實悠木也不得而知，各家媒體競爭激烈，哪一家的情報量或內容較爲充實，這誰也說不準，畢竟這次事故的規模太大了。空難發生後整整三天，悠木都在忙著派人前往御巢鷹山，同時還要處理源源不絕的大量訊息，根本沒心力去勘查別家的報紙，也沒時間審核那些眞假參半的情報。然而——

有一點他非常清楚，那就是北關東報「並未勝出」。

全國性大報社派駐在地方分部的記者數量不多，要打「局部戰爭」的話，在地報社可以活用地利之便，以人海戰術擊敗那些大報社。不過，這次日航空難的報導，北關東報這一家在地報社是否占了優勢，這就有待商榷了。北關東報和共同通信兩家一起算的話，派出去採訪的人數並不算少，但這一起前所未見的嚴重空難，引爆的是「全面戰爭」，而不是「局部戰爭」。每一家大報社無不傾盡全力，把東京和附近縣市的所有記者都派來採訪。大報社不只人力占優，支援現場記者食衣住行的後勤力度，還有直升機、通信器材的調度，完全是比照「戰爭」的層級在辦理。這場仗繼續拖下去，人力物力匱乏的北關東報註定要落敗，這是顯而易見的事實。

「總不能輕易認輸吧。」

悠木把一疊原稿塞給岸，起身叫了另外一個人：

「山田——」

「是？」

地位比較低的地方部主編，伸長脖子等候指示。

「把這份放到地方版。」

悠木話一說完，山田趕緊湊過來。

「請問這是？」

「上野村的報導，麻煩放在北西部版。」

悠木指著原稿下達指示，山田一看到稿子的標題就慌了。

「悠木先生，這不是日航空難的相關報導嗎？」

「無所謂吧，有談到村公所和消防隊活躍的故事啊。」

山田抓抓滿頭亂髮，地方版把群馬縣分爲五個區域來報導，多半是介紹一些小新聞，好比當地舉辦的活動，或是哪裡有奇花異草盛開等等。

「你饒了我吧，悠木先生。今天北西部版的版面都已經弄好了。」

「已經付印了嗎？」

「是還沒有啦。」

「那不好意思，請你換掉。」

「喂，悠木。」

岸也看不下去，在一旁打岔：

「你要做到這個地步，好歹知會一下上頭。」

「行，我明天知會。」

悠木不耐煩地答完話，又看了一眼牆上的時鐘。他拿起電話，撥打川島的CALL機。

「有人回電給我的話，麻煩通知我一聲。」

悠木拜託岸幫忙顧電話，之後起身前往核稿部的辦公區域，把好幾份原稿交給負責編排頭版的吉井。

「幹得好啊，悠木先生，就是要這樣才對。」

日航空難的新聞重回頭版，吉井樂不可支。排版用的紙張上畫有大略的版面分隔線，上面還有散亂的再生紙，每一張都有字跡凌亂的備選標題。

「遺體身分確認困難」「沉默的歸鄉悲歌」「解析墜機的尾跡雲」「不眠不休回收遺體」「御巢鷹山降下無情大雨」。

「主標決定了嗎？」

悠木詢問吉井，吉井拿起一種製作報紙專用的量尺，拍打自己的額頭：

「請再給我十五分鐘，我絕對會挑一個讓你滿意的標題。」

「不用急沒關係。」

語畢，悠木湊近吉井的耳邊，小聲地說：

「晚一點說不定會有特大的獨家。」

「什麼樣的獨家？」

吉井也壓低音量回話。

悠木想起玉置的臉孔，以及「艙壁」兩個字。

「跟空難的原因有關。」

吉井的臉色也變了：

「這麼說來，可能整個版面都會改掉囉。」

「如果有的話啦，但機率不大，你心裡有個底就好。」

「明白了。」

「別告訴其他人啊。」

「我知道。」

悠木正要回自己的位子，走到一半卻停了下來。他正好跟稻岡對到眼，稻岡負責讀者投書專欄〈心〉，長年擔任文化部的記者，明年生日就要退休了。

稻岡主動搭話：

「唷，悠木老弟，你辛苦啦。」

「不會。」

「我也收到不少空難的投書。」

悠木走近稻岡的辦公桌，稻岡那句話挑起了他的興趣。讀者投書也算是「詳細報導」的一部分。

「大多是什麼樣的投書呢？」

「種類很多啊。」

稻岡翻著一疊明信片和信件：

「有的讀者很慶幸還有四名倖存者，也有人自以爲是地宣導飛航安全，還有鼓勵警察和消防人員的。不過，最多的還是同情空難家屬的投書。是說，幾乎都老面孔寄來的。」

讀者投書專欄的常客，投書表達對空難家屬的同情，悠木光想就覺得憂鬱。當然，也不是說那些投書的常客有錯，他們是最認同報紙的人，也是最可靠的支持者。不可否認的是，當中確實有一些別有居心的傢伙。

那種人投書不是眞的出於義憤塡膺或感動，他們總是一筆在手，張大眼睛尋找「投書題材」。然後用空泛的意見和文章，把所有事情都寫成「愛」與「正義」。日航空難正是一個最好發揮的題材，死了五百二十個人，還有更多家屬的辛酸血淚。他們一定會抓準機會，盡情揮灑自己的善意。

這麼說也不太對……悠木也是看到那位母親的眼淚，才決定做「詳細報導」的。或許悠木也想當一個「好人」。

「稻岡先生。」

悠木雙手撐在辦公桌上：

「可以不要用那些老面孔的文章，編出一篇日航空難的特輯嗎？」

「不要用老面孔？這個嘛，文章數量是夠啦。」

「有沒有空難發生後才投書的讀者？」

「有有，有家庭主婦和高中生，也有中學小女生。」

「請用他們的文章吧。」

「呃，老面孔的一篇都不刊嗎……？」

稻岡露出困擾的笑容：

「不是嘛，這樣他們之後一定會質疑，都做特輯了，爲什麼不用他們的文章。」

這樣的問題其實並不罕見。

那些喜歡投書的讀者，會互相比較文章被採用的次數。文章被採用的讀者，會收到印有北關東報字樣的原子筆。收到越多原子筆的讀者，在夥伴裡的地位就越崇高。私下跟朋友聚會的時候，除了口頭炫耀以外，還會把一綑原子筆放在胸前口袋，像是戴勳章一樣。

「不要理他們就行了。」

悠木講這句話也沒別的意思，稻岡的表情卻流露出一絲驚懼。大概是從悠木的態度中，感受到社會部記者特有的傲慢吧。據說，稻岡曾積極爭取擴編文化部，結果被社會部的記者噴得狗血淋頭。他們說文化部的沒資格以記者自居，有種就去現場看過屍體再說——

「知道了，知道了。我會用新人的文章做專欄。」

稻岡回話時，已經恢復原來的表情：

「今天已經付印了，明天我再大修吧。」

「那就麻煩你了。」

悠木非常恭敬地低頭致謝。

剛好，他看到桌上的一封信，是一個粉紅色的小巧信封，上面寫著「心主編收」。看起來像是少女的字，圓滾滾的稚氣未脫。

不曉得少女寫了什麼？心中又有哪些想法？

那封信就像寫給北關東報的情書。悠木走回座位上時，這樣的想法讓他感覺背後多了一股支持的力量。

21

晚餐的外賣送來編輯部的辦公室了。

悠木才剛走出廁所，一個名叫市場的核稿部職員突然衝了過來。市場負責編排今天的第二社會版，他跑過來的時候，手上的印刷打樣在腿邊飄個不停。

「悠木先生，請快把稿子給我吧。」

市場說的是連載企畫的原稿，印刷打樣的右半邊還有一塊空白。

悠木邊走邊回答：

「應該就快回傳了，再等我一下。」

「咦？原稿還沒回傳到你手上？」

市場一直跟著悠木回到座位上，整張臉都發紅了。

「都七點十分了耶。」

「今天預計幾點付印？」

「最晚八點半。」

「八點半？也太早了吧？」

「後面還卡到其他行程啊，特別報導的版面還要刊座談會的消息，結果座談會的時間延長了。」

「知道了，我會催下面的人快一點。」

「那就拜託了，不然我會被製作的罵死。」

悠木觀察市場的臉孔，他的表情是眞的很害怕。市場年紀也二十五、六歲了，直到去年都還在館林分部當記者。在北關東報，年紀輕輕就被派到核稿部的只有兩種人，一種是幹部指定培養爲全能型人才的優秀記者，另一種是曾經擔任外勤記者，卻因能力不足而被送回來的人。

市場屬於後者，悠木不清楚市場被冷凍的理由，但他知道好幾名幹部死也不讓市場再次擔任外勤記者。

悠木撥打川島的CALL機，決定再給他最後一次機會。無能的記者……記憶中川島的滿面愁容，竟跟剛才的市場有幾分神似。

悠木吃著炒飯，米飯和湯汁都冷掉了。

吃到一半，一個疑問冷不防地浮現悠木心頭。

燐太郎晚餐吃什麼呢？

悠木收拾好餐具後，打了一通電話到安西家，電話沒有人接聽。悠木鬆了一口氣，燐太郎應該是去醫院了吧，至少不是自己一個人。

悠木一掛斷電話，電話立刻響了，想來是川島或玉置打來的。

「我是悠木。」

「啊，我是玉置。」

「怎麼了？找到人問了嗎？」

「不是，事故調查委員會的人回東京了。」

「回東京了？」

「對，說是午後降雨沒法調查的關係。」

「既然這樣——」

悠木本想叫玉置趕往東京採訪，但他打消了這個念頭。北關東報在交通部沒有門路，貿然跑去打探消息，肯定會被那些全國性的大報社察覺。

悠木悄悄嘆了一口氣：

「他們明天會來嗎？」

「會來，而且是跟美方一起合作調查。」

「那你明天晚上去碰個運氣。」

「是，我會盡力……」

玉置沒有採訪警察的經驗，自然沒幹過在晚上堵人採訪的事情。他的語氣聽起來有些沒信心，但一談到空難的原因，他話可溜了。

「我想應該是艙壁出問題沒錯，那架客機七年前在大阪機場，不是也有發生機尾擦地的事故嗎？大概是當時修理出了紕漏。受損的不只是機體，連艙壁也有受損維修，但維修得並不完善。恐怕是金屬疲勞的問題，因此承受不了機艙內的高壓，整面艙壁破開，連帶尾翼也被破壞掉。」

悠木默默聆聽說明。

玉置說的都是猜測，沒有一句話是肯定的。

山田對玉置這個部下的評價是，沒有特別突出的地方，能力普普通通。

悠木在心中打了一個大問號。

「我在共同通信的原稿中，也有看到機尾擦地事故。機身的下方確實有修理過，但完全沒寫到艙壁破損啊。」

「可能寫那篇報導的記者不曉得艙壁有問題吧？記者沒問到艙壁，日航或交通部也不會回答啊？」

玉置這番話也有一點道理，悠木並沒有完全相信共同通信的記者。每一家媒體都有優秀敏銳的記者，也有搞不清楚重點的記者，但——

記者不知道艙壁有問題，這也是玉置的猜測罷了。如果想像力可以解決所有疑問，那也不需要記者了。悠木已經在思考，該派誰去支援玉置。

悠木掛斷電話，從位子上站起來。

「吉井——」

吉井稚嫩的臉龐，從核稿部的辦公區域中冒了出來。悠木在面前比了一個叉叉的手勢，吉井也舉起量尺表示理解。坐在牆邊位子上的等等力社會部長，一臉狐疑的表情，想必是看到了悠木打的暗號。

悠木坐回位子上，雙手環胸沉思。

該派誰去支援玉置呢……不用說，在縣警擔任採訪組長的佐山最合適，佐山是目前北關東報採訪能力最強的外勤。悠木打定主意，明天就派佐山接應玉置，向調查委員查證「艙壁」是否出了問題。

悠木並沒有太興奮的感覺，玉置提供的資訊實在太缺乏根據，以至於悠木不認爲北關東報掌握了全球性的獨家消息。悠木眞正關心的不是獨家，而是佐山受命去證實一個可信度不高的情報，究竟會有什麼樣的反應。

核稿部有人對悠木大叫：

「悠木先生！原稿還沒傳來嗎！」

市場指著第二社會版的空白處大叫。

悠木望向牆上的時鐘，已經七點四十五分，期限就快到了。悠木不再撥打 CALL 機，直接打到縣警的記者室。

是佐山接的電話。

「我是悠木，川島在嗎？」

「他出去了。」

「去哪？」

「沒聽說，可能是在議會的記者俱樂部寫原稿吧。」

「你確定他在寫稿嗎？」

佐山沒答話。

電話另一頭有人扯開嗓子，複誦了某位男子的姓名和住址。想來是縣警的公關人員在公布消息吧，警方又確認了一名空難死者的身分。

悠木又問了一次：

「川島在寫稿嗎？」

「……我想是的。」

佐山似乎在顧左右而言他，感覺那句話不是對悠木，而是對其他人說的……

悠木直覺認定，川島就在佐山身邊。

他用右手遮住聽筒，對佐山說：

「川島不寫，他的記者生涯就完了。」

「……」

「佐山——實際情況到底怎樣？」

電話中傳來粗重的嘆息聲：

「第一線的事情我們自己會斟酌，還請不要過度干涉。」

佐山的言外之意是，他會說服川島。

「我知道了，你叫他八點十分之前交出來，用傳眞的就好。」

「我有遇到他的話，一定會跟他說。」

「請務必轉達。」

悠木掛斷電話，並沒有叫佐山去支援玉置查證訊息。現在說了，佐山就沒那個時間和心力勸說川島了。

不……川島要是一行都還沒寫，也來不及了。

悠木攤平桌上的一大疊原稿，挑了幾份比較適合用在連載企畫，份量又剛剛好的。他忍不住嘆了一口氣，但他跟川島幾乎沒有交流過，對川島也沒有太多感情。

悠木轉頭對左邊的社會部主編搭話：

「田澤啊。」

「……怎樣？」

田澤回答的語氣很慵懶，他靠在椅背上，閱讀著體育新聞的版面。

「川島那傢伙，有這麼不中用嗎？」

田澤聽到這個問題，煩悶地皺起眉頭：

「那傢伙完全不行，被下面的神澤吃得死死的。」

「就因爲神澤比他更早到空難現場？」

「那傢伙膽小怕事，不是這一兩天的事了。」

田澤話講得很難聽，只是整張臉被報紙擋住，悠木看不到他的表情。

悠木壓低音量反問：

「他有退路可走嗎？」

「有教師證。」

「這樣啊……」

「他是我這邊的人，你不用在意。」

「我沒有在意。」

對話到此告一段落，隔壁桌的岸也沒再豎起耳朵偷聽了。

悠木望向主編辦公區的傳眞機。

時間已過八點。八點三分……八點五分……八點十分過去了……

等到十五分，悠木站了起來，一旁的岸嘆了一口沉重的氣息。

就在這個時候，傳眞機亮起了收信的燈號。

「勉強趕上啊。」

岸的語氣有些亢奮，他心裡果然很在意。

田澤還是用報紙遮住自己的臉龐，看得出來他沒在看報紙。從他坐著的角度來看，或許他從一開始就在注意傳眞機。

傳眞機印出原稿，市場笑盈盈地從核稿部跑來。

文章是川島的文風沒錯，悠木拿著最先印出來的前幾張，坐回辦公位子上。

內容是描寫遺體運送的過程，沒有什麼出奇之處，但這份原稿終究維繫了川島的記者生命。

悠木很認眞閱讀原稿，因此，他比其他人更晚注意到後方有人在講話。

「不好意思，我來晚了。」

神澤站在後方，跟學生一樣穿著T恤。神澤從御巢鷹山回來以後，身上一直散發出緊繃的氣息，而且目露凶光。

悠木轉過椅子。

神澤手上拿著一疊原稿。

「這什麼原稿？」

「還用問嗎？當然是企畫用的原稿啊。」

「放著吧，我明天用。」

悠木以公事公辦的口吻交代完，又把椅子轉了回去。

「明天用？」

神澤一副難以置信的語氣：

「爲什麼不今天用？」

悠木再度轉過來，凝視著神澤：

「今天的川島寫好了，我正在看他的原稿。」

神澤瞇起眼睛，口中唸唸有詞。

聽起來——神澤似乎在罵川島壞了他的好事。

悠木感覺自己的臉色變了。

「有話就明講。」

「川島前輩又沒有親臨現場。」

「他昨天去了。」

神澤不屑地笑道：

「頭一天沒到場根本不算數吧？」

頭一天，悠木對神澤的說法很感冒。包含神澤在內，所有記者是在空難發生的隔天才進入御巢鷹山的，神澤卻說那是「頭一天」，彷彿在宣示他有多勞苦功高。

悠木以低沉的嗓音告訴神澤：

「不管是頭一天還是第二天，有到現場的事實不會改變。」

「這兩者差異可大了，只有頭一天才稱得上眞正的空難現場。第二天開始縣警和自衛隊入山以後，屍體都收拾得差不多了。悠木先生你一直待在涼爽的辦公室，又沒上山，根本不會懂吧？」

「喂，神澤——」

田澤正要開口訓斥神澤，悠木伸手制止他說下去。田澤雖有管教部下之責，但受到挑釁的人是悠木。

神澤傲慢地看著悠木，態度極爲不遜。二十六歲的神澤僅有三年資歷，本來是一個文弱的青年，即使日航空難是重大事故，只不過去現場採訪一趟，怎麼會有如此大的轉變？

「拿來。」

「咦？」

「你寫得好我今天就用。」

「悠木先生！」

一旁的市場發出幾近哀號的叫聲，川島的原稿先到，也只改好一半而已。

「我不會耽誤太久。」

悠木安撫完市場後，抽走神澤手上的原稿，開始伏案審閱。

他沒有拿紅筆改稿，就這麼看了三頁……五頁……七頁……之後沒有繼續翻頁，眼睛也死盯著其中一個單字，沒再往下看。

悠木站了起來，把川島的原稿從桌邊拿回來整理好，交到市場手上。

「你先拿去排版面，等列印校正用的打樣時，我再修改還沒改好的部分。」

「太卑鄙了吧！」

神澤對悠木的決定表示不滿：

「未審先判，要什麼小手段啊！」

悠木拿著原稿離開座位，另一隻手揪住神澤T恤的袖口：

「你跟我來。」

神澤當場慌了：

「要、要去哪裡啊？」

「借你的人說話。」悠木先向田澤報備一聲後，往辦公室的大門走去，揪住神澤的手並未鬆開。

走出大門，悠木前往自動販賣機旁的休息區，在沙發最裡面的位子坐下來，神澤甩開悠木的箝制。

「到底是怎樣啊？」

神澤坐的位子離悠木有一點距離，悠木轉身對他說：

「川島是你的前輩吧？」

「哈，眞沒想到你一個實事求是的記者會講這種話。記者還有分輩分喔？決定高下之分的是採訪能力吧？」

只不過去縣警跑了三年新聞，講得好像自己經驗多老道一樣。

「那我問你，你又採訪到了什麼大新聞？」

「什麼意思啊？」

「你也只是上了御巣鷹山，根本沒採訪到什麼像樣的新聞，難不成你以後都要拿這件事到處說嘴？」

「笑話，一直用大久保和連赤吃老本的，是你們才對吧？」

悠木的太陽穴隱隱作痛。

「我什麼時候跟你炫耀過大久保或連赤的話題？」

神澤不敢正視悠木：

「你們一直都在炫耀啊，田澤主編就是如此，說什麼自己最後有去淺間山莊，反正也是去觀摩而已，順便吃泡麵吧？」

「是沒錯。」

「我看到的跟你們不一樣，那是眞正的事故現場。」

「這就是你的理由？」

「什麼理由？」

「你爲何寫出那種原稿？」

「哪種原稿？」

悠木翻閱膝蓋上的原稿，指著第七頁的某個單字，「內臟」——

他想看出神澤的眼中到底隱藏何種情感。

「你有想過，讀者看到屍體內臟的描述做何感想嗎？」

「有啊，反正死者家屬都外縣市的，他們又看不到。」

神澤絲毫不認爲自己有問題。

「萬一他們看到了呢？」

「不會啦，他們哪來的心情看報紙啊。」

悠木不自覺地握緊拳頭：

「那一般讀者呢？會在半夜看早報的只有我們，普通人是一大早起來，在吃早飯之前或吃早飯時看報的。」

「那也沒辦法啊，我寫的是事實。」

「神澤——」

「不用說教了吧，說穿了你也沒資格教訓我。我們拚死回傳的原稿你沒用，連載企畫也被挪到第二社會版，你是對我們有意見是吧？」

「並沒有。」

「不然怎麼會搞成那樣？」

「你再幹十年就會懂。」

「你認爲十年很短就對了？開什麼玩笑啊，我知道你的心思啦。你一定是心有不甘，才對我抱有偏見啦，因爲只有我跟組長登上御巢鷹山嘛。沒錯，我經歷過的可厲害了，你冠冕堂皇的屁話講再多也沒用啦。那可是五百二十條人命耶，五百二十條人命。」

神澤說個沒完，圓睜的雙眼綻放異樣的光芒。

「川島前輩寫的根本是假新聞，我寫的才是眞正的現場雜觀。當然要全部寫出來啊，我管他屍體還內臟。防止悲劇再度發生，是新聞從業人員的使命對吧，要寫出事故有多悽慘才有意義啊。你不刊沒關係，我拿去其他報社刊。眞的不是我要講，那有夠驚人的，整座山頭上都是屍體。而且沒有一具屍體是完整的，全都支離破碎——」

神澤的聲音停下來了。

悠木掐住了神澤的喉嚨。

他把神澤推到牆壁上，神澤還想張口說話。

悠木惡狠狠地說：

「你給我搞清楚，那五百二十人犧牲，不是要讓你拿來說嘴的。」

神澤充血的雙眼，死盯著悠木的雙眼。

出乎意料的事情突然發生了。

神澤的眼眶溢出淚水，斗大的淚珠不斷落下。

悠木被這景象嚇到了。

那牽著孩子來買報紙的母親，也是同樣的哭法。

悠木愣愣地鬆開神澤的喉嚨。

「嗚、嗚……嗚、嗚、嗚……嗚嗚嗚……」

神澤淚如雨下，他似乎也不明白自己爲何落淚，只是不知所措地低頭哭泣。某種情緒觸動了神澤的心弦，慢慢崩解融化。

悠木沒法離開沙發。

神澤說，只有頭一天才稱得上眞正的空難現場。

他說的確實是事實。

那是他親眼所見。

他親眼見到了眞正的空難現場，還有那五百二十條逝去的生命——

22

十五號結束了。

辦公室只剩下少部分職員，他們也都準備回家了。室內非常安靜，連電視機的聲音都聽得一清二楚。空難發生後的第四份早報付印了，再過不久，印刷機就會發出巨大的聲響，將早報印出來。

悠木忙著確認桌上剩下的原稿，龜嶋核稿部長離去前，撂下了一句愉快的玩笑話。他說乾脆創個紀錄，看日航空難最多能做幾天的頭條。

「要喝一杯嗎？」

隔壁的岸用手比出喝酒的動作。

「好啊。」

悠木二話不說就答應了。他現在有點想回家，但又不是眞的很想回去，感覺左右擺盪的天平上，不想回家的那一邊被人放了一塊砝碼。

今天做出了一份像樣的報紙，這種成就感讓悠木的心情頗爲雀躍。直到昨天他還深陷五里迷霧中，完全找不到方向。面對突如其來的重大事故，壓力排山倒海而來，他徹底體認到自己的弱小無力，沒有眞的在做報紙的感覺。

今天就不一樣了，見過那個母親以後，悠木變了。報紙的每一個版面都有悠木的意志和作爲。他不敢說自己有能力駕馭這一起空難報導，但至少有了那麼一點掌握度。悠木心中多了一份小小的自信和成就感。

「悠木，走囉？」

「我準備好了。」

二人走下昏暗的樓梯。

「對了，神澤怎麼樣了？」

岸剛好想到這個問題。

「他去値班室以後，我就沒見過他了，應該睡著了吧。」

「你跟他聊過了？」

「嗯嗯，加減聊了一些。」

「他沒問題嗎？」

「應該吧。」

「想不到他連續兩天沒吃東西……」

「嗯。」

「看來這一次的空難現場，眞的很淒慘啊……」

「是啊。」

悠木在黑暗中放慢腳步，心中想起了神澤。

神澤坦承，他在御巢鷹山是生平第一次看到屍體。他到値班室以後終於卸下心防，向悠木坦露心聲。神澤一臉茫然地說，他這輩子還沒有接觸過死亡。父母和祖父母都還安在，採訪警察的這三年，也去過不少刑案和事故現場，但始終沒機會看到屍體，他想見識一下。過去他以爲，要看過屍體才算夠格的社會記者，在後輩面前講話才有底氣。不料，這個心願在御巢鷹山上，竟以意想不到的方式實現了——

外頭的暑氣撲鼻迎面而來。

「天吶，都深夜了還這麼悶熱啊。」

岸的語氣充滿了解放的滋味。

他們也沒有事先商量過，就慢跑穿越安中縣道，走向轉角處的「總社飯店」。那是一家韓裔夫妻開的小燒肉店，要說這一帶深夜還能喝酒的地方，也只有那裡了。

「唷，悠老弟眞是條漢子啊。」

店主一看到悠木，那雙陷在皺紋中的眼珠子都亮了起來。悠木擔任日航統籌主編的消息傳進店主耳裡了吧，在忙碌的行程中還有時間抽空喝酒，店主的表情顯得很佩服。

悠木也懶得陪笑回應，理由是他在右邊的包廂看到等等力社會部長。等等力和田澤面對面坐著喝啤酒。

轉頭一看，岸則是一副故意裝傻的表情。

悠木啐了一聲，昨天他和等等力在部內大吵了一架。他本來還很好奇，照理說岸也有聽到風聲，怎麼完全沒有提起？原來岸在背地裡做了這樣的安排。

「先坐吧。」

岸催促悠木坐進包廂，語氣倒是稀鬆平常。

「給我搞這種無聊的小手段。」

悠木嘴裡嘀咕，心裡想著直接走人算了。可是轉念一想，這樣好像夾著尾巴逃跑，委實令人火大。

等等力鏡片下的雙眸，對悠木的到來感到意外。田澤似乎早已知情，是岸拜託他把部長帶來的吧。岸和田澤固然是一夥的，但田澤絕不樂見悠木和等等力握手言和。田澤肯來，是想看到他們在酒會上鬧得更僵吧。

店主在櫃台問悠木要喝什麼，悠木只說要喝生啤酒。等等力和田澤用杯子喝，悠木沒有打算待太久。

店內的氣氛並不好，十有八九可以滿足田澤幸災樂禍的期待。悠木默默進入包廂，一屁股坐在墊子上，就在等等力的斜對面。

過去這幾個人常聚在一起喝酒。當時等等力在縣警擔任採訪副組長，悠木、岸、田澤這三個同梯還是菜鳥記者，每天都被等等力和追村採訪組長責罵。

「喝瓶裝的嗎？」

店主端來大杯的生啤酒。

「要吃點燒烤嗎？」

「那就來點烤內臟吧。」

岸回應店主，等等力則對岸說：

「你的主意還算不錯嘛。」

「主意？」

岸不明所以地陪笑。

等等力一臉嚴肅地回答他：

「在包廂比較好下跪道歉嘛。」

悠木怒視等等力。

等等力別過頭，也沒正眼瞧著悠木。等等力的臉頰略紅，看起來倒是沒有喝醉。等等力和田澤十點就走了，算一算也喝了兩個多鐘頭。但他不是那種喝啤酒會醉的人。

「我沒理由道歉。」

悠木冷淡地反嗆等等力。

要不是等等力先挑釁，悠木本來也不打算多說什麼。豈料等等力又提起下跪道歉的事，悠木也鐵了心要跟他吵一架。

等等力摘下金邊眼鏡：

「沒理由？昨天你亂講話不是理由嗎？」

「好啦，先來乾杯吧。」

岸伸出手中的酒杯，等等力無視乾杯的要求，接著說道：

「悠木，你還記得你對我說了什麼嗎？」

「大致記得。」

雙方隔著桌子互瞪，店主也不在意，逕自在鐵板上放燒肉。

「虧你講得出這種話啊。」

燒肉的煙霧冉冉升起，等等力在煙霧的另一邊反唇相譏，語氣還算冷靜。

「次長撤掉御巢鷹山的企畫，你卻以爲是我幹的，還跑來興師問罪。你當著一群年輕人的面，對我講話沒大沒小——這就是昨天發生的事，我有講錯嗎？」

悠木低頭看著鐵板。

「爲什麼你不道歉？根本是你有錯在先。」

「悠木啊。」

岸也打岔了：

「這件事你確實有不對的地方啦，是你誤會了。」

「你閉嘴。」

等等力瞪了岸一眼，視線又移回悠木身上：

「你是不是誤會什麼了？」

「你說我誤會，這話什麼意思？」

悠木反問等等力，等等力喝了一口啤酒，接著說道：

「你昨天說——叫我改一下狹隘善妒的毛病。那句話又是什麼意思？」

悠木把裝滿生啤酒的杯子舉到嘴邊：

「就是字面上的意思。」

他喝了一口後，繼續解釋：

「部長你前一天毀了佐山的現場雜觀，你羨慕他有機會報導全球最大的空難，見不得別人好。」

「我爲什麼要見不得別人好？」

等等力接下田澤遞上的啤酒，同時反問悠木。

「對你來說，大久保連赤高於一切。」

「那當然。」

「日航空難規模太大了，完全把大久保連赤比了下去。」

二人一同舉杯飲酒。

先放下酒杯的是等等力：

「你認爲，這就是我搓掉佐山原稿的理由，是嗎？」

「印刷機出問題，你沒跟我講。」

「所以我才說，這是你誤會了。」

「那你說，我到底誤會什麼了？」

「跟你說印刷機出問題又能怎樣？當時佐山和神澤還在御巢鷹山上，我們報社又沒配無線電，你也沒法告訴他們提前截稿的消息。」

「我跟你說。」

悠木喝光杯中的啤酒：

「我講的不是邏輯上的問題，而是想法的問題。」

「誰的想法？」

「先來講邏輯吧——印刷機出問題，你傍晚就知道了。如果當時你有告訴我，我可以拜託共同通信的人，請他們用無線電聯絡山上的同事，把提前截稿的消息轉達給佐山。這樣佐山就能算好時間提早下山，只要他在午夜十二點以前回傳，隔天北關東報的早報上，就看得到佐山和神澤的大名。」

「你以爲事情會這麼順利？說不定共同通信根本不願意借你無線電。就算他們肯借，共同通信派到山上的記者，也未必遇得到佐山。深夜趕忙下山，也不見得能在十二點以前回傳原稿。說穿了，除非發生奇蹟，否則佐山的現場雜觀不可能刊在北關東的報紙上。」

不打自招了吧——

悠木原本只是在嘀咕，不料講得太大聲被等等力聽到了。

「你說什麼？」

等等力眼睛張得老大：

「給我說清楚，我不打自招什麼了？」

事已至此，悠木也不打算退讓了：

「就你剛才講的這一大串理由啊。那天晚上，你心裡想的也是同樣的事情。反正不告訴我印刷機出問題，事後你也有一大堆理由可講。」

「給我注意你的口氣。」

「的確，除非奇蹟發生，否則佐山的現場雜觀沒法刊出來。可是，奇蹟不是沒有機會發生，是你這傢伙——」

「我說了，給我注意你的口氣！」

「是你先挑釁的！給我聽到最後！」

「少囂張了，死小鬼！」

「是你扼殺了奇蹟發生的機會，你太看重大久保連赤的成就，所以故意毀掉佐山的現場雜觀。」

「悠木！」

等等力一拳砸在桌子上。

悠木挺起胸膛，絲毫無懼：

「為什麼你要扯後腿？不想讓年輕人贏嗎？就因為你和我這一輩的人，在大久保連赤慘敗的關係嗎？」

等等力瞪大眼睛，足足有剛才的兩倍大。

岸也是一樣的反應，田澤也轉頭看著悠木的側臉。

等等力緩緩開口：

「你說……我們輸了……？輸給誰了……？」

悠木很清楚，他提了一個不該說的話題。

這也是他頭一次點破——老一輩記者在「大久保連赤」慘敗。

岸的表情很驚恐，活像看到鬼一樣。

「悠木，你說啊，我們輸給誰了？」

「還用問嗎？當然是朝日、每日、讀賣、產經啊。」

「我們贏了吧……？」

「那是你自以為贏了而已。」

「我們報了許多獨家消息，確實贏了啊。」

這句話是田澤說的，他的額頭也青筋暴露。

悠木望向田澤：

「是，我們報了幾條獨家，但人家後來搶到的獨家比我們多好幾倍。」

岸不解地歪著頭說：

「你講反了吧？有幾條我們是慢人家一步，但——」

「你們眞的忘了嗎？」

悠木觀察岸和田澤的表情，他原以爲「輸」這個字是不能對他們講的禁忌，但事實完全不是這麼一回事。岸和田澤眞的相信自己贏了。

悠木抬頭遙望過去：

「你們說的是大久保的前半段，一開始我們確實領先許多。不過，等到事情鬧大以後，其他新聞社派遣總部的記者來採訪，我們就一直被壓著打不是嗎？關鍵的消息都是人家先刊出來的。大久保那件案子還算好的，之後連赤事件就敗得體無完膚了。東京那邊的記者在中央挖到一堆警察廳的消息，我們根本毫無還手的餘地。北關東報——徹底輸給東京那邊的新聞社。」

包廂裡，其他人都不說話了。

傍晚時分，神澤那番囂張的言論並沒有講錯。連赤事件快結束的時候，北關東報的記者確實潛入了淺間山莊，但也是隔著一段距離觀望罷了。他們去那裡只學到一件事，就是把前一年發售的泡麵泡得美味可口。神澤僅憑直覺，揭穿了那些前輩吹噓的眞相。

田澤開口說：

「我們在淺間山莊確實沒啥建樹，但那是發生在長野的事件，屈居人後也是無可奈何。可是，在榛名和妙義的基地，我們表現得不錯啊。」

「表現不錯的是共同通信，我們只是在山中亂晃，啥也沒幹，也沒寫出像樣的報導。當時在山上眞的很辛苦，又冷又累，好像快死了一樣。所以我們才誤以爲，自己跟中央的那些記者平分秋色——」

說時遲那時快，現場響起了水花飛濺的聲音。

悠木反射性別過頭。

等等力把杯子裡的啤酒潑到悠木身上，憤怒的表情猶如惡鬼上身。等等力張開緊閉的雙唇，噴出了憤怒的咆嘯：

「悠木！胡說八道也要有個限度！」

「我沒胡說八道。」

悠木邊說邊用袖子擦臉：

「我說的全是事實。」

「王八蛋！竟敢侮蔑自家報社——像你這種人馬上給我滾！離開北關東報！」

「不是都滾了嗎？」

「什麼？」

「高橋前輩、野崎前輩、多田羅前輩，他們在連赤事件過後都走了。全被讀賣、產經那些大報社挖角了，因爲他們承認北關東報輸了。北關東報明明輸了，卻一直嚷嚷自己贏了，他們看不下去才走的。」

「你住口！」

「你才應該聽我講！」

悠木的情緒也沸騰了：

「我們應該好好檢討，到底自家報社是怎麼輸的。然後告訴底下的人，該怎麼做才不會重蹈覆轍。結果呢？我們浪費了十幾年的時間誇誇其談。有那個閒工夫炫耀，爲什麼不開個像樣的檢討會議，趕快引進無線電或其他必要的器材？你不懂嗎？現在的北關東報從大久保連赤的時代就毫無長進，這一次日航空難報導，我們也註定慘敗。」

等等力弄倒面前的兩、三瓶啤酒，發出劇烈的聲響。

悠木也準備好要跟等等力打上一架了。

不過，等等力沒有衝上來，他的身體晃了一下，銳眼直射悠木的雙眸。不對，等等力的眼神略微失焦，幾乎沒法好好捕捉悠木。

難不成他喝醉了……？不可能，等等力喝這點啤酒不會醉的。

大概講到他傷感的地方了吧。

悠木也沒心思吵下去，他拿起啤酒猛灌，不再盯著等等力。

鐵板上的內臟都烤焦了。

岸雙手環胸，一臉嚴肅地沉思；田澤也是一樣的反應。

悠木改喝燒酒，怎麼喝都喝不醉。

過了一會，等等力踩著虛浮的步伐走到悠木旁邊。他替悠木倒燒酒，兩人卻沒有眼神的交會，大部分的酒水都灑了出來。

「……多田羅去了讀賣以後……你知道他怎麼了嗎？」

「不清楚……」

「他去世了，讀賣派他去各地跑新聞，最後他在八戶市弄壞身體，走了。」

等等力噘起嘴唇，小口喝著燒酒。

「其實……當初也有人要挖角我。」

悠木是頭一次聽說。

「是哪家的呢？」

等等力側過臉，岸和田澤靠在一起竊竊私語。

「別跟其他人說。」

「我不會說的。」

「是朝日。」

等等力開口前，已然喜形於色。

「爲什麼不跳槽呢？」

「沒辦法啊，白河老爹把他的小狗交給我養。」

等等力拋出這個答案後，臉上帶著自嘲的笑意。

悠木也笑了，北關東報的人都知道「養狗大將」的故事。時任編輯局長的白河，將寵物犬生下來的五隻小狗，分送給自己的心腹大將。包括粕谷、追村、等等力，還有現任政治部長守屋，以及廣告部長暮坂。當時優秀的記者一一跳槽，白河一定很焦慮吧。所以才把小狗送給底下的人，代表對他們的器重與信賴。

「那手段很有效啊……狗真的很可愛，平常在公司被白河老爹氣個半死，回到家以後老爹的狗還會跑來找你玩。那畢竟是生命……又不能隨便棄養。是說，那些小狗也死得差不多了，但老爹只用了幾隻小狗，就把這些年的人事問題都擺平了。」

「沒擺平吧？暮坂先生抵擋不了理事的誘惑，跳到廣告單位不是嗎？」

「不是的，暮坂是被老爹趕出去的。」

「趕出去……？」

「那傢伙跟福田走得太近了。之前聽說他大哥要出來角逐議員，他在背地裡尋求福田的支持，犯了老爹的大忌。」

悠木默默點頭，這話有幾分眞實性，但他不太感興趣。

等等力靜默了一會，突然說道：

「我不想做那種畫餅充飢的工作。」

悠木一開始聽不懂等等力在講什麼，但他隨即反應過來。等等力是在說自己不跳槽的原因：

「就算你對抗政府、對抗強權，其實記者做的事情都大同小異，不外乎明查暗訪罷了。採訪重大的事件，報出來的自然是重大的新聞。可是，那不代表你做了很了不起的工作。採訪微不足道的事件，找到一些微不足道的消息，那也同樣是工作。記者做的事情啊，說穿了都是──」

等等力廢話連篇，腔調也不太正常，眼神早已渙散。

就在悠木打算回公司睡的時候，等等力一把抓住他的領帶。

「喂，你有沒有在聽啊？」

等等力的臉龐跟紙張一樣慘白：

「悠木你記住，地方小報的記者不能說自己輸了。哪怕我們真的輸慘了，也不能承認自己輸了。」

等等力說完真心話，倒頭睡在榻榻米上。

悠木俯視著等等力醉倒的表情。

他想起母親說過的一句話。

只有喝醉才敢說真話的人不值得相信，那種人沒有好好活過──

等等力以前也說過類似的話。

喝酒不要愁眉苦臉，醉了就引吭高歌，有什麼問題明天再講。

悠木感覺自己終於醉了。

那不是很久以前的事，也就十多年前而已。

悠木環顧店內。

店主在櫃台內，像木乃伊一樣縮著身子打盹。

那時候的店主很年輕，老闆娘也充滿活力，大半夜照樣來店裡幫忙。他們有一個叫崇禧的可愛女兒，岸愛她愛得要死要活。田澤常跳到櫃台上模仿女星山本琳達，老闆娘看到就用韓文罵人，但田澤還是會趁老闆娘不注意，跳到櫃台上耍寶。等等力和追村在一旁拍手叫好，粕谷偶爾會來請大家喝酒。大家一同高唱「北關之歌」，那首歌好像是某間大學的啦啦隊歌曲改編的，他們常常肩並肩，齊聲高歌。

每個人都笑得好開心。

悠木記得自己也笑得好開心。

那是一段幸福的日子，悠木甚至覺得自己有了歸宿，有了值得敬重的兄長和父親。這家燒烤店裡有他要的一切，有數不盡的歡笑和愉快的對談。

等等力睡到打呼。

岸和田澤依舊交頭接耳，一臉沉悶。

悠木起身離席。

那段幸福的日子，究竟是何時失去的？

他搖搖晃晃走到店外，耳鳴聲中聽到了回憶中的歌謠。

東有利根川河畔。

北望赤城山明月。

關東平原是我故土。

熠熠生輝，是我北關東報社。
弱者不留。
強者不拒。
生命燃盡之日，
方是我等封筆之時。

23

悠木凝視著天花板。

天花板都被香菸薰黃了。不，或許是視野模糊泛黃的關係吧。悠木知道自己躺在辦公室的沙發上，他來到這裡休息的時候，窗外已經天明破曉了。換句話說，他喝到四點多、五點才離開。

悠木做了一場夢。

跟安西耿一郎有關的夢，夢中他去醫院探望安西，病床上卻空無一人。牆上只留下凌亂的字跡，責罵悠木食言。悠木在夢中思考著，一定是他爽約，所以安西才會一個人去攀爬衝立岩。

「睡醒了嗎？」

依田千鶴子的笑容出現在悠木的正上方，垂落的頭髮幾乎碰到悠木的鼻頭。

「嗯，醒了……現在幾點？」

「已經十點了，要喝點什麼嗎？」

「不必了。」

「不喝水嗎？」

「不用，謝謝。」

悠木等千鶴子抬起頭，這才撐起上半身坐起來。他發現自己身上蓋了一條毛毯，想來是千鶴子的好意吧，畢竟他沒有去值班室拿毛毯。

悠木扭扭脖子。

社會部長的位子是空的。

那也理所當然，現在時間還早。目前這間偌大的辦公室，只有悠木和千鶴子，以及大樓清掃公司的員工。

「農大二高表現如何？」

悠木詢問甲子園賽事，辦公室裡的電視機是開著的，但離沙發有一段距離，他看不清比數是多少。

「贏很多喔。」

千鶴子的語氣很開心，還把手上的抹布當成啦啦隊的彩球甩。

今天甲子園的第一場比賽，是群馬代表農大二高的第二戰。其中一名隊員的父親，爲了到場替兒子加油，不幸搭上了死亡航班。

「神澤呢？」

悠木打聽神澤的消息，千鶴子擦桌子擦到一半，停下來回答：

「好像回去了，值班室沒有人。」

「這樣啊……」

悠木愣了一會，又想到別的問題。

「依田——」

「是？」

「聽說，妳秋天會被派去做外勤？」

「啊，你聽說了嗎？」

千鶴子的表情亮了起來。

「是啊，派去前橋分部對吧。」

「我眞的好期待喔。」

「妳幾歲了？」

「你怎麼問這個！」

「只是勸妳要有心理準備，妳是北關東報第一位女記者，人家會照三餐問妳。」

「我不是第一個啊，文化部的平田小姐才是吧。」

「她不是記者，只是負責陪酒的。」

悠木尷尬地說道：

「真的想幹這一行就好好幹，人家只會一開始善待妳，很快就膩了。」

「知、知道了……」

千鶴子聽到悠木這段話，不再露出那河狸一般的小門牙。

悠木從沙發上站起來，身上的汗臭味連他自己都聞到了，辦公室還沒有被冷氣吹涼。

「悠木先生。」

「嗯？」

千鶴子低下頭說：

「還請你多多指點，拜託了。」

「我沒什麼好指點的。」

千鶴子也不氣餒，她早已習慣記者冷淡的態度。悠木走向自己的辦公桌，千鶴子也追了上來。

「一開始負責採訪警察，是不是比較好呢？」

「沒錯。」

「啊……不過……」

悠木轉頭看著千鶴子，不再整理手中原稿。

「不過怎樣？」

「啊，沒有，沒什麼。」

「說來聽聽吧。」

「呃，我會先到記者俱樂部參加一個禮拜的研修。」

「那又怎樣？」

「請問……採訪組長佐山是個什麼樣的人？」

千鶴子自己講到臉紅，佐山也三十好幾了，卻還沒有成家立業。

「妳也認識他吧？」

千鶴子聽到悠木的回答，連忙揮揮手：

「不是嘛，採訪警察的記者很少來總部啊。」

悠木抬頭想了一下，他想到佐山昨天說過的那句話。第一線的事情我們自己會斟酌，還請不要過度干涉。

如果今天悠木站在佐山的立場，大概會直接放棄川島。對一個沒有上進心的人伸出援手是沒意義的；而有意往上爬的人，也不需要別人幫忙。

看千鶴子的表情，她還在等待悠木的答覆。

「佐山他——」

悠木腦海中浮現了幾個形容詞，他卻選了一個連自己都感到意外的說法：

「他是個溫柔的人。」

悠木不是在逗千鶴子開心，這是他第一次從能力以外的觀點，來評斷自己的部下。

「啊，悠木先生。」

悠木望向發話的人，是廣告部的宮田來到編輯部辦公室。把廣告部去掉，改稱「一起登山團」的宮田，對悠木來說是比較熟稔的稱呼方式。

「我……」

宮田都已經來到悠木身旁了，千鶴子還是有話想說。悠木瞪了千鶴子一眼，要她沒事別一直黏著自己。

「我二十七歲了。」

千鶴子這句話來的突兀，表情相當嚴肅：

「我今年二十七歲了，絕對不能放過這個機會。無論如何我都會努力的，還請你多多指導鞭策了。」

悠木本想說，他沒什麼好指導的，但話才剛到嘴邊又吞了回去。千鶴子昂首離去，悠木目送她的背影。

千鶴子剛離開，宮田就靠了上來，一副凝重的神情。

「怎麼了？」

「那個啊，我剛去外頭洽公，順便去探望安西先生……」

宮田拉了一張椅子，開始談起安西的事情，悠木也料到了對方的來意。原以爲宮田是來報告安西病情惡化的消息，沒想到他談起了出乎意料的話題。

據說，安西以前結識的山友也有去探病。那個名叫末次的山友說，以前安西跟夥伴一起去攀爬衝立岩，結果夥伴不幸身亡，後來安西就在登山界銷聲匿跡了。

「悠木先生，你知道這件事嗎？」

「不知道……」

一種很接近動搖的情緒，在悠木心中渲染開來。

「你們本來要一起去爬衝立岩對吧？」

「嗯嗯。」

「那座山害死了他的夥伴，為什麼還要去呢……」

原來是這麼回事。悠木雙手環胸，試著讓自己冷靜下來。

爬山就是為了下山——

悠木看著宮田：

「那個叫末次的人，已經回去了嗎？」

「他應該是去圖書館吧？」

「圖書館……？」

「他有問我要怎麼去縣立圖書館，你要見他一面嗎？我半小時前見到他的，你現在去應該還來得及。」

悠木站了起來：

「他長什麼樣子？」

「你一看就知道了，他穿很小的鞋子。」

「啥？」

「跟小學生穿的鞋子差不多。」

悠木一聽便有了頭緒，宮田點點頭說：

「跟你想的一樣，腳趾頭肯定都凍傷截肢了吧。」

24

從北關東報到縣立圖書館，大約十五分鐘的車程。

悠木開車不敢求快，視覺像多了一層黃色濾鏡的感覺並未消退，額頭一帶也隱隱作痛，剛睡醒時可沒有這樣。

悠木很懷疑——光靠鞋子的尺寸怎麼可能認出一個素未謀面的人？但他還沒有把車子開進停車場停好，就已經認出那個叫末次的人了。悠木在駕駛座上看到一道壯碩的背影，正好走進圖書館的玄關。他沒看到男子的鞋子，只不過男子的走路方式很特殊，身體上下晃動的幅度很大。

悠木從停車場小跑步到玄關，在圖書館一樓四處張望。他要找的那個人，已經抓著扶手爬上樓梯了。

「末次先生。」

悠木開口叫人，對方轉過頭來，圓滾滾的臉龐曬得很黑，看上去相當親切討喜。年紀大約四十五歲，感覺跟安西的歲數差不多。

悠木走上前遞出自己的名片，做了簡單的自我介紹，順便講到跟安西還有宮田的關係。

「不好意思啊，我沒名片。」

末次爽朗地笑了，彷彿沒名片是一件很自豪的事情。「登山家」若有好幾種不同的類型，那他應該跟安西一樣，都是「豪放磊落」那一型吧。末次左右兩隻腳的鞋子都很小，一看就是訂製品，光看鞋子的形狀和分布，不難想像他確實沒了腳趾。

四樓有一間販賣輕食的咖啡廳，悠木邀請末次去那裡一敘，末次卻想先到二樓。二樓有蒐藏一部鄉土史料，那是替安西死去的夥伴製作的追悼集。末次說他難得來群馬一趟，想看一下那部久違的追悼集。

「哎呀，我手上那一本燒掉了，半年前我家裡失火。」

末次在講這種不幸的遭遇時，仍舊不改笑容。

他到二樓櫃台說明來意，等了幾分鐘後，館員拿來一本名爲「鳥」的追悼集。追悼集年月久遠，約莫A4大小，而且頗有厚度。那不是一般裝訂成冊的書籍，而是用帶有光澤的綠色線條做成的線裝書。

末次爬樓梯的腳步十分緩慢，因此在抵達咖啡廳之前，悠木就大致聽完安西的故事了。那一起意外發生在十三年前，安西跟友人一起攀爬衝立岩的雲稜第一路徑。領頭的安西在爬上主段的懸岩之前，腳步沒踩穩，不慎引發落石。安西有提醒在下方做確保的遠藤貢，無奈遠藤運氣不好，大塊岩石直接砸中額頭，幾乎當場死亡。遠藤連留下遺言的機會也沒有，就在安西的懷中斷氣了。

悠木隱約記得那一起山岳事故，那時候他已經加入北關東報當記者了。他沒有採訪那起事故，只有看過大篇幅的報導，記述年輕的知名攀岩好手身亡的訊息。沒想到安西竟是那位死者的朋友。

悠木在咖啡廳買了兩張冰咖啡的餐券。

「唉，消息傳到我耳裡的時候，我簡直不敢相信。說到攀岩，遠藤比誰都內行，體能也是一等一的。前一年他還爬上珠穆朗瑪峰，就是那個——」

「是，我知道，是聖母峰對吧。」

「沒錯，遠藤成功登上了聖母峰。那裡的氣溫始終在冰點以下，氧氣也只有平地的三分之一。你知道他登上聖母峰以後，做了什麼嗎？」

「呃……不清楚……」

「擔任挑夫的雪巴人說，遠藤沒有拍攝紀念照，也沒有在山上立旗。」

「那他做了什麼？」

「據說，他在仰望天空。」

「仰望天空……？」

「相傳在嚴冬期的晴天，聖母峰上空可以看到鶴群。」

末次的表情和語氣變得很平靜。

「遠藤是在找鶴群吧，他登頂的時候不是嚴冬期，照理說是看不到鶴群的。不過，有機會站在地球上最高的地方，他卻想看飛在自己頭上的鶴。或許——他想攀上更高的地方，跟那些鳥兒一樣吧。」

悠木終於明白——追悼集以「鳥」爲名的含意。

末次接著說道：

「安西酷愛爬山的程度可不輸給遠藤。要不是發生了那件事，再過一、兩年安西也會成功征服聖母峰吧。」

悠木琢磨著末次的話。安西過去是個貨眞價實的「登山家」。

「那一起意外眞的只能說運氣不好，山上本來就沒有百分之百安全的地方。不過，對安西和遠藤來說，攀爬衝立岩跟暖身運動沒兩樣。不，應該說這才是衝立岩可怕的地方吧。衝立岩不只奪走了遠藤的性命，也奪走了安西登山的意願。」

末次拿起追悼集，看著封面感觸良多。

「這部線裝書上用的線頭，就是他們出事那一天結組用的繩索。」

悠木聽了很訝異。

「安西拆開繩索做了裝訂的線頭。一想到他是抱著何種心情做這件事的，我到現在都還覺得心痛。安西大概也下定決心——再也不跟其他人結組登山了吧。」

悠木的身子抖了一下。

他很猶豫該不該說出那件事。

最後他吞了一口口水，探出身子對末次說：

「其實——」

「怎麼了嗎？」

「安西他邀請了我，我們約好要一起攀爬衝立岩。」

「眞的嗎……！」

末次直盯著悠木，完全忘了眨眼。

「你有登山經驗嗎？」

「我是個門外漢，只有在岩場稍微練過一點。」

末次陷入沉思，他想了好一會，卻尋思不出答案。

悠木又湊上前說：

「方便請教一個問題嗎？」

「是，請說。」

「爬山就是爲了下山——這句話的意思你明白嗎？」

「爬山就是爲了……下山……？」

末次不解地歪著頭。

「登山界沒有這樣的格言對吧？」

「我是沒聽過。這句話誰講的？安西嗎？」

「是的。」

末次又陷入了沉思，最後他放棄思考，抬起頭嘆道：

「那起意外都過十三年了，說不定這是他飽受煎熬才領悟的境界吧。很遺憾，我不曉得是什麼意思。」

「這樣啊……」

悠木吐出胸中的悶氣，難掩內心失落。

末次說他要回濱松，回程的新幹線再過不久就要發車了。

「容我再請教一個問題。」

悠木急忙問道：

「眞的有 Climber's high 這回事嗎？」

「有喔，挺可怕的。」

「可怕……？」

悠木對這個答案感到意外。

「這是指情緒過於亢奮，導致恐懼感麻痺對吧？」

「是，沒錯。」

「既然感受不到恐懼，又何來可怕呢？」

「那股勁頭過了，就很可怕。」

末次皺著眉頭說：

「可能一點微不足道的小事情，那股勁頭就會被打消，那時候非常可怕。壓抑在心底的恐懼感會一口氣爆發出來，若是在攀爬岩壁的過程中爆發，就再也沒法往上爬了。」

悠木身子都僵住了。

（就是亢奮到極限，恐懼感麻痺的狀態。）

（沒錯，一攀上岩壁就沒命往上爬，等回過神的時候已經攻頂了，可喜可賀啊。）

為什麼安西話只說一半呢？

是因為悠木缺乏登山經驗，所以才用這種話安撫他嗎？

悠木思緒混亂，想不通安西的用意。他一下子得知太多安西的過往，反而看不清他的為人了。

不過，悠木確實很想知道，安西想要再次挑戰衝立岩的原因。

同時他也想知道，為何安西會挑上自己同行。

25

悠木開車載末次前往ＪＲ前橋車站，之後再前往縣央醫院。他一早想起自己夢到安西以後，就決定去醫院一趟了。

直到幾分鐘前，末次還在副駕駛座上談笑風生。他感謝悠木的便車，讓他省下一筆計程車費。一路上末次又恢復豪爽的性情，幽默地談起安西夫婦相識的經歷，以及安西加入北關東報的原委。他完全沒談到自己的過往，包括過去參加哪個山岳協會、爬過哪一座名峰峻嶺等等。光看他的鞋子，就知道他一定有驚心動魄的登山奇聞，但他並沒有談起。下車的時候，末次嚴肅地說，如果安西清醒了，請務必跟他聯絡。悠木心想，或許末次是安西和遠藤的登山師傅吧。

悠木到病房叩門探病，已經是快中午的事了。

「請進——」

悠木很慶幸，小百合的聲音聽起來還算開朗。他一進房門就看到燐太郎，燐太郎坐在離病床稍有一段距離的折疊椅上，把玩著一顆黃色的球。悠木跟燐太郎打了一聲招呼，燐太郎似有若無地點了點頭，反應就跟一般青春期少年沒兩樣。燐太郎臉頰通紅，大概是想起兩天前在醫院大廳抱住悠木的事情吧。

「不好意思啊，勞煩你百忙之中抽空前來。」

小百合的表情實在太過開朗，悠木不知該做何反應。不，小百合不只是開朗，應該說她容光煥發更爲貼切。當然，來探病的人不該有這樣的感想。

悠木站到病床邊。

安西今天同樣睜著雙眼，綻放驚人的光采，氣色看起來也不差。悠木有一種想要呼喚安西的衝動，只是一想到期望落空的失落感，他遲遲不敢開口。

持續性植物狀態，悠木很難想像這是什麼意思，大概就是植物人的意思吧。

「悠木先生，請坐，我馬上泡茶。啊，還是要喝點涼的？有麥茶和柳橙汁喔。」

「不勞費心了，我很快就走。」

「多留一會再走嘛，不然安西會失望的——對吧，老公？」

小百合說得嬌媚動人，還伸手輕撫安西的臉頰。

悠木是越來越困惑了。

兩天前，小百合還一副強顏歡笑的模樣。如今她在病房裡忙著招待悠木，甚至有股充滿活力的感覺。

因此，悠木忍不住問道：

「檢查結果有好消息是嗎？」

「啊，目前還不清楚。」

小百合的表情蒙上了一點陰影，但也僅此而已。她從冰箱拿出麥茶，笑咪咪地倒了一杯給悠木。

小百合已經有覺悟了，想來是這麼回事吧。

不過，才短短兩天……

小百合頻繁地望向安西，臉上還帶著微笑。按照末次老派的說法，他們夫妻經歷過一場轟動的熱戀，最後幾乎是私奔在一起的。悠木也知道這對夫妻感情很好，但……

悠木有種坐立難安的感覺，好像自己妨礙到他們夫妻相處。

他轉頭望向燐太郎，燐太郎則是無所事事的樣子。

燐太郎才十三歲，是小百合盼望已久的愛子，他是在遠藤貢死後三個月出生的——這些都是從末次口中聽來的消息。

悠木想到了話題，便對燐太郎說：

「農大二高贏了對吧？」

「是，九比一贏了。」

「是喔，真拚呢。」

「是，他們打了不少安打。」

燐太郎也順著話題，跟悠木聊上幾句。

悠木用眼神示意燐太郎手中的球。

「你喜歡棒球嗎？」

「呃，也沒有……」

「要來玩一下傳接球嗎？」

「咦？」

燐太郎環顧病房。

悠木笑道：

「在外面玩啦，外面不是有草皮？」

「啊，對。」

燐太郎的表情有些慌張。

悠木站了起來，小百合背對悠木，用毛巾擦拭安西的手掌。

「太太，我跟燐太郎出去一下。」

「不好意思啊，麻煩你了。」

小百合開心地低頭致謝，感覺沒人打擾她也樂得開心，這反應悠木是真看不明白。

悠木不再多想，反正他也沒法逗留太久。陪燐太郎玩一會傳接球，他就打算回報社了，因此他決定做一件剛才在車上想到的事情。

「太太，安西有在用記事本嗎？」

「啊，有，他昏迷的時候也有帶在身上。」

「可以借我兩、三天嗎？」

「是沒問題，但你爲什麼想借呢？」

小百合露出訝異的表情。

悠木愼選言詞：

「安西昏迷的時候，情況令人費解對吧？明明半夜兩點多去繁華街，卻滴酒不沾。因此我想調查一下。」

「這樣啊……那眞是多謝了。」

好在沒有刺激到小百合，她直接前往櫃子拿取記事本，腳步沒有一絲遲疑。

悠木確實想調查安西當晚的行程。安西當晚是在工作嗎？還是在忙其他的事情？去繁華街又不喝酒，到底是去幹什麼的？而且安西昏迷的那一天，正好是他們二人相約去爬衝立岩的前一天晚上。

悠木想起剛才末次談起的各種往事，他想釐清安西當晚的疑點，以及那些疑點是否跟安西過去的遭遇有關。

「就是這一本。」

小百合遞上一本黑色的皮革記事本。

「謝謝，我借幾天就好。」

悠木把記事本塞進褲子的口袋，沒有當場打開來看。燐太郎在房門外，一臉不安地等著悠木。

「那我們走吧。」

「好。」

電梯來到一樓，悠木和燐太郎走出醫院外，他在病房看到的那一片草地，其實只是長滿雜草的廣場。

「好，丟過來吧。」

二人拉開一段距離，悠木朗聲吆喝，燐太郎丟出手上的球。他的運動神經不太好，投球的動作挺僵硬。

「再來我要投曲球囉。」

傳了兩、三次球以後，悠木想起兒子小的時候，父子倆也常玩傳接球。

「咦？」

「你要接好喔。」

悠木勁灌指節，用側投的動作投出球。球飛到燐太郎的面前，突然往左一偏，準備從正面接球的燐太郎撲了個空，球從他的側邊飛去。

燐太郎愣在原地，隔了一拍才轉過頭，確認球的去向。當他回過頭看著悠木時，臉上掛著興奮的笑容。

「好厲害。」

「很厲害對吧？」

悠木也自豪地笑了。

燐太郎跑去撿球，用長傳的丟法傳回來。

「接下來是下墜球。」

「下墜球？」

「現在又稱爲指叉球。」

悠木半開玩笑地說完後，按照剛才的要領緊扣球，球被捏到變形。這一次，悠木用上投的方式丟出球。

燐太郎的雙手擺在胸口一帶，球大幅下墜，正好砸到燐太郎的胯下。

「啊……」

燐太郎彎下腰來，雙手摀住胯下。那只是一顆橡膠球，照理說是不會痛的。

悠木正擔心著燐太郎的胯下，滿臉通紅的燐太郎哈哈大笑，悠木也跟著笑了出來。

二人就這樣玩了好一段時間，悠木自己也不記得玩了多久。

他的 CALL 機一直在響。

燐太郎是故意裝沒聽到的吧。

他們玩了五分鐘。五分鐘過後，又玩了五分鐘。

現在的悠木，有從容的心力滿足燐太郎小小的任性。

悠木總覺得——自己算是眞的扛下了日航空難統籌主編的職責。

他要盡全力做好詳盡的報導。

有機會的話，他也打算贏過其他報社，絕不重蹈「大久保連赤」的覆轍。老老實實承認自己這一輩的失敗，把未來託付給下一代。

悠木又丟了一次下墜球，腦海裡卻浮現兒子陰暗的表情。燐太郎慌張接球的樣子實在好可愛，悠木得以享受當一個父親的感覺。

26

從尾脊到結組岩棚的那一段路，形同走在衝立岩的正下方。

悠木跟著燐太郎的背影，一步一步踏著岩石前行。衝立岩的垂直峭壁掠過他的左肩直聳雲端，散發巨大的壓迫感。

燐太郎停下腳步，抬頭仰望衝立岩，似乎是在觀察攀爬的路線。看他身體拚命往後仰，頭抬得很辛苦，不曉得會不會往後摔下去？抬頭觀看正上方就有這樣的風險。

「就快到了。」

燐太郎向悠木報告現況後，繼續邁步前進。

果不其然，走不到五分鐘就抵達灌木叢，爬完那一帶，視野豁然開朗，二人終於抵達結組的岩棚地區。那裡是他們接下來要攻克的雲稜第一路徑的攀登點。

二人開始做攀登的準備工作，首先拿出九釐米的登山繩兩條、登山扣、岩釘、繩梯、登山手套、細尼龍繩結成的繩套。

「十五分鐘後開始吧。」

燐太郎冷靜地做出安排。

「明白了。」

悠木暗自鬆了一口氣，剛才那段路他已經走得氣喘吁吁。況且，他認爲自己還沒有做好攀爬衝立岩的心理準備。他先脫下登山手套，深呼吸一口氣，緩緩張望四周。

「話說回來，結組岩棚（Anseilen terrace）這名字取得眞貼切。」

結組——就是用登山繩繫住彼此。結組岩棚主要供登山客進行準備作業，讓他們身心得以連繫在一起，共同攀上岩壁。

悠木笑了笑，開口說道：

「對了，你父親本來要用 Anseilen 替你命名呢，用諧音取叫安西連太郎——好在你母親極力反對，不然現在你的名字就跟岩棚一樣了。」

「悠木叔叔，你是聽誰說的？」

「咦？」

看到燐太郎認眞詢問的表情，悠木反而很吃驚：

「你沒聽說嗎？」

「不，我的意思是，是誰說我母親反對的？」

「安西啊，他說你母親反對。」

「我母親說的完全相反耶。」

燐太郎沉下臉說：

「據說父親要把我取名爲連太郎，母親是沒有意見的。」

「眞的假的？」

燐太郎點點頭，接著說道：

「父親去公所遞交出生證明，兩個小時後才回來。他跟我母親說，他把我的名字改叫燐太郎。」

悠木聽了很疑惑：

「我不懂，這是怎麼回事？」

燐太郎難過地說：

「我想，我爸一定是在那兩個小時內改變心意，決定不帶自己的兒子去登山，也絕不教他登山的知識。」

「啊……」

悠木想通了。

安西害死了好友遠藤貢，意外發生後三個月，燐太郎就出生了。當時安西對於到底該不該繼續登山依然很迷惘。燐太郎這個名字，就是安西下達的結論吧。

燐太郎沉靜地說道：

「我父親也很痛苦吧，他不曉得該怎麼跟我相處。除了教我爬山以外，我爸沒有其他表達父愛的方法。」

父親和我爸，親密又生疏的稱呼方式，夾雜在同一段話當中。

「其實我也很痛苦，父親對待我的態度很彆扭，讓我一直感到不安。當時我不能體會他的痛苦，我只知道自己對他造成困擾。」

「安西他是愛你的。」

悠木忍不住打斷燐太郎。

燐太郎也接受這個說法：

「我想是吧。不過，我還沒有感受到他的父愛，他就這樣昏迷不醒了。」

「嗯……」

「所以，我真的不曉得該如何是好。最後，連母親也離我而去了。」

悠木尋思遙遠的回憶。

那一天，小百合在病房中表現得很開懷。

安西夫婦是經歷了轟動的熱戀，以形同私奔的方式在一起的。然而，晚上應酬幾乎是北關東報銷售部的正式工作，安西平日忙著應酬喝酒，假日又要帶同事去爬山。夫妻間的甜蜜只剩下相簿中的回憶，不惜私奔也要跟丈夫相守的小百合，心中大概有被拋下的孤寂吧。

後來安西長睡不起，小百合總算又一次找回夫妻共處的甜蜜時光。絕望的處境背後，暗藏著甜蜜的溫情，小百合一整天都能感受到安西的溫度。現在回想起來，安西只有昏迷沒有死去，小百合對丈夫的愛才會增長到超乎尋常的地步。

「那時候，悠木叔叔你是我唯一的依靠，我每天都好想見你。」

燐太郎的話中只有懷念，沒有悲傷和怨懟。

「今天換我依靠你啦。」

悠木仰望衝立岩。

那是極具魄力的景象。

上方的懸岩幾乎要罩住二人，稜角倒懸的岩壁，就好像巨人在天空的房舍，有一大片外展的屋簷一樣。他們要攻克雲稜第一路徑，得先越過上方的第一懸岩；越過這第一道關卡，還要再往上爬，那裡就是遠藤貢被落石砸死的地方。

悠木吞了一口口水，喉頭發出聲響。

「摸一下岩石，心裡會比較踏實喔。」

燐太郎提出建言，悠木從善如流，伸手觸摸岩石。

岩石摸起來冰冷又毫無生機，跟岩場的岩石摸起來感覺不太一樣。可能是要攀爬三百公尺的峭壁壓力太大，才會有這種感覺吧？還是有生以來第一次與衝立岩對峙，心情緊張才有這樣的錯覺呢？不過——

悠木的內心並非只有恐懼。

岩石渾厚的能量，似乎傳入了他的掌心。不可思議的是，悠木摸了一會岩石，心情真的平靜下來了，思路也清晰許多。

「開始吧。」

挑戰的話語，很自然地脫口而出。

「那我們開始了。」

燐太郎平靜地凝視悠木。

一陣清風吹過。

悠木放開岩石，抬起頭再一次仰望衝立岩。

衝立岩散發拒絕生人的氣息，卻又充滿誘惑力。

跟悠木那一天體驗到的感覺很類似。

那是日航空難發生後的第五天，也就是一九八五年八月十六日。群馬縣的地方小報，決定挑戰全球最大的獨家新聞。

27

悠木握住方向盤的手，依然記得球柔軟的觸感。

他把車子停到報社的停車場，順便看了儀表板旁邊的電子時鐘一眼。時間是下午兩點十三分，皮帶上的CALL機又在響了。

悠木一步併兩步，衝上樓梯後進到編輯部的辦公室。他一坐上位子，旁邊的岸一臉驚訝地看著他。

「你是碰上雷陣雨喔？」

悠木身上的襯衫差不多都濕透了。

「今天難得跟人家玩傳接球。」

「大熱天玩傳接球？」

聽了岸傻眼的說詞後，悠木才發現自己並不覺得熱。他本來是想激勵燐太郎，才提議一起玩傳接球；但眞正熱衷玩的，或許是他自己。

「對了，你們一直 CALL 我有什麼事？」

「你看那個。」

岸的答覆很簡短，他用下巴示意悠木觀看桌邊。

文鎮下方有十多張留言便條，只是混在成堆的原稿當中，悠木才沒有看到。最上面那一張有玉置的名字，內容是「請火速與我聯絡」。

悠木腦海中閃現幾個單字。航空事故調查委員會，耐壓艙壁，損壞。

他一把抄起電話，撥打玉置的 CALL 機號碼，撥完又撥了佐山的號碼。

放下聽筒後，悠木開始看其他的便條，看到一半又停了下來。

他望向隔壁的辦公桌，岸正在審閱原稿，手上的紅筆不時在稿子上移動。

「岸。」

「嗯？」

岸轉過頭來，面無表情。

「不好意思啊，讓你幫我顧電話。」

「你可別再亂跑啦，要找日航統籌主編的人可是大排長龍呢。」

岸的表情和對答一如往常，但整體的感覺騙不了人。

昨晚那一場酒宴的餘波尚在。悠木毫不留情地指出北關東報採訪大久保連赤事件，完全比不上東京的大報社。他講那番話的用意，是要攻破等等力社會部長的心防；不料在場的岸和田澤，對那番話也很感冒，這是悠木始料未及的。三人曾是患難與共的同梯，若他們認爲悠木玷汙了過往的回憶，要解開這樁心結可就不是一件容易的事情。

這時，眼前的電話響了。

「我是佐山，你找我？」

「沒錯。」

悠木以爲是玉置打來的，一時想不出該說什麼才好。

「……你還在縣警的記者俱樂部嗎？」

「對。」

佐山的聲音跟昨天一樣冷淡。

「我有話要跟你說，方便來一趟嗎？」

「警方還在公布確認遺體的消息。」

「沒其他人代替你嗎？」

「就一個森脇而已。」

佐山會這樣講也無可厚非，森脇才一年資歷，上個月剛派任外勤。

「就他了，你把該做的交代給他，然後過來一趟。」

「你不能用電話交代就好嗎？」

「不能。」

悠木斬釘截鐵地說道：

「給你二十分鐘過來，我們三點半要開會。」

「……明白了。」

悠木跟佐山交談的過程中，機動報導部成員赤峰拿來一疊共同通信發布的原稿，斗大的標題寫著「近六成遺體回收完畢」。

悠木把送來的原稿分門別類，再次撥打玉置的CALL機號碼，撥完回頭看剩下幾張留言便條。翻到其中一張便條時，悠木繃緊了脖子，便條上註記的名字讓他身體產生自然的緊張反應。

「望月彩子」。

便條上寫道，望月彩子要悠木跟她聯絡，上面還有高崎地區的電話號碼。電話是下午一點打來的，並沒有說明找悠木的理由。

對方打來應該是跟望月亮太有關吧，沉重苦悶的情緒，在悠木的心中渲染開來。望月亮太死於交通事故，悠木卻相信他的死亡與自殺無異。而且，還是自己間接造成的，這也是不容否認的事實。

悠木記得很清楚，望月的母親名叫「久仁子」。因此，他想起之前去望月的墳上祭奠時，曾看到一個年約二十歲的女子。那位女子好像是望月的堂妹，還狠狠瞪了悠木一眼，她就是「彩子」吧。悠木感覺那已是很遙遠的往事，其實上次祭奠也才四天前的事，當天晚上日航的客機就墜毀了。這也讓悠木體認到，空難發生以後，他對日期的認知和時間觀念，已經完全被打亂了。

望月彩子打來做什麼呢……？

悠木伸長脖子觀望編輯庶務的辦公區，便條是依田千鶴子的字跡。就算望月彩子沒有說明打來的用意，悠木也想先了解一下望月彩子講電話時給人什麼樣的印象。

千鶴子不在位子上，辦公桌也收拾得很乾淨。

「岸，依田人呢？」

「啊，對了，小千下午就到前橋分部了。」

千鶴子早上那開朗活潑的表情，還殘留在悠木的記憶中。

「不是九月才調任嗎？」

「剛才工藤先生拜託局長，提前進行人事異動。玉置和田仲都去採訪日航空難了，所以要她有空的時候去分部幫忙。」

悠木明白了，前橋分部長工藤爲人緊張多慮。年紀都快五十歲了，只要工作量稍微多一點，就會不顧顏面地跑來討救兵。

悠木也不好意思打電話到分部追問，乾脆不再多想，直接撥打便條上的電話號碼。

電話沒有人接聽，告知不克接聽來電的語音是望月彩子自己錄製的，她的聲音給人一種正氣凜然，卻又不夠穩重的感覺。

悠木以不帶感情的語氣，報上姓名和服務單位，並表明改天會再主動聯絡。這麼做，一方面是怕對方突然打過來，讓他措手不及。

或許是襯衫濕透的關係吧，感覺空調比平常冷多了。細心的千鶴子不在，所以冷氣才會開得特別強吧。一個懂得替人蓋毛毯的細心女子，不會把冷氣開這麼強。

悠木一手拉緊衣襟，一手閱覽其他留言便條，有一半以上的電話都是玉置打來的。悠木有點後悔陪燐太郎玩傳接球，太晚回到報社，這下換他找不到玉置了，打 CALL 機也沒有回應。上野村很偏僻，照理說玉置應該在不方便聯絡的地方，但他在短時間內聯絡悠木四到五次，因此可以合理推斷，玉置已經找到事故調查員，證實艙壁損毀的消息了。

悠木有先料想這個可能性，但他對玉置這個記者還是沒多大信心。現在也只能等他打電話來了。悠木說服自己放寬心，繼續看其他的留言便條。

剩下的留言都不是急件，其中一則是廣告單位的宮田留下的，他是想確認悠木有沒有見到「登山家末次」吧。

末次講述的故事一直縈繞悠木心頭。安西耿一郎曾在衝立岩失去好友，最後自責不已，退出登山界。

轉念及此，悠木一顆心再也沉不住氣。

他挪起屁股，從褲子口袋拿出安西的記事本。那是他在縣央醫院跟小百合借來的，黑色的皮革封面印有金邊的數字，是今年的年份。

悠木打開一看可嚇壞了，每一頁都用狹小的文字寫滿了密密麻麻的預定行程，幾乎找不到一絲空白的地方。

悠木先看「八月十二日」。

一大早安西就要陪客戶打高爾夫球，悠木一看到打高爾夫球的行程，當天的記憶立刻在腦海中回放。那一天安西的紅色T恤都是汗漬，活像小嬰兒流口水的痕跡，連絡腮鬍都沾滿汗水而發光。八月十二日當天氣溫非常炎熱，安西雖然沒有抱怨什麼，但他在炎炎夏日打完一場高爾夫後，才來到報社的餐廳。不，那一天的行程不只有陪客戶打高爾夫球，下午到傍晚還要跑五家通路商。此外……行程表的角落，還有一串小小的字。悠木定睛細看，上面寫的是「孤心」。

悠木不明就裡地眨了眨眼。

孤心……？這兩個字是什麼意思？

悠木回頭再看記事本，「八月十三日」只有一個行程是用藍筆註記，筆觸還十分強勁，寫的是「再次攀登衝立岩」。旁邊還畫了兩三圈小花，跟小學老師批改作業一樣。

悠木想起了小百合說過的話。

我們家那口子，一直盼著跟你一起去爬山呢。

悠木壓下感傷的情緒，往回看前面的預定行程。大部分的行程都是招待通路商，悠木不禁沉吟，難道銷售部平日專幹這些差事嗎？不是喝酒就是打麻將，不然就是唱卡拉ＯＫ、打高爾夫球、泡溫泉、釣魚，甚至還要安排河邊燒烤活動和保齡球大會。上面記載的一些酒家或俱樂部，悠木也有印象。「孤心」這個字也隨處可見，第一次出現是在六月七日，之後出現的次數越來越多，到了八月每隔幾天就會看到一次。想來也是用於招待客戶的酒家吧？不過，跟其他酒家不一樣的地方在於，只有「孤心」會寫在日期欄位的小角落。所以，悠木總覺得那是什麼特別的符號。

八月的行程中出現了幾個意外的名字，悠木對「孤心」的興趣很快就淡化了。那幾個人名分別是「大隈」「磯崎」「織部」，但凡在北關東報任職的人，都聽過那幾個名字。他們是縣內幾大知名企業的經營者，也在北關東報擔任顧問和監察，算是報社外部的重要人士。從紀錄上來看，銷售部長伊東也陪同那些大人物一連跑了幾家高級俱樂部。

悠木頓感兩眼昏花。

理事派的人日日夜夜忙於疏通，要把白河趕下社長的寶座，原來那並非空穴來風。大概是要尋求更多有力人士的支持，在下次董事會上發難吧。飯倉理事的左右手伊東，還有將伊東視為「恩人」的安西，持續籠絡外部的重要人士。冰冷的文字記下了單純的日期、地點、與會人名，卻道出了這個血淋淋的事實。

悠木難掩心中的厭惡，但他也看出了安西腦出血病倒的端倪。上面記載的預定行程太操勞了，尤其這三個多月，安西每天都要忙著招待和疏通。縱使安西喜歡喝酒，每天都要陪笑喝到深夜，肯定也是不小的負擔。每個月還只有一天的假期，難怪小百合會說，公司讓老公做牛做馬。現在回過頭來看，小百合所言不假。而且，安西還把難得的假日，用來陪伴同事登山健行。

悠木再一次回想安西在員工餐廳的舉止。按照記事本上的行程表，安西前一天同樣應酬到深夜，隔天又在高溫下打高爾夫，但表面上沒有一絲疲態。安西沒有透露自己的工作和拉黨結派的事，他的雙目依舊炯炯有神，興高采烈地談著要去攀爬衝立岩的約定。二人約好在群馬總社車站碰頭，搭乘七點三十六分的電車出發，之後就各自離開了。不料安西竟在深夜兩點多倒臥繁華的城東町，沒有前往車站赴約。

悠木又一次想到「孤心」這兩個字。如果那是酒家，照理推斷安西有去過那裡。可是，這推斷又有說不過去的地方。既然安西事先要去「孤心」，為何又跟悠木相約七點三十六分到車站碰頭呢？這並不合理。安西是打算早點去酒家，再趕著去赴約嗎？或者，他打從一開始就沒有要去攀爬衝立岩？不，也許安西真的下了決心，只是一想到隔天要重回傷心地，決心動搖了吧？因此在餐廳和悠木道別後，才會多加了去「孤心」的行程。這樣就可以騙悠木自己是因為急務而不方便前往。

安西在衝立岩失去好友，過了十多年的歲月，才在北關東報成立登山健行會。悠木不懂他這麼做的用意，可能是對登山還有眷戀吧。如果安西走不出好友死去的傷痛，那他成立玩票性質的登山社團，或許是在贖罪，也是在懲罰自己酷愛山林的天性吧。不管怎麼說，悠木加入登山社團後，撼動了安西的日常。安西拗不過悠木的請求，帶悠木去榛名的岩場學攀岩。不知道這件事帶給安西何種心境上的轉變，他竟然主動說要去爬衝立岩。可是，如今悠木窺視了安西的過往，想必他在做出那決定的背後，內心經歷了難以想像的掙扎。

悠木回頭望著身後的大門。

編排版面的主力成員「三點上班組」也剛好進來了，辦公室頓時人聲鼎沸。

田澤的臭臉也出現在左邊的辦公位子上。眼尖的悠木發現，岸一注意到田澤現身，臉上隱約透出安心的表情。看來岸和悠木獨處，也感到很不自在吧。

田澤沒有瞧悠木一眼，他把包包放到辦公桌上，隔著悠木對岸搭話：

「我剛去市公所，在記者室有看到依田耶。」

「啊啊，她提前調任了。」

「那傢伙沒問題吧？我從沒看過她那麼害怕的樣子，連十行的新聞快報都寫不出來。」

「一開始都這樣的啦。」

「那點程度的東西，新手也該寫得出來吧？」

「那是你才寫得出來啦。」

悠木心想，你們就繼續粉飾太平吧。

潛藏在內心的刻薄言詞，取代了被排擠的孤寂感。這時，田澤轉頭對悠木說：

「聽說銷售部的安西病倒了是吧？」

悠木隨口應和了一句，田澤晚了四天才知道消息。其他單位的消息傳入編輯部，差不多都有這麼久的時間差。

「那個鬍鬚的病倒了？眞的假的？」

岸一副眞的很吃驚的模樣，因爲安西給人一種殺也殺不死的印象。

「是市區消防本部的人偷偷告訴分部長的。聽說是蜘蛛膜下腔出血，昏迷後被送到縣央醫院。」

「蜘蛛膜下腔出血……！」

「對啊，好像是跑到一半昏迷的。」

安西在市區奔跑……？

悠木反問田澤：

「你這消息可靠嗎？」

「有人親眼看到。」

「先別管這個了，啊他狀況如何？沒大礙吧？」

岸提出的疑問，有一半是在問悠木。

「他算過勞死的。」

悠木老實說出他看完記事本的感想。

岸一聽，臉都僵住了：

「過勞死？別亂講話啦，悠木，人家還活著不是嗎？」

「廢話。」

悠木不悅地答完後，從位子上站了起來，他看到佐山朝這裡走來了。

佐山的表情變得十分成熟穩重，跟平常強勢的風格截然不同。剛下御巢鷹山時，那緊繃和恐懼的神情也已不復見。

現在佐山的表情，就是一個實事求是的社會記者。

見識到佐山的成長後，悠木終於體認到，北關東報要挑戰震撼全球的獨家新聞了。

28

悠木先叫佐山去自動販賣機旁邊的休息區稍候，他先對核稿部下達幾個指示，才離開辦公室。

佐山坐在沙發上，手裡已經端了一杯可樂。這似乎是在宣示，就算是便宜的飲料他也絕不收受悠木的好處。

悠木挪開位子坐了下來。

「神澤今天有上班嗎？」

「他去御巢鷹山。」

「還去啊？」

「他每天都去，那是他的例行公事。我相信他總有一天會寫出好報導的。」

悠木完全不曉得這件事。

「川島呢？」

「你找我有什麼事？」

「川島有去記者俱樂部嗎？」

「我讓他去調查罹難者的遺物——請快點告訴我吧，你找我來到底有什麼事？我很擔心森脇的狀況。」

悠木點了點頭，往佐山的方向靠近。他確認四下無人後，回過頭對佐山說：

「我找你來，主要跟前橋分部的玉置有關。」

「玉置他怎麼了嗎？」

「他是個什麼樣的記者？」

佐山喝了一口飲料，沒有直接回答悠木。他用表情告訴悠木，自己不會出賣前線同事的消息。換句話說，玉置這個記者沒有特別值得誇獎的地方。

「他挖到了一個獨家消息。」

「什麼獨家消息？」

「空難發生的原因。」

佐山的眉毛抽動了一下。

「你知道耐壓艙壁嗎？」

「機體後方的碗型艙壁對吧？作用是維持機內的氣壓。」

「你很清楚嘛。」

「其實我跟那些縣警一樣，都是先從飛機的飛行原理學起的。」

「根據玉置的說法——艙壁承受不了壓力破損，導致垂直尾翼一併瓦解。」

「消息來源呢？」

「事故調查委員會的調查員。」

看得出來，佐山的眼中透露出了興趣。

「不過，玉置是偷聽來的，而且他只偷聽到艙壁這個字眼。至於艙壁損毀導致尾翼瓦解是他自己的推論。」

佐山隔了一拍才反問：

「玉置是工科出身的對吧？」

「沒錯，但他沒學過航空工學。」

佐山陷入沉思。

悠木觀察他的表情。

「消息不可靠是吧？」

「不……」

佐山抬起頭說：

「我們應該預設消息是正確的，再去驗證消息的眞僞。」

悠木聽到這個答案就放心了。

「麻煩你去驗證了，快去當地找調查員吧。」

「我去？」

佐山終於肯看著悠木了：

「交給玉置辦不就得了？那是他挖到的消息。」

佐山還是太年輕了，語氣中夾雜著不甘。

悠木又靠了上去：

「你認爲玉置有本事驗證這則消息？」

佐山不講話了。

「你思考一下這消息有多重大，我要十拿九穩。」

「……」

「你去辦吧，你可是北關東報在警察俱樂部的採訪組長。」

佐山輕輕頷首，他想要參與世界級的獨家報導。身爲一個社會記者，這是非常理所當然的欲望。

悠木拍膝頭說道：

「好，那你快過去吧。趁天還沒黑趕緊抵達現場，查出調查員住的地方吧。」

「玉置人在哪？」

「我也在找他，總之你先去公所。我找到他的話，會交代他去找你。」

「那要找誰確認消息？」

佐山提出這個問題時，眼神也添了幾分鋒芒。

「這消息太重要了，去找事故調查委員會的最高層，向首席調查官確認。」

「藤浪鼎。」

「就是他，時間多晚都沒關係。去旅館的廁所或更衣室堵人，逼他吐實吧。」

二人四目相對，或許在旁人眼中，他們像在瞪視彼此吧。

佐山吞了一口口水：

「知道了，我去就是了。不過，這終究是玉置挖到的消息，我不居功沒關係，這一點請你留意。」

悠木很久沒聽到這麼爽快的話了。

「那當然，我會讓玉置端著社長獎，連醉三天三夜。」

佐山笑了，但他立刻收斂笑容，從沙發站起來：

「那我走了。」

「交給你了。」

工作縮短了彼此的代溝，因爲這不只是一份差事。

悠木朝編輯部辦公室走去。

他感覺得到自己的心跳變快了，北關東報將要報導世界級的獨家消息，這個有望實現的重大任務，就在剛才揭開序幕了。

岸在門口告訴悠木，玉置打電話來了。

悠木回頭一看，佐山已經不在走廊了。他發出咂嘴聲，快步走去接聽電話。玉置若早三分鐘打來，一切就可以在剛才安排妥當了。

悠木拿起桌上的聽筒：

「我是悠木。」

「啊啊，終於找到人了。」

玉置的語氣很開心。

「聽說你一直在找我？有動靜了嗎？」

「是，確定是艙壁出問題了！我正打算寫原稿——」

「先等等。」

悠木打斷玉置的談話：

「你在哪裡打的？」

「咦……？」

「我問你在哪裡打電話的？」

「在釣客民宿用公共電話打的。」

「講話小聲一點——懂了嗎？」

悠木用帶有威脅性的語氣，提醒玉置慎言。

「我、我知道了。」

「那好，你怎麼確定是艙壁出問題？」

悠木也用手遮住通話口。

「呃，事故調查委員會有一個叫唐澤的人，他跟我大學時代的教授關係不錯，我請教授幫忙打聽。聽說，唐澤也認爲艙壁出問題的可能性很大。」

聽說，認爲，可能——

第一次先是偷聽，第二次則是請人打聽，他這樣就想寫出一篇報導？

「你寫的是預定稿吧？」

「預定稿……？那是什麼？」

悠木不耐地嘆了一口氣。

如果玉置寫的是預定稿，那悠木還沒什麼話說。深夜找人驗證消息後再來寫稿，肯定趕不上截稿期限。因此，通常會先寫好原稿回傳，再去找人驗證消息眞僞。

「好吧，你快點寫好原稿，用傳眞就好，傳眞之前打一通電話給我。」

「知道了。」

玉置又恢復亢奮的語氣。

其實悠木的理性也很清楚，這則消息的可信度提高了不少。因此，激動的情緒和恨鐵不成鋼的怒氣才在心中翻騰。

「還有一件事。」

悠木用循循善誘的方式勸戒玉置：

「即使消息可靠，但終究是從第三者口中聽來的，還是有驗證的必要，你懂吧？」

「啊，那當然了，我會詳加查證的。」

「我派了縣警俱樂部的佐山去幫你。」

「請不用擔心，我一個人沒問題。」

悠木也不搭理，接著說下去：

「你去公所跟佐山會合，把你知道的消息和知識統統告訴他。」

電話另一邊傳來了玉置驚詫的聲音：

「爲什麼？我來就好了啊。」

玉置的語氣頗有責備之意：

「佐山前輩他根本不懂飛機的事吧？到時候調查員談到專業話題，他也插不上話啊。」

看樣子玉置打算跟調查員討論空難的原因。

玉置欠缺堵人套話的經驗，要講到他明白不太容易。

這種工作通常都在幾秒內定勝負，該問調查員的問題只有一個，那就是「空難發生是不是耐壓艙壁損毀的關係？」。但沒有公務員會據實以告，所以，能否在瞬息之間聽出對方的言外之意，才是套話查證的本領。佐山負責採訪全縣的社會案件，每天都在套警察的話，自然深諳此道。

「查證工作是佐山的專業。」

玉置的聲音難掩失落：

「……我明白了，那我跟佐山前輩一起去。」

「你讓佐山單獨去跟調查員談，你負責輔佐就好，順便跟我報告他的動向。」

人只有在一對一的情況下，才願意說出祕密。

「我不能接受這種安排。」

玉置一反常態，出言反駁悠木：

「我也沒說錯吧？這是我挖到的消息，爲什麼非得讓給佐山前輩？」

悠木好想把佐山說過的話告訴玉置。不，悠木沒想到玉置對功勞如此執著。說不定把他調去採訪縣警，經過一番磨練以後，他會有驚人的成長吧？

「聞道有先後，術業有專攻，你就交給佐山吧。」

「可是……」

「我會跟上面的說，這是你的功勞。」

「……」

「你有在聽嗎？」

「……有。」

「佐山五點以前會到，這個消息能不能用全看你了，加油啊。」

悠木最後說了句好話安撫玉置。

岸和田澤走向局長室，待會要討論明天的版面要安排哪些內容。也許明天的報導會讓北關東報名留青史吧。

悠木大步追上二人，一時竟有遍體生寒的感覺，他以爲那是情緒亢奮所致，完全沒有放在心上。

版面的編排會議，演變成了打屁閒聊。

粕谷局長的心情很好，今天的早報顧及了福田和中曾根的顏面，深得各方好評。

「連飯倉理事都打電話來，稱讚我們做得很好呢。那傢伙大概都準備好要找碴了，沒想到被我們擺了一道。」

「不過，這種時候打電話來講好話，他文化流氓的城府也太深了。」

追村次長出言提醒粕谷：

「反正他一定不安好心。局長，請務必留意。」

「我知道。只是，說到做報紙，飯倉先生也是有他的本事。」

「局長，你這想法太天眞了。那個人已經不重視報紙的內容了，他只對北關東報的聲望感興趣而已。」

悠木聽著他們的對話，一顆心也七上八下。他口袋裡的記事本，證實了理事派正在拉黨結派。像粕谷那種層級的幹部，想必也知道這些檯面下的角力。悠木不打算加入任何一方，也不願對上司提起記事本的存在。然而，眞正讓他佩服的不是粕谷的樂天性情，而是追村的小心謹愼，至少今天是這樣。

粕谷笑盈盈地對悠木說：

「昨天辛苦你啦，你提出那個照片的點子，值得褒獎啊。」

「不敢當……」

悠木不置可否地點點頭，看到等等力社會部長進來了。等等力的態度跟平常沒兩樣，鏡片下的瞳仁瞄了悠木一眼後，坐到追村的旁邊，雙臂交抱胸前。昨晚他在「總社飯店」醉倒，不知道悠木說的話他還記得多少。

「那今天的版面編排──」

粕谷終於談起工作的話題，他笑笑地問悠木：

「先說日航空難，今天你想怎麼做？」

「用農大二高順利晉級當頭版頭條吧，內容盡量穿插球員的父親罹難的故事。」

悠木說完預定計畫後，對面的追村皺起了眉頭，難不成他有意見？

「日航空難還有其他材料可用嗎？」

粕谷追問悠木，悠木看著自己的筆記說道：

「有媒體代表採訪倖存者的報導，還有美日聯合調查、遺體回收狀況、家屬認屍、第二社會版的連載企畫。遺物也開始交還家屬了，這方面也會報導。」

「原來如此，差不多就這些是吧。」

「是的。」

悠木沒有多說什麼，沒有人七早八早就提起獨家新聞的。部內的不見得都是自己人，報社內部的機密外洩，就悠木所知已有兩、三次了。

「也該考慮報導其他主題了吧？」

追村果然有意見了，他的眼神已經一副不爽的樣子，不曉得是對哪一點不滿。

「今天頭條用日航空難沒關係，甲子園和空難家屬放在一起確實不錯。可是，你不能否認我們的內容太拘泥於日航空難。從明天開始，要是沒有特別好的材料，就應該用其他新聞當頭條。縣內還有很多新聞值得大書特書。」

追村瞪了悠木一眼，繼續說道：

「今天的早報太過火了，內政和國際版都是日航空難的相關訊息。不但如此，連地方版都是日航空難的報導，這是怎麼一回事？悠木，你給我說清楚。」

追村先發制人，悠木也明白追村不爽的原因了。追村的意思是，不要所有版面都用日航空難，新聞報導要廣泛，不用太深入沒關係。從做新聞的角度來看，這算是合理的意見。

不過，悠木並不認同這樣的觀點。這一次的編輯方針偏重「詳細報導」，也可以說是深入聚焦的報導風格，悠木絲毫沒有改弦易轍的念頭。原本他對這次的報導完全摸不著頭緒，幸得空難家屬的啓發，好不容易找到了方向。他可不會因爲追村不爽，就放棄自己的立場。

悠木據理力爭：

「我們在地報社的資訊量，不能輸給其他報紙。所以能用的空間我都用了，這個方針未來我還會持續一段時間。」

「你少囂張了！」

追村抬起下巴罵道：

「誰准你獨斷專行了？你以爲你算老幾啊？別誤會了，日航統籌主編只負責日航空難，你不是北關東報所有版面的主編。每一個版面都有當天必須報導的新聞，你把那些新聞抽掉怎麼行！」

悠木也火了：

「我沒有要抽掉重要的新聞，我只是用日航空難代替濫竽充數的東西。」

「內行人說外行話，你所謂濫竽充數的報導，也有讀者想看。報導缺乏多樣性，報紙還稱得上報紙嗎？」

「又有什麼關係呢？報紙的原則很重要嗎？」

「話不能這麼說——」

龜嶋核稿部長打斷了二人的對話。

「你是什麼意思？」

追村的音調不再咄咄逼人。職位是追村比較大沒錯，但年紀和資歷是龜嶋更勝一籌。

「我的意思是，日航空難能報多少就盡量報嘛。總不能輸給東京那些大報社，還有上毛報社吧。我只是希望北關東報有點傻勁和氣魄，當其他報社不再用日航空難當頭條，我們好歹要再堅持一個禮拜吧。」

龜嶋不單是幫悠木講話，聽他的說法就知道，他是眞心這樣想。

「我總覺得，我們北關東報做事不夠勇往直前。比方講，我們明明是群馬的在地報紙，結果跑去搶梔木和埼玉北邊的市場，栽了大跟頭。三年前不也是一樣嗎？硬要推出毫無內容的晚報，才做半年就收攤了。所以這一次我們下定決心好好幹吧，這麼大的事故，你新聞做到死都不見得能碰到一次。核稿部的人也都在興頭上，就這樣傻傻地幹下去，絕對有機會贏過其他對手，勇奪日本新聞協會獎啊。」

追村不講話了，火爆的神情還沒發作完就熄火了。

「是啦，龜嶋講的這番話，也算有道理啦。」

粕谷總結了話題，也不替誰幫腔。現場的氣氛是向著龜嶋，但光看粕谷的表情就知道，他不敢太明目張膽挺龜嶋，否則可能會引爆追村的脾氣。

悠木也有類似的想法。

今天的內容編排，不只是一般報導的版面要放日航空難，就連投稿專欄他都打算做成日航空難的特輯。然而，現在不適合提起這個話題。悠木已然惹火追村，再拋出這個話題會議就不用開下去了，說不定連「詳細報導」的方針都將不保。

等等力始終雙手環胸、低頭不語，態度也令人擔憂。表面上看起來是漠不關心，只要悠木和追村的衝突一發不可收拾，到頭來他一定會站在追村那一邊。

岸和田澤也保持沉默，不曉得他們的看法如何？

悠木自知情勢不利。

於是，他乾脆轉換思維，考慮提出「詳細報導」以外的另一個方案。

「那該說的也差不多說完了吧？」

粕谷想要盡快結束會議。

悠木連忙說道：

「方便我再說一件事嗎？」

「什麼事啊？」

凡事以和爲貴的粕谷，用眼神告訴悠木，千萬不要講出不該講的話來。

悠木點點頭，開口說：

「我們要不要在罹難者家屬等候的地方，配發自家的報紙？」

「在罹難者家屬等候的地方配發報紙？你是說在藤岡的家屬等候區？」

「對，像市區內的東中學體育館，這些地方就有兩、三千名家屬等著認屍，我們可以在那邊配發北關東的報紙。」

「要收錢嗎？」

「當然不收啊，免費提供的。」

「要配發幾份？」

「一千份，不，五百份就夠了。」

「用講的都很容易啊。」

「那些家屬被集中在同一個地方，也找不到想看的資訊。有人提供報紙，他們一定會很開心的。況且家屬們會認爲，在地的報紙內容比較詳盡。」

說著說著，悠木的語氣也越來越熱切。

「這麼說也對啦……」

粕谷還是舉棋不定。

「這的確該做。」

沒想到，等等力竟然認同了悠木的方案，龜嶋也跟著幫腔。

「嗯，這是好主意。局長，就照悠木的意思做吧。家屬們一定會很高興，況且這也是向其他縣市的居民推銷北關東報的好機會。」

追村沒表示意見，但表情並無不滿，這也讓粕谷吃了定心丸。

「那什麼時候做比較好？」

「事不宜遲，明天就開始吧。」

龜嶋的意見嚇了粕谷一大跳，悠木也乘勝追擊：

「空難是講時效性的，再拖下去家屬等候區就沒幾個人了，配發報紙也沒意義啊。」

「話是這樣講沒錯，但這不是我們編輯可以擅自決定的，畢竟還有配送的問題，必須取得銷售部的協助才行。喔對了，還要會計單位的同意。他們一聽到要免費配發報紙，肯定會板起臉哭窮。」

粕谷講了一些類似抱怨的話以後，宣告會議結束。

等等力起身離席，悠木凝視著他的臉龐，用眼神表達謝意。等等力沒有回應，直接離開局長室，或許是沒注意到吧。

不管怎麼說，悠木欠了一次人情。

「嗯？還有其他事情嗎？」

粕谷回到辦公位子，問悠木爲何還留在沙發上，局長室只剩下他們二人了。

悠木走向粕谷的辦公桌，要向部內的人打聽「夜生活」的消息，粕谷是最適合的人選。一個凡事以和爲貴的人，個性也比較八面玲瓏。據說，他溫和的性格，年輕時很受酒店小姐的歡迎，流連過的酒店多不勝數。即使現在身材走樣，每個禮拜也會去花街玩個三天，他本人還說那叫「出巡」。

「局長，有個問題想請教一下。」

「怎樣？麻煩事不要問我喔。」

「你聽過一家叫孤心的店嗎？應該是酒店。」

「孤心……？」

粕谷抬頭想了一下，馬上就想到了：

「你說的是『孤寂芳心』吧？簡稱孤心，那家酒店就在上電廣場大樓後面。」

這麼說來，果然是招待用的酒店？

「那家店還是別去的好。」

粕谷嘟起嘴巴說道。

「爲什麼呢？」

「黑田美波就在那裡工作。」

悠木一時想不起黑田美波是誰。

「你忘了嗎？那個女的三個月前還在幫老爹推輪椅啊。」

悠木總算想起來了，高木眞奈美還沒來以前，擔任社長秘書的是黑田美波。

「她說什麼自己被性騷擾，然後就辭職不幹了。你去那家店，人家知道你是老爹的人不可能歡迎你的。」

悠木一口氣緩緩自鼻腔呼出。這句話反過來說，那家店的人對理事派特別有好感。這樣一切似乎說得通了。安西去「孤寂芳心」的目的，是要接觸黑田美波。恐怕是要打探白河社長的軟肋，把白河趕下社長的寶座吧。社長對前任秘書性騷擾，這就是理事派要用的殺手鐧嗎？

「沒其他問題了吧？我還得跟銷售部的套交情呢。日航空難發生後，我們連續幾天延長截稿期限，通路商比平常更晚收到報紙，伊東三不五時就來抱怨。現在你還要在當地配送免費報紙，眞不曉得他會怎麼抱怨。」

一聽到伊東的名字，悠木的心也變得特別敏感。

「銷售部那邊由我去說吧。」

粕谷臉上露出了又驚又喜的表情：

「你願意代替我去說情？」

「是，這是我提出的主意，理當由我去講。」

「太好啦，那我去找會計單位的。」

粕谷重新繫好脖子上的領帶。

悠木一離開局長室，就被淹沒在辦公室的喧囂聲中。

他回到自己的辦公位子上，將成堆送來的日航空難原稿分門別類。

心情好沉重。

安西平日總是一副天眞無邪的模樣……

背地裡，卻甘於當理事派的走狗，在繁華街四處奔走……

悠木很清楚，在組織裡唱高調是活不下去的。然而，他壓抑不了幼稚的反感情緒，而且暫時也不打算壓抑。

30

悠木前往一樓的銷售部，已經快下午五點了。

他先到總務部，找同梯好友久慈，打聽社長和黑田美波的關係。他把久慈拉到偏遠的小房間裡，想了解黑田美波究竟受到怎樣的騷擾。號稱「中立」的久慈，卻死也不肯說。久慈的說法是，社長都把辦公室鎖起來，所以他什麼也不知道。

不過，悠木也算達成了目的。換言之，白河社長和黑田美波二人，曾在「密閉」的社長室裡面。

銷售部的大門是開著的。

悠木一進室內，坐在後方的伊東部長就注意到他了。辦公室內沒有其他人，室內空間狹窄又昏暗，不愧是被稱爲「黑盒子」的單位。這裡沒有其他單位，報紙發送部被安排在其他的大型辦公室。

「眞是稀客啊……」

伊東緩緩起身，伸手請悠木坐上沙發。

這裡的沙發倒是出乎意料的豪華。悠木還來不及表明來意，伊東就先開口了：

「哎呀，今天的頭版內容眞不錯，聽說是你的點子啊？光用一張照片就顧及了福島和中曾根的顏面，這可不容易啊。飯倉理事也很佩服喔，他說被你下了一城呢。」

伊東講話的方式還是一樣黏膩刺耳，悠木甚至擔心他會不會講話講到一半，從嘴角滴出幾滴口水。

「今天有什麼事啊？你會特地過來一趟，應該是有考慮我昨天的提議吧？」

「什麼提議？」

悠木厲聲反問。

「我不是跟你說了嗎？那種性好漁色的社長不值得你效忠。」

伊東是要悠木加入理事派。

「你要不要先代替安西的職缺？反正你在編輯部，也沒有人肯提拔你對吧？況且啊，我們從以前就認識了，也算老交情了不是？」

「伊東先生。」

悠木決定晚點再談正事：

「先告訴你，威脅對我不管用的。」

「哎呀，不要擺出這麼嚇人的表情嘛，有不好回憶的人又不是只有你一個。」

悠木猜不透伊東這句話的眞意，他也不是來談論自己母親的。

「安西好像被你操得很凶嘛。」

「別講得這麼難聽，不是我操他，是他比別人勤勞。」

「他去找外面的大人物疏通——是你下的命令吧？」

伊東依舊面不改色，眼睛和嘴唇還帶著笑意：

「是他太太告訴你的？」

前天伊東三番兩次問悠木這個問題，大概是擔心小百合把挖牆腳的事情告訴悠木吧。

「不是，我看了安西的記事本。」

伊東臉上的笑容消失了：

「是喔，你這麼亂來不太好吧？」

「他太太准我看的。」

「這樣啊。所以咧？記事本你給上面的人看過了？」

伊東用試探的眼神詢問悠木。

悠木很想嚇唬伊東，騙他記事本已經給上面的人看過了。

「我是在問安西的事情。安西說你是他的大恩人，以前他在吉川販賣店工作，是你把他帶進北關東報的對吧。」

這也是末次在圖書館告訴悠木的故事。

在衝立岩失去好友的安西，有一陣子過得渾渾噩噩。大部分的登山家是靠打零工維生，並沒有正職的工作，那時候安西就住在一間破爛的小套房裡。小百合不顧父母的反對，不惜跟家中斷絕關係也要嫁給安西。不過，小百合在懷上燐太郎之前，都沒有一個正式的名份。小百合是日式甜點名店的千金，安西經常去那間店購買大福，是小百合迷戀上安西。因此，所謂的「熱戀私奔」，說不定只是小百合自己一個人的愛情故事。

不過，遠藤死後，的確是小百合給了安西重新振作的理由。安西曾經告訴末次，他無意間看到了非常震撼的畫面。有一天，即將臨盆的小百合在套房附近的路上摔倒，小百合勉力撐起身子，很憐惜地撫摸自己的肚子。小百合完全沒有注意到，自己的手背和膝頭在流血。沒多久，安西在求職廣告上看到吉川報紙販賣店的包宿工作，不但早晚都要配送報紙，還要跟訂閱戶收錢，負責拓展新的客源。這一切就只爲了存錢租間大一點的房子。伊東看上了安西優異的工作能力，這便是安西加入北關東報的契機。當時安西夫妻已經不算年輕了，膝下又多了一個嗷嗷待哺的孩子，有幸加入縣內前幾大優良企業，這對他們來說是天大的喜訊。安西是眞的把伊東視爲「救命恩人」。

伊東卻利用了安西的感恩之心。講句不好聽的，伊東一開始挖角安西，或許就是要派他去幹「髒活」。安西再怎麼不情願，也拒絕不了伊東的指示。畢竟伊東是他的救命恩人，他也只好乖乖聽話。再說了，安西沒有顯赫的學歷，又是半路才加入公司，違背伊東的命令就再也待不下去了。恐怕這也是安西的顧慮吧。

「你根本讓安西做牛做馬。」

「他是我的部下，當然要做牛做馬了。」

伊東臉上又恢復笑容了。

「你派安西去接觸黑田美波，要他挖出對社長不利的消息。」

「天還沒黑不要聊這種陰沉的話題啦。安西很優秀啊，他現在病倒，最受打擊的其實是我耶。」

雙方不再用眼神交鋒。

悠木再一次正視伊東，主動切入正題：

「從明天開始，藤岡市內要多送五百份報紙。」

「咦？我怎麼沒聽說有這回事？」

悠木簡短說出編輯部的考量。

伊東露出很反感的表情：

「你們這樣我很困擾啊。假設要送到三個家屬等候區，等於每個地區要多送一百七十份報紙對吧。通路商的配送人力也很吃緊，沒有多餘的心力配送那五百份。」

「我不是要他們一一送到家屬手中，整疊放在等候區前面就行了，想看的家屬可以自由取用。」

「你們幹編輯的什麼都不懂，所以才講得那麼輕鬆。縣內的偏鄉和小鎮，只做我們生意的通路商沒幾家。大部分都是各家報紙混著賣，也有配送朝日和每日的報紙，不可能厚此薄彼啊。」

悠木只覺得伊東對通路商太低聲下氣了，但他還是提出了另一個候補的方案：

「那不然，讓我們配送的卡車中途放到等候區，你看怎樣？」

「這不是要繞遠路嗎？前往藤岡的卡車，之後還要到多野郡的萬場、中里、上野村，卡車沒法準時趕到通路商啊。」

「也就差五到十分鐘吧？」

悠木沒料到這一句話會激怒伊東。

「我跟你說，這五到十分鐘對店家來說是很重要的。他們每天半夜一兩點就要爬起來，戴上指套把傳單塞進每一份報紙裡。塞完傳單以後，還要分配每一個配送區域的數量，每天忙得跟戰爭一樣。你遲到十分鐘，每隔一分鐘我們就會接到各家通路商的抱怨電話，那股怒氣可不是開玩笑的。」

伊東開始用正經的語氣講話了：

「撇開這點不談，最近因爲日航空難的關係，各家通路商的作業也被延宕了。你們編輯有截稿期限，我們也有所謂的死線啊。一個沒弄好，報紙太晚送到客戶手上，人家早餐都已經吃完了，那還叫早報嗎？」

悠木終於明白，原來銷售部也有他們的堅持，但——

伊東不光是銷售部的主管，也是暗行詭計的幕後黑手。悠木對這種表裡不一的人，有強烈的厭惡和不信任感。

他瞪著伊東問道：

「所以，多發送五百份報紙你不同意就對了？」

「我也沒這麼說。反正日航空難也差不多緩下來了，你們早點付印不就得了？這樣就能多出五到十分鐘配送到家屬等候區啊。」

「意思是，你願意幫忙就對了？」

「是啊，你們把自己份內的事做好，我就幫忙啊。」

悠木確認伊東答應後，又繞回問題的癥結上。

「不過，有時候我們沒法提早付印。」

「還不是你們樂在其中的關係？」

「樂在其中……？你這話什麼意思？」

「在我們看來就是如此啊。雖然你們整天愁眉苦臉，搞得好像事情多嚴重的樣子，說穿了只是在享受賣弄新聞的樂趣罷了。截稿時間越緊迫，玩起來就越刺激，不是嗎？」

悠木不由自主地挑動眉毛：

「報導社會案件或意外事故的原稿，本來就容易拖到截稿期限，因爲我們想盡量加入最新的訊息。」

「讀者又不期待那種東西，那是你們編輯自嗨吧。拜託替我們著想一下好嗎？你們慢條斯理在那邊玩弄文字遊戲，結果苦的卻是我們。」

「連通路商的怨言都壓不下來，要你們銷售部有屁用啊？」

悠木也忍不住開嗆了。

伊東緩緩張開他的瞇瞇眼：

「你再講一遍……？」

悠木也不再客氣了：

「我是在問你，連這點小事都處理不好，你們每晚花一堆大錢招待通路商有什麼意義？」

「少給我胡說八道！剛才我也講過了，除了專賣店以外，我們必須跟其他報紙共存。萬一店主再也不賣北關東報怎麼辦？難不成你們自己去偏鄉挨家挨戶配送？報紙一旦失去宅配制度就不用玩了。所以我們只好招待店主吃喝玩樂，讓他們心甘情願幫忙配送啦！」

「不要只會講冠冕堂皇的屁話，其他報社在偏鄉有多少訂閱量？根本沒多少好嗎。通路商不賣北關東報，難道要去吃土喔？大家是互利共榮，平等互惠的關係，是你一開始把姿態放得太低，每年浪費一大堆不必要的交際費啦。」

「你閉嘴！」

伊東一拳砸在桌子上。

二人湊近彼此，怒目相視。

伊東桌上的電話，還有悠木腰帶上的 CALL 機同時響了。

悠木從沙發上站起來，伊東也跟著起身。

伊東瞇起眼睛說道：

「小子，你也不用裝得多了不起，報紙這玩意沒啥大不了的。不信你放幾頁白紙進去，我們照樣賣給你看。」

二人同時轉身背對彼此。

悠木走到門口，轉身對拿起聽筒的伊東說道：

「忘了告訴你——今晚我們會拖到很晚才付印，有勞了。」

31

過了晚上六點，編輯部的辦公室瀰漫著香菸的煙幕。

悠木一坐上辦公位子，就接到佐山的來電。佐山已經到上野村公所和玉置會合了，他在前往公所以前，先觀察過事故調查員投宿的旅館，發現旅館的後門沒有鎖頭。

悠木接著開始閱讀原稿。

「農大二高大獲全勝！」「爲了喪父的隊友奮戰不懈」「喪父學子淚唱校歌．在家屬等候區觀看隊友奮戰」「倖存者表示，事發當時機內陷入恐慌」「墜機前，父親大喊切斷安全帶」「調查發現，本該有更多倖存者」「遺體身分難辨，已確認者達一百八十一名」「切斷機身運出遺體」「三十六名罹難者已辦告別式」「遺骸紛紛運回家鄉」。

「悠木老弟——」

悠木回頭一看，負責讀者投書的稻岡做出了欠身道歉的姿勢：

「不好意思，今天沒法做日航的特輯。」

「爲什麼呢？」

「終戰紀念日的投書還有四、五篇，今天不用就沒機會用了。而且內容寫得不錯，不用很可惜啊。」

悠木暗自鬆了一口氣。由於追村次長的情緒處於爆發邊緣，到頭來他並沒有提起讀者投書一事。悠木也明白先緩個幾天才是最好的做法，但變更讀者投書是他主動提起的，他也不好意思叫稻岡暫緩幾日，結果一直拖到現在都還沒處理。今天要是稻岡按照約定，把讀者投書做成日航特輯，悠木也做好了被追村責罵的心理準備。好在稻岡主動提出延後要求，這是再好不過了。

「那請問什麼時候做？」

「明天有法律諮詢專欄，沒多餘的空間放投書，可能要等到後天了，沒問題吧？」

「好，那就麻煩你了。」

悠木低頭致謝後，轉動椅子回頭繼續辦公，突然間有一種腦震盪的感覺。

看樣子是感冒了吧。

悠木一回到辦公室，就感覺額頭一帶發燙。他想過輕微發燒的原因，可能是睡眠不足，或是對伊東感到憤怒，不然就是追逐獨家的亢奮感所致，不一定是感冒的關係。但從剛才他的背部就在打寒顫。

悠木起身離開位子，走過辦公區域，將空調的風力從「五」降到「三」。回來的時候順便前往編輯庶務的區域，從存放醫藥品的辦公桌抽屜中，拿出感冒藥服用。他直接走回自己的辦公桌，沒有取水就把藥物吞下肚。大概是察覺身體不適的關係吧，總覺得腳步有些虛浮無力。悠木說服自己撐到截稿期限就好，重新埋首審閱原稿。

「美日調查團隊進入當地」「根據下田外海的流向，推算尾翼的地點」「客艙天花板的一部分漂抵岸邊」「發現第四引擎」。

悠木還是對玉置的說法存疑，他專心審閱原稿，卻沒有漏聽傳眞機運作的聲音。他才剛抬頭，隔壁的岸也打算去收傳眞。

「應該是傳給我的。」

悠木讓岸坐好，自己起身去收傳眞。他繞到傳眞機的前面，果然署名「前橋．玉置」的原稿傳來了。悠木還特地提醒玉置，傳眞前一定要先打電話聯絡，難不成玉置忘了？

原稿的前半段出來了。

「交通部航空事故調查委員會（簡稱事故調查委員會）十六日幾乎斷定，造成五百二十人喪生的日航空難，是機體後方的耐壓艙壁破損所致。該架客機七年前在大阪機場也發生過機尾擦地的事故，當時受損的艙壁沒有妥善修復，可能間接導致這次的空難發生。因此，事故調查委員會——」

悠木背脊發涼了，顯然不是感冒畏寒的關係。

傳眞機不斷印出原稿，悠木用身體擋住不讓其他人看到。傳眞機每吐完一張原稿，他就趕快抽下來蓋住，跟其他張原稿疊在一起。

總共有二十三張傳眞，是一百五十行的「大作」。

悠木回到位子上，拿起紅筆改稿。他用雙手和肩膀遮好原稿，這才開始審閱。

玉置的原稿太過冗長，而且有矯揉造作之嫌。事實和推測混淆在一起，文脈也多有不合理之處，整篇文章要大幅更動才能用。

首先，悠木去掉不必要的部分，以及有問題的地方，重新統整成前後連貫的文稿。改好後再讀一次，接著繼續修改，去掉了更多不必要的部分。最頂級的獨家新聞不需要多餘的內容，骨架應該盡量明確。

悠木改好後放下紅筆。

牆上的時鐘顯示，現在是晚上八點十五分，光改稿就花了一個小時。悠木整理好原稿，改好的原稿只剩下十三張，共六十三行，幾乎去掉了一半的內容。

他把原稿放進抽屜裡，拿起電話撥打內線。

核稿部的中央辦公區，吉井伸手接起眼前的電話。

悠木壓低音量說道：

「我是悠木。」

「啊，你好。」

吉井望向悠木。

「昨天我講的那件事，今晚行動。」

悠木在遠處也看出吉井的神情緊繃。過了一會，吉井也壓低音量問道：

「行數呢？」

「差不多六十幾行。除了農大二高的頭條以外，你再另外做這一份的頭條版面。」

「我明白了，幾點完稿呢？」

「十點過後，標題製作趕得上嗎？」

「輕而易舉。」

「那晚點再聯絡。」

看著吉井放下聽筒，悠木另一隻手按下掛勾開關，之後撥打玉置的CALL機號碼。

過了十五分鐘，玉置回電了：

「我是玉置，有事找我嗎？」

玉置的聲音聽起來有種如釋重負的感覺。

悠木同樣壓低音量說道：

「原稿我看了。」

「是不是太長了？」

「這你不用擔心，倒是你那邊情況如何？」

「佐山前輩已經在後山準備行動了。」

「後山……？」

「就在旅館的後面而已，是一片長滿竹林的小山，多少看得到旅館內部的狀況。」

悠木點了點頭：

「事故調查委員會的成員呢？」

「他們已經吃飽飯也洗好澡，目前在旅館的大廳開會。」

「其他報社呢？」

「跟平常一樣，其他報社也在旅館附近徘徊。」

「你人在哪裡？往返旅館要花多久？」

「我在一小段路程外的公共電話亭，來回大概十五分鐘。」

「好，除非有要緊事，否則接下來我不會聯絡你，再來你要主動跟我聯絡。」

「呃呃，請問什麼時候聯絡比較好？」

「佐山一潛入旅館，你就打給我。」

「明白了——啊，佐山前輩特地叮嚀我，要問你一件事。」

「什麼事？」

「今晚的截稿期限。」

悠木一時啞口無言。

對啊，佐山沒問截稿期限就去上野村了，該不會還記恨現場雜觀一事吧？不，也許是悠木自己下意識避開截稿期限的話題。

悠木抬頭看時鐘，時間是八點四十五分。不過，悠木看的不是時鐘的指針，而是十二點到兩點之間的空格。

他在幾秒內做出決定，用非常小的音量對玉置說：

「半夜一點。看你們那邊的狀況，我最晚可以等到一點半。」

「一點半？有辦法等到那麼晚嗎？」

「你轉達佐山就對了。」

「啊，好，我知道了。」

悠木掛斷電話。

左右兩旁的同事，散發出非比尋常的氛圍。雖然岸和田澤沒有多說什麼，但他們很在意悠木鬼祟的行徑。

悠木拿起共同通信的原稿。他的心跳加速，呼吸略微紊亂，這些反常的生理現象不是感冒所致，而是抽屜裡的原稿造成的。

等所有原稿都看完，已經九點五十分了。

悠木決定再等十分鐘……

十點下班的職員紛紛離席，編輯部有安排特別的班表，來處理日航空難的採訪報導。饒是如此，部內仍有三分之一的職員準備離開。剩下的職員稱爲「殿軍」，在定稿做好以前不會離開報社。

悠木緩緩打開抽屜，拿出玉置的原稿。

「岸——你那邊有員工名冊嗎？」

岸正忙著把資料塞進包包裡，他看了一下悠木，之後轉頭望向桌上的書架，伸手拿取悠木要的東西。

「拿去吧。」

「不好意思啊。」

悠木打開他要找的頁數，用文鎮壓住。

之後他拿起原稿，在前文的最後面用紅筆寫下幾個字。

「玉置昭彥、佐山達哉」。

這是北關東報第一份以全名署名的原稿。

悠木抬頭看著岸：

「你今晚有事嗎？」

「沒有。」

「那陪我到最後吧。」

語畢，悠木遞出玉置的原稿。

岸只看了前面幾頁，臉色就變了。本來對悠木充滿不信任的眼神，頓時流露笑意。

悠木看向田澤，田澤正在看娛樂休閒版的印刷印樣。

「田澤。」

田澤沒有答話。

「你也看一下吧，看完拿給吉井。」

悠木也沒等田澤回話，就這麼起身離開了。

他邊走邊思考，到底該告訴粕谷局長、追村次長，還是等等力社會部長？

若是昨天拿到這份原稿，悠木會直接去局長室報告，不讓追村和等等力知情，這麼做等於用力賞他們倆一個大耳光。悠木沒欠追村什麼，等等力又毀了佐山的現場雜觀。問題是——

最後，悠木決定走到牆邊。

那裡是等等力的位子。悠木站到等等力面前：

「部長。」

等等力抬起頭，咖啡色的鏡片對著悠木：

「什麼事啊？」

悠木雙手撐在桌上，靠近等等力：

「我打算刊出一篇獨家。」

「什麼樣的獨家？」

悠木死盯著等等力，用眼神告誡他，這次不要再毀掉後輩的苦心了。

「空難發生的原因。」

鏡片後方的瞳仁張得很大：

「千眞萬確嗎？」

「幾乎可以確定了，就等下面的去驗證。」

等等力轉頭看著牆上的時鐘。

「會超過預定的時間嗎？」

「恐怕會。」

「說說你們打算怎麼做。」

「截稿期限延長一小時，延到半夜一點，還是來不及的話就延到一點半——我是這樣告訴第一線的。」

悠木的言外之意是，他把決定權留給等等力。

等等力雙手環胸：

「延到一點半——意思是你要做兩個版本就對了？」

悠木點頭承認。

第一個版本沿用「農大二高大獲全勝」的新聞製版印刷，先印好的裝車配送，否則會拖到很晚才送到偏鄉的通路商。十二點過後才是決勝時刻，等接到佐山回報查證的結果，先暫時停下輪轉印刷機，頭版頭條改成「空難原因疑爲艙壁破損」後，把剩餘的發行數量印完。全縣大概只有三成的區域，會收到刊載獨家新聞的第二版本，當然，這也要看佐山回報的時間而定。萬一佐山聯絡的時間接近一點半，就只剩下前橋市內收得到了，了不起再加上高崎的部分地區。

這才是問題所在。

「第二版的獨家新聞，沒送到藤岡和多野郡就沒意義了。」

「也是——不過，跑藤岡、多野的路線最後才派車的話，要四點過後才會抵達通路商。報紙全部印完就兩點了，走關越高速公路也要兩個小時才會到上野村。」

「我認爲有値得一試的價値。」

「這麼做會正面槓上銷售部喔。」

悠木用眼神告訴等等力，要戰就來沒在怕的。

等等力沉默了一會：

「好吧，最終期限就一點半。」

等等力也爽快答應了。

「可是，第一版你要在十二點十五分以前付印。第二版送到前橋、藤岡、多野就好。」

對此悠木也沒意見。

「還有，跑藤岡、多野路線的卡車，要想辦法攔下來才行。」

「就用以前的方法吧。」

「那一招嗎？」

「對。」

「現在不比以往了喔。」

「我想不到其他更好的方法。」

悠木轉身離去，走沒幾步等等力叫住他：

「悠木——」

悠木沒有轉身，只有稍微側過臉。

「你跟局長、次長報告過了嗎？」

「還沒。」

等等力鏡片底下的眼神動搖了。

悠木的意思是，白天欠你的人情我還了。

如今悠木心中再無一絲雜念，所有精神都集中在獨家報導上。

32

過了晚上十一點半。

編輯部辦公室異常寧靜。

所有人都在等一通電話，悠木在人群的中心，跟大家一起等待。

分針的移動速度好快。

再過不久就要十二點了，大夥不安地望向牆上的時鐘，正好悠木眼前的電話也響了。

悠木接起電話，聽到情緒緊綳的聲音。

「我是玉置。」

「佐山潛進旅館了嗎？」

「是，已經從後門潛入了。」

「事故調查委員會的成員呢？」

「還在開會。」

「知道了，你回去後山，觀察十五分鐘左右，然後再打一通電話過來。」

「是。」

旅館和公共電話來回要十五分鐘路程，下一次聯絡是十二點半。當然，如果佐山提前離開旅館就不需要玉置聯絡了。

「佐山潛入旅館了。」

悠木向岸回報狀況，這一句話劃破寂靜，傳到核稿部的辦公區域，引起一陣小騷動，龜嶋在胸前激動握拳。

這時候有人打開辦公室的大門，剛才在二樓製作部的吉井衝進來了。他雙頰紅潤，捲成筒狀的印刷打樣很寶貝地握在手裡。

第二版的印刷打樣就攤在辦公桌上。

平常會印十份打樣，但今天只印了三份。悠木拿到一份，幹部們也拿了一份到局長室，吉井手上也一份。每一份的右上角都印了「禁止攜出」的字樣，也就是不能拿到編輯部以外的意思。

岸和田澤也靠了過來。

「空難原因疑為艙壁破損」

標題比平常的規格還要大，有一股視覺上的衝擊力。

悠木閱讀本文，再一次逐字逐句校對。

他感覺到自己的額頭在冒汗。

「這可不得了啊。」

岸在一旁喃喃自語。

明天早上這份報紙將公諸於世，全日本所有的報社會進行後續追蹤報導，各大通信社也會傳遍全球。這則獨家將被翻譯成各種語言，世界各國的人都會看到北關東報的獨家新聞。

悠木對吉井說：

「印刷印樣沒問題。」

「好。」

吉井手忙腳亂地捲起印刷印樣，往大門跑去。

悠木下盤感受到樓下傳來震動，「農大二高大獲全勝」的膠片已經放上輪轉機印刷了。

電話又響了，悠木看一眼牆上的時鐘，正好十二點半，是玉置打來的。

「情況怎麼樣？」

「我有稍微看到佐山前輩。」

「他人在哪裡？」

「就在大廳附近的廁所。」

「委員會成員呢？」

「他們還在講話。」

「知道了，你——」

悠木話才講到一半。

現場響起有人踹東西的聲音，辦公室的大門被用力踹開了。

伊東銷售部長帶著幾名年輕的部下走了進來。

「你們編輯部的是什麼意思！」

伊東破口大罵，橫眉怒目地環視整間辦公室。悠木背對著伊東，伊東還沒注意到悠木人在哪裡。

「今天輪轉印刷機晚了十五分鐘才啓動，爲什麼會這樣？給我說清楚！」

悠木皺起眉頭，心知自己鑄下大錯。

白天他跟伊東見面時，放話今天會拖到很晚才付印。那句話激起了伊東的戒心，伊東刻意留到半夜觀察編輯部的動靜。

「還有鑰匙呢！卡車的鑰匙你們藏去哪了！」

悠木大氣也不敢喘一下。

跑藤岡、多野路線的「五號車」鑰匙，在他的口袋裡——

追村和等等力衝出局長室，粕谷也跟著出來，一臉惶恐不安的表情。

「給我滾出去！」

追村放聲嘶吼，暴怒的面容只差沒有噴出火來：

「這裡是神聖的地方！銷售部的酒囊飯袋沒資格進來！」

「你說什麼！社長的小跟班囂張個屁啊！」

「有種再講一遍，飯倉的走狗！」

「你們才男盜女娼咧！把鑰匙交出來！我知道是你們偷的，以前就被你們偷過！」

雙方在大門口附近對罵，幾乎就要打起來了。

「悠木，去樓下！」

岸叫悠木轉移陣地，把「日航統籌主編」的工作拿到二樓的製作部處理。

悠木也同意這是一個好方法，他從座位上站起來，手上還握著電話聽筒。悠木把聽筒拿到耳邊，玉置還沒掛斷電話。

「玉置——接下來你打內線三三〇一知道嗎？」

悠木掛斷電話後，才一轉身就跟伊東對上眼了。

「悠木！」

伊東的怒吼在辦公室迴盪：

「是你偷的對吧？喂，把鑰匙還來！」

悠木也不搭理，逕自往大門走去，岸和田澤走在兩旁護駕。銷售部的人也採取行動了，兩名年輕職員擋住他們的去路，神色不善。

「閃開！」

悠木怒視兩名年輕職員，腳步絲毫不停，兩名年輕職員也被嚇到了。

「擋住他們！」

伊東一聲令下，部下們無可奈何，只好縮小包圍圈。

岸和田澤衝上前，打算替悠木開一條路，核稿部的年輕職員也衝上去幫忙。

兩邊人馬推擠在一起，編輯部的人數比較多，悠木前方總算出現一條小小的縫隙。他穿越層層阻礙，走到了大門外。就在這時候——

「媽的！妓女生的雜種！」

悠木停下腳步回頭一看，伊東臉上浮現輕蔑的笑容。

他登時氣到兩眼發黑。

黑暗中，依稀可見自己抱著膝蓋在倉庫中發抖。

悠木握緊拳頭衝向伊東，緊接著後方有人抓住他的肩膀，胸口和腰部一帶也有好幾條手臂抱住他，岸就是抱住他的其中一個人。

「悠木，要打晚點再打！」

「幹你們放手！」

悠木死命掙扎，但強大的力量將他的身體往後拖，一群編輯就這樣來到走廊。悠木被團團圍住，連雙腳都懸空了。銷售部的人追了出來，一行人衝下樓梯，製作部的職員聽到吵鬧的聲音，也來到走廊一探究竟。

「擋住銷售部的人！」

製作部的年輕職員聽到這句話，紛紛站出來擋在大門前面，悠木等人擠進去以後，立刻甩上大門。

「別放他們進去！」

「把門鎖住！」

「掛上禁止進入的牌子！」

悠木甩開眾人的箝制，坐到附近的椅子上。

他的呼吸變得很急促。

汗水自全身上下的汗腺噴發，而且口乾舌燥，整張臉都在發燙。他已經搞不清楚是不是感冒造成的了。

門外的叫罵聲此起彼落。

悠木靠在椅背上，環顧製作部的辦公室。室內有許多編輯部和製作部的年輕職員，每個人都是一副鬥志昂揚的表情，只要銷售部膽敢越雷池一步，就會給他們好看。這裡很安全，大夥都是站在他這一邊的。

然而，悠木卻覺得很孤單。

他心中萌生一種冷眼旁觀的情緒，現場團結一致的氣氛令他很不自在。

大夥就像家人一樣……

彷彿血管和內臟都是一體的……

「悠木——」

岸招手叫他過去，吉井和岸都在製作部的作業台前面。第二版的印刷膠片已經做好了。

悠木起身觀看時鐘，時間是十二點五十五分，還有三十分鐘決勝負。

當他邁開步伐，發現褲管的感覺不太對。

鑰匙該不會弄掉了吧……？

悠木趕緊掏摸口袋，還好指尖摸到了冰冷的金屬。同時，指尖摸到粗糙皮革的觸感，也傳遞到他的大腦。

爬山就是爲了下山啊——

安西的聲音，霎時在他的腦海中響起。

那是一種靈光乍現的感覺。

假如現在給他一段安靜的時間。

讓他得以潛心沉思。

或許，他就明白安西留下的那句話是什麼意思了。

33

內線「三三〇一」始終沒響。

那台電話放在辦公室中線偏右的桌上，主要給編輯部的人使用。悠木雙手交抱胸前，還蹺著二郎腿。身旁圍了二十幾個人，那麼多人擠在一起，整間辦公室似乎只有那個地方的溫度特別高。

到了半夜一點十五分……

悠木站了起來，距離最終期限只剩下十五分鐘了，他實在沉不住氣。胸口燒灼悶熱，好想放聲大叫。

佐山到底怎麼了？

悠木不斷在內心咆嘯，他自己都分不清這是在發怒還是在叫苦哀號。

他走向牆邊的冷氣機，眼睛卻死盯著牆上的時鐘。時間一分一秒過去，一點十六分……

十七分……

等等力部長坐在鐵椅上，眼鏡也摘下來了。兩隻眼睛緊盯著手錶的指針不放。

粕谷局長和追村次長都不在，好像還在走廊應付伊東銷售部長吧，悠木隱約聽得到他們爭執的聲音。

悠木望向等等力，不再看著牆上的時鐘：

「在家屬等候區發放五百份報紙，該怎麼配送呢？」

等等力抬起頭說：

「回程再配送就好，這樣就不用多花一道程序，晚點送到也還是有它的價值在。」

等等力繼續低頭看錶，悠木也轉頭盯著牆上時鐘。

一點十九分……二十分……

看來要等到明天了，先重整旗鼓，明天再一決勝負吧。

一點二十二分……二十三分……

在第一線採訪報導常有這樣的事情，明明祈禱於事無補，但在快要放棄的時候，又會有意想不到的幸運降臨。

悠木臉上浮現自嘲的笑容，這笑容卻沒有持續太久。

因爲電話終於響了。

悠木轉過身來，所有圍在電話旁邊的人也都看著悠木，沒人去接聽電話。

他趕緊跑過去一把抄起電話。

「我是佐山。」

佐山的語氣很平靜。

「我找到藤浪鼎確認了。」

「結果呢？」

「以警察的標準來看，他的答覆形同肯定了。」

悠木沉吟了。

佐山找上首席調查官藤浪，詢問空難原因是否與「艙壁」有關，也得到了「接近」肯定的答覆。不過，藤浪沒有直接承認空難是艙壁破損所致。佐山是從對方的口吻、表情、態度推敲出來的，藤浪給出了不錯的反應。佐山的意思是，在採訪那些撲克臉的警察時，只要看到同樣的反應，那就是百分之百的肯定了。可是，佐山和藤浪素昧平生，事故調查委員會又是相當特殊的機構，藤浪平常遇到事情會有怎樣的反應，佐山缺乏判斷的依據。所以，即使他套出了近似肯定的答案，也還是有幾許難以抹滅的不安。

悠木坐上椅子，握緊沾滿手汗的聽筒：

「你也不敢百分之百肯定就對了？」

「是的。」

「還有什麼消息嗎？」

「每日新聞也有動作。」

「知道了。」

其他報社也有動靜。當一個記者想要讓自己的消息見報，都會使用這樣的話術。平時悠木也不會認眞看待這種話，但佐山的口吻毫無自負或焦急的態度。或許，每日新聞也查到了「艙壁破損」一事。

時間繼續流逝，到了一點二十六分……二十七分……

辦公室靜悄悄的，沒有人說話。

要刊出來嗎？

悠木不斷反問自己這個問題。

訊息應該是準確的，這麼好的機會不該放過。萬一「艙壁破損」不是空難主因，這也是事故調查委員會現階段的看法，不算是毫無依據的假新聞，顯然也有讓讀者了解的價値。況且，標題和內文也只說「疑爲艙壁破損」，不是一口咬定。因此，刊了也不打緊。

然而……已經做出決定的心，竟然動搖了。

日航空難的死者多達五百二十人。

這可是全球最嚴重的單一空難事件。

而這篇報導會傳遍全世界，這麼輕易斷定空難原因沒關係嗎？這裡所有的編輯人員，包含記者和主編都不確定消息是否屬實，刊出一個不確定的訊息沒問題嗎？眞正的空難原因可能要一年或三年後才查得出來。萬一訊息有誤，就等於北關東報的錯誤報導會流傳這麼長的一段時間。

那又怎樣？

有什麼好擔心的？報錯的可能性微乎其微，怎能放過這個機會？佐山和玉置，還有擔任統籌主編運籌帷幄的悠木，都會因為這個獨家而名留青史。

時針的分針走到正下方了，期限到了。

刊出來吧——

悠木猛然起身。

瞬間，他聽到某樣東西掉落地板。

是鑰匙，開往藤岡、多野路線的卡車鑰匙。他站起來的時候，鑰匙從口袋掉了出來。

悠木頓感心神不寧，他也不懂自己為什麼會這樣，連雙腿都開始發抖。

停下輪轉印刷機吧。這句事先準備好的話，就快要從他的喉嚨脫口而出了。事實上，他也眞的快開口了。但是——

他怎麼也說不出口。

「悠木，你決定要刊了是吧！」

岸激動大叫。

其他人也異口同聲地喊道：

「就刊吧！」

「刊給全世界看吧！」

悠木愣住了，鞋尖碰到卡車的鑰匙。

報紙一印好，就會裝上「五號車」送往藤岡和多野。

罹難者家屬會看到這份報紙。

待在藤岡等候區的眾多家屬，會看到這份報紙。

悠木抬頭仰望天花板。

「……謝謝……多謝你……」

悠木想起那個牽著幼子的寡婦。

沒錯，想知道眞相的不是世界各地的群眾，而是那些罹難者家屬。失去至親的家屬，急著想知道空難發生的原因。他們想知道——自己的父親、母親、孩子爲何死在御巢鷹山。

那麼，刊出不確定的空難原因……

悠木的視線落到地板上。

他彷彿看到了考驗人性的地獄。

最後，他彎下腰撿起鑰匙，緊緊握在手中，邁步前進。

「喂，你要去哪裡……？悠木，你等一下！」

悠木甩開岸的制止，推開身旁的人牆前進。等等力呼喚悠木，悠木也沒理會，逕自往大門走去。他打開門鎖，來到走廊。

一票人轉頭注視悠木，伊東充血的雙眼也在其中。

悠木遞出「五號車」的鑰匙：

「抱歉，驚擾到各位了。明天我會提出悔過書。」

34

今天看不到青山。

萬里無雲，卻看不到青山。

沒有下雨，卻看不到青山。

奶奶，這是爲什麼？

爲什麼我看不到青山？

孩子，我告訴你。

青山在弔唁死者，所以你看不到。

奶奶，這是爲什麼？

爲什麼青山要弔唁死者？

孩子，我告訴你。

很久很久以前。

青山就在弔唁死者了。

很久很久以前。

青山就在那裡從未變過。

悠木撐起上半身。

他人在值班室的床上……

枕邊的電話響了。

悠木回身接起電話，他接電話純粹是出於習慣，腦袋根本還沒清醒。

「我是佐山。」

一聽到縣警的採訪組長來電——悠木腦內所有的燈號都亮起來了。

「啊啊，昨晚辛苦你了，現在幾點啊？」

「就快六點了。」

悠木昨晚命令佐山，要他一大清早再去找調查官確認一次。不過，佐山打來的時間未免太早了。

「出什麼事了嗎？」

「每日先刊出來了。」

「刊什麼……？」

佐山沉默了一會：

「每日的早報刊出——艙壁損毀是空難的主因。」

悠木眨眨眼睛，上面還黏著眼屎。

「你有在聽嗎？」

「……」

「你有在聽嗎？悠前輩？」

「……」

「我認爲悠前輩的判斷沒有錯，這個消息不該用賭博的心態去報導。」

悠木沒有回話，放下了聽筒。

他立刻爬出床鋪穿好褲子，扣上襯衫的鈕扣。離開值班室，他下樓進入編輯部。值夜班的森脇趕緊起身行禮，森脇是負責採訪縣警的菜鳥，由於一整晚沒睡，臉都浮腫了。

「每日的早報送到了嗎？」

「啊，不好意思，我現在去拿。」

森脇飛奔離開辦公室，動作之快還捲起了一陣風。一大清早公司裡幾乎沒人，悠木聽到森脇跑下樓梯又衝上來的腳步聲。

輕快的腳步聲逼近辦公室，森脇用力打開大門，抱著一大疊報紙衝了過來。

「請看。」

悠木把每日新聞的早報攤在辦公桌上。

連翻面都沒必要，空難原因就放在頭版頭條。

「空難原因疑爲『艙壁破損』」

無獨有偶，每日新聞的標題跟北關東報昨天的第二版標題一樣。

報導的內容也大同小異，每日新聞也推測機體後方的耐壓艙壁破損，導致客艙內的高壓噴向尾翼，尾翼承受不了高壓衝擊而瓦解。報導還寫道，七年前該架客機在大阪發生機尾擦地事故，可能當時艙壁已有損壞，年久失修造成了今日的悲劇。

這下可好，被每日新聞擺了一道。

悠木按在報紙上的手在發抖。他不由自主地抓起報紙，振臂一甩。

報紙像蛾一樣在半空飛舞。

一旁的森脇被嚇到了。

悠木一屁股坐在椅子上，整個人傻住了，眼前一片漆黑。他在等待電話，應該說，他在等待怒吼和責罵。不曉得誰會先打來？是粕谷局長？追村次長？還是等等力社會部長？

過了三十分鐘……一個小時……七點過後仍然沒有人打電話來。

這是他們的憐憫嗎？還是他們不看重這起「無妄之災」，才沒表示意見？打從一開始就沒人期待日航空難的獨家新聞是嗎？

悠木走出辦公室，直接離開報社。他橫越馬路，被卡車按了喇叭。走到停車場，坐上自己的車子後，悠木開往高崎的方向。他也不知道自己該不該回家，只是想和報社保持一段距離罷了。

悠木非常後悔。

不用「艙壁」這則訊息，是他深思熟慮後做出的決定。他有自己的信念，因此抵擋了誘惑。

結果他現在非常後悔，後悔自己做了一件很可惜的事，這才是最丟人的地方。

佐山說過的話，他還記在心底。

那個佐山稱呼他「悠前輩」，還認同他的判斷。

悠木什麼也沒說就掛斷電話，他只想到自己，所以沒有回應佐山。

其實，他應該道謝的。

如果當時道謝了，他就可以永保驕傲與自豪。然而，同樣的場面不會有第二次了，每一個當下都在決定人生的態度。

悠木用手掌拍打方向盤，拍了兩下、三下、四下……踩踏油門的力道加重，標示車速的指針不斷上升。

回到家裡，只有兒子一個人在家。

兒子穿著睡衣在客廳打電動。

「你媽呢？」

「割草。」

兒子答話時，也沒瞧悠木一眼。

「由香呢？」

「割草。」

弓子和由香是去公園割草，那是社區內每一戶人家輪流負責的。

悠木坐上沙發，茫然看著那個逐漸成長的背影。

跟平常一樣，兒子開始不耐煩了，還晃著膝頭和肩膀。兒子用肢體語言告訴悠木，別待在他的身後，滾去其他地方。

看到兒子的反應，悠木今天也沒太難受。

「淳——」

「……」

「淳啊。」

「嗯。」

兒子還是沒回頭，肢體語言倒是更不耐煩了。

「你有想做的事情嗎？」

「……」

「我是說將來，有什麼目標嗎？」

「沒有。」

「都沒有？」

「嗯。」

「我在你這年紀的時候，也跟你一樣。」

「嗯。」

「當時就只想著填飽肚子而已。」

「嗯。」

悠木有預感，兒子的情緒早晚會爆發的。

也許兒子會衝上來揍人，或是拿金屬球棒痛毆洩恨吧。

那就讓他打吧，自己帶給兒子多大的痛苦，就流多少鮮血來還吧。除此之外，他們似乎也沒有維繫親子關係的方法了。

「我去睡一下好了。」

悠木喃喃自語，從沙發上站起來。

兒子的肢體動作也變小了。

悠木越過客廳，爬上走廊的階梯。

他總是給自己逃避的藉口。下次再想辦法吧，下次再跟兒子好好談一談吧。反正大家住在同一個屋簷下，時間要多少有多少。

悠木爬樓梯爬到一半，停下腳步。

他捫心自問，我和兒子之間，眞的還有多餘的時間嗎？

時間每分每秒都在流逝……

悠木轉身下樓，回到客廳。

兒子聽到腳步聲回過頭，大概以爲是母親回來了吧。他料想自己身上還穿著睡衣，肯定會招來母親碎碎唸，所以臉上有一種差點做出鬼臉的俏皮笑容。兒子難得流露出一個十三歲少年該有的表情，讓悠木想起了燐太郎靦腆的笑容。

兒子馬上轉頭盯著電視，隱藏尷尬的情緒。

悠木心中很感慨。

他對兒子說：

「淳，改天要一起去爬山嗎？」

衝立岩的銳角，貫入湛藍的天際。

「那我先上去了。」

擔任先鋒的燐太郎身形一騰空，掛在攀岩吊帶上的登山扣也叮噹作響。這一片稜角倒懸的巨大岩壁極富盛名，上面有層層疊疊的懸岩。雲稜第一路徑的第一區間，約莫二十五公尺的距離。他們沒有攀上困難的第一懸岩，而是走偏左的路徑，以徒手攀爬的方式攀上岩壁凹陷的區域。

悠木從底部的結組岩棚往上看，小心翼翼地放出繫在燐太郎身上的繩索。燐太郎是在地山岳協會的年輕高手，動作俐落得令人嘆爲觀止。燐太郎動作輕快流暢，始終保持著一定的節奏移動四肢，完全沒有一絲猶豫和壓力。重力就像不存在一樣，修長的身軀持續升上更高的位置。

「悠木叔叔——萬一我掉下去了，請務必接住我啊。」

燐太郎爬到區間中段，朗聲對下方的悠木開個小玩笑，悠木頓感肩頭的壓力減輕不少。這一定是燐太郎的貼心顧慮吧，悠木獨自留在岩棚上，亢奮與不安令他全身緊繃。

「好，交給我吧！」

悠木用丹田發力大吼。

燐太郎的攀登速度比悠木表面上看到的還要快。悠木常常一個不注意，手中放出的繩索不夠長，導致燐太郎繫在身上的繩索太緊繃，沒有保持適當的鬆弛度。但這不影響燐太郎輕快的攀登表現，很快他就抵達第一區間的終點「雙人用岩棚」了。那裡剛好能容納兩個成人的空間，因而得名。

燐太郎利用岩壁上的岩釘，迅速做好自我確保措施，同時俯視悠木。

「請上來吧——剛開始爬當暖身就好。」

「知道了，輕鬆爬是吧。」

悠木嘴上說得輕鬆，其實雙腿在發抖。他說服自己這是情緒亢奮所致，一手終於搭上了岩壁。

四周充斥著沁涼的寂靜感。

那種感覺就好像一大清早起床，踏入廚房的感覺。水龍頭……冰箱的把手……瓦斯爐的開關……那些放了一夜沒動的東西，摸起來多了一種疏離的感覺。現在悠木碰到的岩石，就有那樣的感覺。他抬頭仰望正上方，如同屋簷般外展的第一懸岩壓迫視野。他趕緊拋開心中的雜念，決意爬上燐太郎所在的雙人用岩棚。重點是要不疾不徐地往上爬，這是安西耿一郎教過他的。

一時間，悠木緬懷起了往事。

「我說悠老弟，咱們乾脆放手一搏，去挑戰衝立岩吧。」

悠木現在都還記得安西那雀躍的嗓音，以及可掬的笑容。

「逃跑的人要罰錢啊。」

「好好發揮一下中年大叔的魄力，衝立岩沒啥好怕的啦。」

安西的笑容絕不是裝出來的，那一刻，安西是發自內心歡笑。

可是……當時在北關東報任職的安西，也確實承受了難以想像的苦惱。對他有恩的銷售部長軟硬兼施，他只好替理事派幹些不光采的勾當。每晚接待公司外部的權貴，挖社長派的牆角。到頭來，還得打聽社長對女職員性騷擾的消息，三天兩頭就要往那個離職秘書工作的酒館跑。

那天晚上——他們相約攀爬衝立岩的前一天夜晚，安西就是去了那一家小酒館。安西離開酒館以後，深夜倒臥在繁華街的路旁，從此「長眠不醒」。

那家酒館叫「孤寂芳心」，後來悠木也有去打探安西的消息。前社長秘書黑田美波長得跟混血女子一樣美艷，她是受不了社長頻繁性騷擾才辭職的，安西去那裡也的確是要探聽具體的訊息。根據美波的說法，安西是個不苟言笑的人，顯見安西真的是被逼急了。悠木向美波請教那晚的經過，美波也很爽快地告訴悠木。她在酒館老闆的另一家店裡，也有做陪酒的工作，所以半夜一點多才到孤寂芳心。美波一進到店裡，坐在吧檯的安西便靠過來，表明有要事相談，並答應以後絕不再來打擾。不過，美波並沒有給安西好臉色，當晚她跟出手闊綽的酒客起了爭執，心情壞透了。美波跟媽媽桑說，她要回另一家店上班，說完就離開孤寂芳心了。安西追了上去，美波不假思索地拔腿狂奔。安西在後方大叫，拜託她留步。那大吼聲嚇到美波，於是她跑進小巷弄中甩開安西。安西是在半夜兩點多倒臥路旁，有人看到他倒地之前還在奔跑。換句話說，安西大半夜在繁華街找了美波快一個鐘頭。

想必安西是要趁明天去爬衝立岩之前，解決這件事情吧。所以他一開始才保證，以後絕不再打擾美波。或許安西是想告訴美波，他不會再打探性騷擾的事情了，順便也想爲自己造成的麻煩道個歉吧。

當然這一切都是悠木的猜測，躺在病房裡的安西沒有說出任何答案，眼神也沒有透露任何訊息。那一雙晶亮的眼眸，就這麼愣愣地看著天花板。視線偶爾會捕捉到穿透窗簾的夏日陽光，到了秋天又染上秋日夕陽的餘暉。看在悠木的眼裡，安西的雙眸就像一面映照季節的明鏡。

「再撐一下就好。」

燐太郎在上方鼓勵悠木。

悠木總覺得，這是十七年來的點點滴滴在對他說話。

當安西的雙眸蒙上冬季的光暈，燐太郎也開始出入悠木的家。悠木放假或平日吃晚飯的時候，會帶燐太郎回家。弓子很歡迎燐太郎，由香一下就跟燐太郎打成一片。燐太郎光是待在悠木家，全家就多了和樂融融的氣息，那孩子就是有這種不可思議的魅力。跟他同年的淳，起先不太自在，但隨著碰面的次數增加，淳和燐太郎也處得不錯，甚至還會招待燐太郎進自己房間。這帶給悠木很大的期待，多了燐太郎這個新的家人，原本已經放棄的親子關係又有了修復的希望。

隔年初夏，悠木帶著淳和燐太郎一起去爬山。他們一起去爬山的次數，多到連悠木自己都忘了。後來兩個小孩升上高中，淳繼續就讀大學深造，燐太郎到在地的工廠上班，兩人也漸行漸遠，但每年他們還是會計畫一、兩次的登山行。

「那邊的岩石比較鬆脆，請爬右邊的。」

「我知道了。」

悠木就快抵達雙人用岩棚了。

他稍微提升攀登的速度，一開始不靈活的手腳多了幾分協調性，感覺身體逐漸和岩壁融爲一體，恐懼感慢慢消散，就跟攀爬榛名山的岩場一樣。那是一片充滿回憶的岩壁，安西曾帶他去練習攀岩，他也帶淳和燐太郎爬過無數次。

「辛苦了。」

悠木爬上岩棚，燐太郎露出笑容相迎。

「爬這個小意思啦。」

「爬到後半段，動作靈活多了，一開始身體幾乎緊貼在岩壁上呢。」

「是啊。」

「身體狀況還好嗎？」

燐太郎觀察悠木的氣色，他不想造成悠木的壓力，所以表情沒有太凝重。

「放心，我應該可以的。」

悠木一邊答話，一邊用毛巾擦拭額頭的汗水。

沒想到身上還流了不少汗。從谷地吹上來的風舒適涼爽，悠木望著清風吹來的方向，腳下的衝立斜岩在朝陽的照耀下，閃耀著亮白的光芒。前方則是一之倉澤的主段谷，剛才走過的小溪已化爲遠方的風景。那是一種心曠神怡的感覺，才爬了一個區間，彷彿自己已經遠離塵世了一樣。

悠木注意到燐太郎的視線，他在看某處山麓冒出來的一縷輕煙。輕煙直直飄上天際，最後被上空的清風吹散。

大概是想起安西的葬禮了吧，燐太郎的眼中夾雜一絲愁緒。對悠木來說，那也是一輩子難以忘懷的葬禮。殯儀館中擠滿了陽剛的登山好手，還有一個走起路來會上下搖晃的男子，男子就是悠木十七年前在縣立圖書館遇到的末次。棺木要移動到火葬場時，葬禮會場發生了一件令人難以置信的事情。那群登山好手一同扛起安西的棺木，接著末次一聲令下，叫大家盡量抬高一點，抬到安西應該享有的高度。眾人奮力高舉雙臂，恨不得把棺木推上遠方的群山之中。

「你想跟你父親一起來爬衝立岩吧？」

悠木有感而發，燐太郎笑道：

「這是悠木叔叔的心願吧？看你的表情就知道，其實你想跟小淳一起來。」

悠木竟無法反駁。

他從沒跟兒子單獨去爬山，每次總是有燐太郎相伴。悠木私下偷偷練習很多次，想要邀兒子一起去爬山。不過，一想到可能會被兒子拒絕，他就害怕得不敢開口。然後每次都欺騙自己，先觀望一下情況，等下一次三人行結束後再開口……

拖著拖著，就再也沒有機會了。七年前，淳在東京的機具大廠找到一份工作，他們三人就沒有一起去爬山了。今天爬山是要緬懷安西，用意不同以往，因此悠木也鼓起勇氣打電話給兒子，可惜無人接聽，兒子也沒回電。父子二人終究無法互相了解，如今兒子經濟上已經獨立自主，往後也沒有修復親子關係的機會了。悠木只能祈禱，兒子以後成家立業，不要犯上跟自己同樣的錯誤。

「悠木叔叔。」

「嗯，走吧。」

悠木轉頭看著燐太郎，燐太郎卻露出困擾的表情。

「怎麼啦？」

「這……其實我也有話要告訴你。」

「什麼話啊？」

「以前，小淳跟我說過一件事。」

「他跟你說什麼？多久以前的事啊？」

悠木講話的速度變快了。

「剛升上高中的時候。」

燐太郎凝視著悠木：

「小淳說，你第一次邀他一起去爬山——他滿開心的。」

悠木花了一段時間才理解這句話的意思。

「開心……這是他親口說的？」

「不好意思，我一直沒告訴你。」

「是沒關係啦……」

兒子說的是那一天的往事吧。就是日航空難的獨家消息，被每日新聞搶先報導的那天早上……

「老實說，我很害怕。」

燐太郎以沉靜的語氣說下去：

「我有預感，一旦告訴你這件事，你就不會再帶我去爬山了……你們全家對我很好，但我始終感到膽戰心驚。我想，那時候我並不希望你們父子關係變好吧。」

悠木這才眞正明白，自己以前利用燐太郎是多麼罪孽深重的事。然而，似乎也沒必要多說什麼來追悔過去了。

因爲燐太郎會原諒他的，悠木相信燐太郎會原諒他，畢竟燐太郎已經長成一個心胸寬大的男子漢了。

安西一定也想跟燐太郎一起爬山吧。

爬山就是爲了下山啊。

那句話眞正的涵義，悠木覺得自己終於想明白了。

「不然這樣吧。」

悠木微笑道：

「接下來，你跟你父親爬，我跟我兒子爬，那就兩不相欠啦。」

燐太郎被逗笑了，愉快的笑聲乘著風勢飄向群山峻嶺中。

「眞有趣，任何人來到山上，都會變得特別老實呢。」

「是啊，眞不曉得爲什麼？可能是空氣新鮮、景色怡人的關係吧？」

「應該不是這樣。」

燐太郎收斂笑容，正色道：

「來到山上，這有可能是人生在世的最後一次談話，大家潛意識裡都有這種危機感。山上就是這樣的地方。」

悠木也深表認同。

「該說的全都說完了，也沒什麼遺憾了，走吧？」

「啊，我還有話要說。」

「什麼話啊？」

「到了上面再談。」

燐太郎紅著臉，害臊地笑了。

悠木抬頭望向上方：

「你要到上面才肯講，那我不見得聽得到啊。」

黑色的巨岩懸在悠木正上方，那是第一懸岩，是一塊向外突出三公尺左右的天然屋簷。攀爬第二區間，必須越過這一塊懸岩才行。

悠木笑不出來了。

「放心，我們一定能在上面談天的。」

燐太郎的態度比平時更爲堅定，右手攀上垂直的岩壁。

36

悠木睡兩個小時就離開家了。

他沒有直接前往公司，而是先到前橋市公所四樓的記者室。他想要找前橋分部的工藤部長談一談，之前田澤說過，消防本部的人有向工藤透露安西昏迷時的狀況。

記者室只有依田千鶴子一人，她在窗邊的辦公桌寫稿。這代表其他記者都去採訪日航空難的新聞了。

「分部長呢？」

悠木向千鶴子搭話，千鶴子甩著長髮轉過頭來，臉頰紅通通的。

「分部長不在。」

千鶴子的語氣意外的強硬。

「他去哪了？」

「不知道。」

千鶴子以同樣的語氣答完話，視線移回北關東報專用的稿紙上。她手上的筆完全沒動，想必是寫不出新聞稿在發愁吧，這也跟田澤說的一樣。

工藤應該是去賭博了吧。那傢伙回總部哭訴人手不足，還提前徵調千鶴子來支援，結果自己卻跑去賭博。

悠木決定稍等一會，等不到人他就要回去公司了。他坐到沙發上，桌子上有每一家報社的報紙，每日新聞的報紙就放在最上面。所以再怎麼不情願，也會看到頭版頭條的標題。

「空難原因疑爲艙壁破損」——

悠木的喉嚨有點渴了：

「依田——幫忙泡杯咖啡好嗎？」

千鶴子沒有答話。

「依田。」

「……」

千鶴子的頭髮擋住了她的臉孔。

悠木站起來，走向一旁的茶水室。

「我來泡。」

千鶴子跑了過來，口氣聽起來很不高興。整張紅臉都皺成了苦瓜臉。

「不必了，寫妳的稿吧。」

「我說我來泡。」

「妳這麼不甘願，泡出來也不會好喝。」

悠木這話一說出口，眼泛淚光的千鶴子瞪了他一眼：

「請不要以爲這裡跟總部一樣，我來這裡不是端茶打雜的。其他報社的女記者，沒有一個人在做這種事。」

悠木手一揮，拍掉了千鶴子手上的馬克杯。杯子摔在地上，碎了。

「啊……！」

「我叫妳泡，不是看不起妳的性別，純粹是妳資歷最淺。」

悠木走出記者室。

回到車上，激動的情緒仍舊難以平復。他只是說出以前幹記者時常說的話，但……他沒有破口大罵。

理由在於，他心中還掛念著「艙壁」二字。

該說是後悔嗎……？他到現在還沒有走出那樣的心境。

接下來去公司，大家會是什麼反應呢？

當時沒人反對悠木的判斷，不過，短短四個小時後，每日新聞的報紙上刊了同樣的獨家內容，搶盡了同業的風頭。

剛才，千鶴子的臉跟猴子一樣紅……

悠木頻頻發出不耐的咂嘴聲，將車子開到大馬路上。

37

北關東報採隔週休制，今天是第三週的禮拜六，總部的正門是開著的。

悠木踩著沉重的步伐上樓，三樓編輯部那一扇老舊的門，平常他看到不想看了，今天看起來卻像一堵厚重的牆。要踏進那扇門，需要幾分的勇氣。

都已經下午兩點多了，辦公室還瀰漫著一股倦怠的氣息，該說是「獨家轉眼成空」的後遺症吧。眾人經歷極度的興奮與失落，那種巨大的落差就是倦怠感瀰漫的原因。

幾個人走過悠木身旁，只是跟他稍微點頭致意，沒有正眼看他。主編的辦公區只剩下田澤一人，田澤渾身靠在椅背上，故意攤開每日新聞的早報。悠木自己內心並不平靜，因此才認爲田澤是故意的。實際上，田澤不是悠木現身以後才開始看報的。

「昨晚給你們添麻煩了。」

冷淡地打了聲招呼後，悠木坐上自己的位子。田澤隨口應和一聲，也沒轉頭看他。

悠木抱著死豬不怕滾水燙的心情，大剌剌地環顧辦公室。半數職員都到了，但牆邊的幹部席位上，看不到任何一位幹部。

「上面那些人呢？」

「都在局長室，理事和銷售部的伊東來找碴了。」

田澤一副興味索然的語氣。

悠木默默地點頭。編輯部妨礙報紙配送的業務，來延長報紙的截稿期限。銷售部長伊東請出自家大老，對編輯部施加最嚴重的恐嚇與警告。粕谷局長他們一定屈居劣勢吧。

辦公桌上有兩疊共同通信的原稿，悠木把原稿挪到一旁，從抽屜裡拿出信紙，打算先寫好悔過書。他也想過要自請處分，就看上面的意思如何了。

「悠木啊——」

有人叫喚悠木，悠木抬頭一看，是龜嶋核稿部長來了，他的笑容不太自然。

「昨晚辛苦啦。」

「不會，是我給你們添麻煩了。」

「你讓我們做了一場好夢啊。站在核稿部的立場，就像是一場仲夏夜之夢吧。」

龜嶋說這番話沒有惡意，他其實是在安慰悠木。明知如此，悠木還是相當不高興，被一個沒有外勤經驗的人同情，這樣的記者太可悲了。

悠木的眼神和語氣，不自覺地帶有攻擊性。

「有什麼事嗎？」

「就艙壁啊，今天的報導你打算怎麼編？」

「我們還沒驗證訊息眞僞啊。」

悠木立刻回嘴，龜嶋訝異地問他：

「咦？你還不知道嗎？」

「知道什麼？」

「來你看看——」

龜嶋攤開共同通信的原稿，指著其中一份的標題。

「警方追究日航的刑事責任」

悠木大吃一驚。追究日航的刑事責任……？這是怎麼一回事……？

他聚精會神地閱讀原稿。

「日航大型客機墜毀一案，警察廳、警視廳、群馬縣警搜查本部等搜查單位，十七日決定追究日航業務過失致死的刑事責任。交通省航空事故調查委員會〈簡稱事故調查委員會〉指出，這一起空難可能是構造缺陷所導致。艙壁破損後，客艙的內部壓力噴發，破壞了垂直尾翼。相關調查單位非常重視這樣的推論——」

悠木愣住了，事故調查委員會竟然放出「艙壁」的訊息。換句話說，交通部認同每日新聞的報導內容。更有甚者，搜查當局也以事故調查委員會提出的論述爲依據，展開調查與偵辦。

悠木的額頭冒出冷汗，他再一次體認到，自己放掉了多大的獨家。

他看著龜嶋：

「用頭版頭條做追蹤報導吧。」

悠木刻意強調「追蹤報導」這幾個字，他必須用這種方式鞭策自己，來擺脫悔恨和自我厭惡的情緒。

「明白。」龜嶋答完話，離開悠木的位子，走到一半他停下來說：

「對了對了，上毛今天不再用日航空難當頭條了，我們繼續接著報吧。用資訊量徹底做出我們的格調，獨家被搶先一、兩條沒差啦。最後拿到綜合優勝就好。」

悠木一直等到龜嶋的背影消失，才一拳砸向自己的大腿。他不是在生龜嶋的氣。眞正令悠木氣惱的是，那些幹部沒有找他去談話。

他一大清早離開報社，回家睡大頭覺。這段期間內，艙壁出問題的論述獲得了驗證，搜查當局也有了動靜。幹部得知消息，卻沒有人打悠木的CALL機。不，明明獨家被其他報社搶先了，也沒人打給悠木。

這一次悠木眞的想通了，原來大家都是一副「事不關己」的心態。反正採訪和報導內容都用共同通信的就好，大型客機在縣內墜落，地方報照理說應該要好好報導。況且，罹難者多達五百二十人，但那些高層只當成「飛來橫禍」，根本沒放在心上。

悠木怒視著局長室緊閉的大門，那些人將大把時間和精力，都耗費在公司內部的派系鬥爭上，而不是用心報導這個前所未有的空難。

一想到這裡，悠木也懶得寫悔過書了，信紙又放回了抽屜。他拿起那一堆原稿，大致瀏覽上面的標題。

「已回收九成遺體，確認兩百七十六名罹難者身分」「罹難者身分難以確認，必須依靠齒型和指紋來辨別」「焦急的家屬不顧制止，強行上山觀看事發地點」「飛機墜落前，丈夫寫信叫妻子好好照顧孩子」「遺言就寫在公司的信紙上，要家人好好活下去」。

悠木沒有心情詳讀內容。

他盯著局長室的門，視野逐漸模糊扭曲。

原來，自己跟他們都是一丘之貉。悠木也甘於坐在辦公室裡，而且還被公司內部的派系鬥爭影響情緒。

悠木有一種想要捶胸頓足的衝動。

他拿起電話，撥打北關東報在縣警記者室的號碼，採訪組長佐山馬上接了電話。

「我是悠木。」

「請問有什麼事？」

佐山的語氣又變得很冷淡，悠木早有心理準備，直說他打電話的用意。

「神澤今天也去御巢鷹山嗎？」

「是的。」

「明天我也去一趟，神澤有跟你聯絡的話，請你轉告他一聲。」

佐山沒有答話。

「你有在聽嗎？」

「有。」

「目前有入山管制嗎？」

隔了一個呼吸的時間，佐山才開口：

「有配戴報社的臂章就能入山。」

「神澤都幾點上山？」

「好像每天早上五、六點就離開公所了。」

「我在哪裡可以碰到他？」

「上野村公所啊，他都睡在二樓大廳。」

「今天會做艙壁的追蹤報導。」

佐山頓了一下：

「這就是你要上山的理由？」

佐山話中有話。

「你是什麼意思？」

「也沒別的意思，現場人手足夠，用不著主編到場。」

「我想實際去看一眼，不然腦袋裡只剩下共同通信的觀點。」

話音方落，悠木一把掛斷電話。

第一線的工作由第一線的人來做，悠木也明白佐山的意思。不過，佐山回絕得這麼直截了當，到底心裡在想什麼？悠木在他心中沒地位了嗎？

這時，悠木的注意力被開門聲吸引。

局長室的大門開了，飯倉理事和伊東銷售部長走了出來。

悠木和伊東四目相對，他找不到退避的理由，等二人來到面前，他也起身應對。

「你變了不少呢。」

先開口的人是飯倉，他的皮膚光滑飽滿，一點都不像快六十歲的人。鋒銳的目光無人能出其右，但他的眼中卻帶著笑意。

「你用一張照片就顧及福中兩派的顏面，我本來還很佩服你的本事，結果你昨天又幹出了那樣的蠢事。你是有兩顆截然不同的腦袋嗎？」

飯倉理事喜歡問一些難以答覆的問題，把對方玩弄於股掌。悠木也略有耳聞。

「昨晚給各位添麻煩了。」

悠木嘴上道歉，卻沒有放低姿態。

「這不是道歉該有的態度呢，態度也是陽奉陰違嗎？」

「……」

「還是說，你老爸太多，不曉得該跟誰學禮儀？」

悠木不屑地看著伊東，伊東把他母親的祕密告訴飯倉了。

「也罷，這都無關緊要。」

飯倉踏出半步，拍拍悠木的上臂：

「你也別太逞強，有多少能力就做多少事。盡量用共同通信的新聞吧，我們可付了不少錢買新聞呢。」

悠木心中的失望遠高於憤怒，讓這個人取代白河社長，北關東報也不會有任何改變。

飯倉理事走向出口，悠木對他的背影喊話：

「理事——你去看過安西了嗎？」

飯倉理事只有稍微回過頭：

「安西……？啊啊，你說那傢伙啊，還沒呢。」

「請去探望他吧，他是爲了你才病倒的。」

「你閉嘴。」

伊東出面護主，飯倉伸手制止他。

飯倉死盯著悠木，那凶狠的眼神幾乎令人忘記呼吸。

「言語比你想的更加可怕，因爲它比文字更容易刻劃在人心中。」

飯倉展現一絲文化流氓的本性後，大搖大擺離開辦公室。

38

粕谷局長癱在沙發上，額頭上放著一條小毛巾。

「頭疼啊，飯倉跟蛇一樣陰險難纏。這下可好，給他們一個白紙黑字的把柄了。」

「白紙黑字的把柄……？」

悠木不解反問，不是說好由他來寫悔過書嗎？

「先跟你說，對方要求未來一個月，必須在午夜十二點以前付印。」

悠木激動地湊上前：

「你們答應了？」

「被迫答應的，也寫下了白紙黑字。」

「不管怎樣……都要在午夜十二點以前付印？」

「沒錯，沒有例外。」

「我們有報導日航空難的職責耶。」

「也是日航空難害我們栽跟頭啊，沒辦法。」

悠木和粕谷都嘆了一口沉重的氣。

追村次長和等等力社會部長都沒講話，表情也十分凝重。對手只有伊東部長一人的話，那還好辦；但飯倉理事加入戰局，他們根本毫無勝算可言。

「那今天的版面你打算怎麼處理？」

粕谷望向悠木，眼神毫無生氣。

悠木低頭看記事本，剛才佐山潑了他一盆冷水，他總算找回了一些主編的自覺。

「頭版就做艙壁的追蹤報導，還有農大二高的甲子園第三戰要開打了。無論輸贏都會放到頭版，社會版就做罹難者的遺書報導。」

「遺書？那啥啊？」

「據說，有人找到乘客在墜機前寫給家人的最後一封信。我還沒看過內容，就算只是寥寥幾句話，我想也很有新聞價值。」

「好吧，就照你的意思。」

粕谷一副已經懶得管的語氣。

悠木接著說道：

「還有，今天我同樣打算把日航空難的新聞，放到相關的版面上。」

悠木做好被追村責罵的心理準備，不料追村根本懶得看他一眼。飯倉到底對他們施了什麼魔法？

「不過，眞的很可惜啊。」

粕谷伸著懶腰嘆道。

悠木瞪視粕谷那一張臭嘴，但粕谷還是說個沒完：

「昨晚那一條獨家刊出來，不就皆大歡喜？這樣也不會被飯倉那文化流氓罵到狗血淋頭了啊。」

一個眞正做過新聞的人不該講這種話。更何況，粕谷是編輯部的局長，他眞的有心要刊出那一條獨家，悠木想攔也攔不住。

「那就這樣吧？」

粕谷先看追村和等等力的意思，最後才對悠木說：

「悔過書也不用寫給總務了，你隨便拿一張紙寫給我就好。」

悠木默默地低下頭，起身走向門外，追村竟然發難了。

「局長，這處分太輕了吧？」

悠木停下腳步，轉身觀察追村的表情，他的表情倒是很冷靜。

「指派悠木擔任統籌主編，本身就是一個錯誤。」

「追村——」

粕谷要追村別再說下去了，追村的音量卻不減反增：

「經過這一次我算是徹底明白了，這傢伙根本沒那個種。每次遇到重大決斷，他一定會臨陣退縮，就這麼點出息。」

悠木整個身體都轉過來，準備吵上一架：

「你說我就這麼點出息，我也不否認。但什麼叫我沒那個膽量，講具體一點啊？」

「你這什麼態度啊？」

追村的火爆脾氣似乎也被點燃了：

「從你還很菜的時候，我就看出你沒種了啦。我叫你寫消息刊出來，你哪一次不是推託需要時間查證？你有沒有算過，有多少獨家被你糟蹋了？」

「那次長你呢？你都沒在查證的，你又刊過多少錯誤訊息？」

「王八蛋，你再胡說八道試試看！」

「你們兩個別再吵了。」

粕谷大聲喝斥二人，等等力也站了起來，準備制止他們扭打在一塊。

追村繼續放話：

「媽的你害我們臉丟大了，飯倉笑話我們，連伊東都爬到我們頭上來。這都是你膽小如鼠的關係啦，你這優柔寡斷的廢物！」

「那你昨晚直接下令刊登就好啦。」

悠木也爆發了：

「你身為次長，結果你做了什麼？就只會講一堆屁話，白領公司薪水啦！」

「我、我操你媽的……」

追村氣到臉色發白，粕谷和等等力按住追村的肩膀和手臂。

「悠木，你說得太過火了。」

等等力勸悠木收斂一點，悠木還是死瞪著追村的雙眼：

「飯倉才跑來講幾句，有什麼好大呼小叫的？被其他報社搶占先機，這才是值得大呼小叫的事情吧？你也是個實事求是的記者，你他媽的都沒尊嚴就對了！」

悠木把想說的說完，就離開局長室了。

外面的職員也聽到他們吵架，所有人都盯著悠木。悠木踩著火大的步伐，穿越辦公室中間的通道，回到主編辦公的區域。岸一臉驚訝地杵在原地，肩上還掛著包包，應該才剛到公司不久。

「喂，到底是怎樣啊？」

「沒事。」

「是每日新聞的事嗎？」

「要真是這樣，那我還好過一點。」

悠木一屁股坐在椅子上，胸腹一帶劇烈喘息。

「我說悠木啊——」

「先等一下。」

悠木剛好看到追村，追村沒有走回牆邊的位子，頭一甩直接離開辦公室。大概是要跑去社長室哭訴，把悠木發配邊疆吧。隨便他，反正悠木也打算自請處分。

岸怯生生地靠過來：

「現在不太適合談這個，但有件事你還是知道一下比較好。」

「晚點再說吧。」

悠木打住這個話題，岸卻飛快把事情說了一遍。

外勤記者動手打人……？

悠木抬頭看著同梯，並壓低音量問道：

「你說神澤動手打人？打誰？」

岸彎下腰來，悄悄告訴悠木。

「暮坂。」

悠木有種胸口受重擊的感覺，廣告部長暮坂被神澤毆打。

「他爲什麼打人？」

「這就不清楚了，我只聽說，事情發生在墜機地點。」

悠木懷疑自己聽錯了。

「這是怎麼一回事……？暮坂也跑去御巢鷹山？」

「應該是這樣吧。」

「理由呢？該不會是去看熱鬧的吧？」

「這就不曉得了。」

「你聽誰講的？」

「攝影部的人都在傳這件事。今天遠野跟神澤一起上山，聽說是他親眼所見。」

「你沒去問遠野嗎？」

「他人在暗房。」

悠木發出粗重的嘆息，同時發現自己放在腿上的雙掌，不自覺地握緊。肯定在離開局長室之前就這樣了吧，他放開拳頭，掌中多了幾條指甲摳出來的血痕。悠木再一次緊握雙拳，握到雙掌發疼。

是，欠揍的傢伙確實一大堆。做報紙就是在跟時間賽跑，要處理各種即時的訊息。吵架和對罵是常有的事，問題是——

報社即使有這種特性，仍舊是上行下效的組織。不管有什麼樣的理由，毆打上司的部下是待不下去的。而且被打的是暮坂，神澤打了一個不該打的人。

暮坂直到去年都還是政治部主編，悠木原以爲他是貪戀部長權位，才轉調到廣告單位。不料等等力在喝醉時透露，暮坂是犯了白河社長的大忌，才被趕出編輯單位的。大久保連赤事件過後，優秀的記者紛紛出走，白河把自家的小狗分送給心腹大將，藉此來挽留他們。暮坂也是「養狗大將」的其中一員，仍被掃地出門，他一定痛恨白河和白河掌管的編輯部。事實上，悠木也見識了暮坂扭曲的一面。在日航空難發生的第二天，悠木未經通告就撤下商城開幕的廣告。儘管悠木有錯在先，暮坂卻極盡羞辱之能事，攻訐自己長年服務的單位。

「難怪大家都說編輯部是過太爽的大少爺，你們賺不了一毛錢，還不是靠我們在養，被嗆剛好啦。」

那張氣得通紅的國字臉，悠木記憶猶新。

神澤居然毆打暮坂。

悠木緩緩拿起電話，撥打神澤的CALL機號碼。

等了五分鐘，神澤沒有回電。

悠木再打到縣警的記者室，也沒人接聽。他不放棄繼續撥打，終於有一個年輕女子不耐煩地接起電話，是其他報社的記者。

「北關東的，你們家的人都不在喔。」

悠木撥打佐山和神澤的CALL機。

照樣沒人回應。

悠木拿起內線電話表，打開廣告部的頁面，撥打廣告企畫科的號碼。

「您好，這裡是企畫科。」

「請找宮田。」

「請問您是？」

「我是事業單位的。」

隔了一會，宮田來接聽電話了。他以爲是事業局的人找上自己，沒想到一聽卻是悠木打來的，語氣顯得很困惑。

「怎麼了嗎？」

「有件事要向你打探一下。」

他們都是登山會的成員，才有辦法這樣聊。

「就是暮坂部長的事。」

「他今天休假。」

「我知道，他有去御巢鷹山對吧？」

「呃，這……」

宮田支吾其詞。

「上面的下了緘口令是嗎？」

「嗯嗯，上面的說不能告訴編輯部的……」

「我們已經知道了。你小聲回答我，暮坂部長爲何要上御巢鷹山？」

「這我也沒聽說……不過，我想是要去蒐集談資吧。」

「談資？什麼談資？」

「就聊天的題材啊，他想要各種聊天的題材，這樣去找贊助商的時候，就不怕沒有話題可聊了。」

悠木聽到血壓上升，暮坂要用他在現場看到的慘狀，來跟廠商套交情嗎？

「平常朝會的時候，他要我們每人想一個話題，還要互相分享。而且是每天都要，眞的都快想不出來了。」

宮田不認爲暮坂的行爲有問題，這也不怪他。沒有記者經驗的人，只看電視上那些經過處理的畫面，根本想像不到慘死的景象和屍臭味。

暮坂可不一樣，他在政治部任職很長一段時間，年輕時也跑過不少刑案和事故現場。當初大久保連赤事件，他也是支援採訪班的一員。

深諳新聞倫理的暮坂，竟把一件悲慘的空難，拿來當成商場上的談資。這才是神澤動怒揍人的原因吧？但這樣想又說不過去，暮坂是個聰明人，就算他上山眞的是要蒐集談資，也不會告訴編輯單位的人。更何況——

「你知道我們這邊有一個叫神澤的記者嗎？」

「我知道，部長就是拜託他領航上山，他們都是吉岡村出身的同鄉。」

悠木明白了，神澤、暮坂、攝影師遠野是一起上山的。問題出在後來發生的事，神澤爲何打人……？

「你就當我沒打這通電話吧。」

悠木掛斷電話後，身子靠向岸的辦公桌。

「我去一趟攝影部，佐山或神澤有打來的話，你幫我轉接一下。」

「沒問題。」

悠木離開位子，一股力道憋在下盤蓄勢待發。

他走到門口的時候，都還保持正常的步伐，一到走廊就改用慢跑，最後全力衝上樓梯。

神澤和暮坂，在御巢鷹山到底發生了什麼事？

幾天前，神澤崩潰落淚的模樣，悠木到現在都還記得一清二楚。

39

攝影部的門是關著的。

新聞攝影師的性情比較剛烈，很多年輕記者都不太敢進入。悠木推開房門，看到腳邊有好幾雙沾滿泥巴的登山鞋。他跨過那些鞋子入內，有四、五個攝影師聚在一起抽菸。

「遠野在嗎？」

悠木詢問副部長鈴本。

「他在暗房，就快——啊，出來了。」

悠木看到遠野的背影，遠野身上的T恤有明顯的汗漬。悠木從後方拍拍他的肩膀，把他帶回暗房。

「可以開燈嗎？」

「喔，OK啊。」

悠木打開螢光燈的開關，坐在一張圓椅上，顯影劑的味道相當刺鼻。

「遠野，請你告訴我，暮坂部長和神澤到底出了什麼事？」

遠野抓抓一頭短髮，顯得很困擾的模樣：

「剛才鈴本先生提醒我，不要告訴別人耶。」

「我也要麻煩你保守祕密，不然這件事一傳出去，神澤的飯碗就不保了。畢竟他打的是那個暮坂，你明白吧？」

遠野用力點點頭，他當了四年的攝影師，自然很清楚暮坂離開編輯部以前的風評。

「遠野——」

悠木拉高音量，舊式空調和換氣風扇發出同樣惱人的噪音。

「我接下來要去堵暮坂的嘴。」

遠野花了幾秒時間，觀察悠木的眼神。

「好吧，我說就是了。」

遠野靠近悠木，說起整件事的來龍去脈。

「今天早上我們三人一起上山，山路也開通得差不多了，我們只花了兩個多鐘頭就抵達墜機地點。之後三人各自散開，在現場四處觀察。過沒多久，暮坂部長走過來，要我用他的相機，幫他拍幾張照片。」

「暮坂有帶相機……？」

「對，就是那種小型的傻瓜相機，照片上有印日期的那種。」

悠木沒有講話，等遠野繼續說下去。

「暮坂部長都開口了，我也只好幫他拍照。他一直指示我要拍哪些地方，到最後還要我拍他本人。」

悠木有一種不好的預感，難不成——

「我就照他的意思，拍他站在飛機主翼前面的照片。」

暮坂竟然到墜機地點，拍攝紀念照片。

「畜生……！」

悠木憤恨叫罵，遠野把身子往前挪，接下來才要講到重點：

「這不是多稀奇的事情，其他報社也有那種蠢蛋。我們的支援採訪組，還有人比手勢拍照呢。」

「這是眞的嗎？」

「我說的都是事實。」

悠木簡直難以置信。五百二十條人命才剛死沒多久，怎麼會有人在那種地方拍攝紀念照片？

他拚命勸自己冷靜下來。

「這應該不是神澤毆打暮坂的主因吧？」

「對，這並不是主因。當時，神澤只是站在一旁怒視部長而已。拍了五、六張以後，神澤走過來，小聲地勸部長適可而止。因爲旁邊的警察和自衛隊，都在用水桶把斷肢和殘餘的屍塊傳運出去。部長戴著北關東報的臂章做那種事，也確實刺激到了神澤。可是，部長也從善如流，沒有再拍紀念照片，兩人還算相安無事。」

「那神澤怎麼會動手打人？」

「他看到部長幹了另一件不該幹的事。」

遠野的表情也變得很凝重。

「他看到什麼了？」

「我也看到了——部長他，撿了一塊細長的機體碎片還隔熱片吧，塞進自己口袋裡。」

悠木這下是眞的啞口無言了。

暮坂他竟然還想帶「紀念品」回來——

不，搞不好那是暮坂要送給廠商的「伴手禮」。

「後來呢……？」

悠木的聲音都沙啞了。

「神澤憤然衝向部長，往他偷拿碎片的手踹下去，再把他口袋裡的東西都掏出來丟掉，然後拖到樹叢裡面。」

「……」

「神澤在樹叢裡痛毆部長，拳頭都往他的顏面和腹部招呼。」

悠木忍不住閉起眼睛：

「再來呢？」

「我有去制止他，可惜太遲了。部長整張臉都腫了，牙齒也斷了好幾顆。嘴巴裡應該都是傷口吧，流了很多血……」

悠木緊閉雙眼，抬頭對著天花板：

「那神澤呢？」

「他一個人下山了，後來我也帶部長下山，開車把部長送到前橋的醫院。」

「暮坂在車內有講什麼嗎？」

「部長只用毛巾摀住嘴巴，一句話也沒講。他放倒副駕駛座，躺在椅背上，兩眼發直看著前方。」

悠木站了起來。

「哪間醫院？」

「森綜合醫院，禮拜六看診到傍晚，那裡有口腔外科。」

「你什麼時候載他到醫院的？」

「呃，大約一小時前。」

「醫院人很多嗎？」

「停車場都滿了。」

「這麼說來，暮坂人還在醫院囉。」

「或許吧。」

這時候有人敲門了。

「晚點再來！」

悠木對著門外大喊，回頭對遠野說：

「部長的底片呢？」

「在我這。」

「他有拜託你洗出來嗎？」

「沒有，都發生那種事了。」

「萬一他拜託你洗，你也別洗喔。」

「那當然了。」

遠野同樣面帶慍色：

「要不是我老婆懷孕了，我也想揍他。」

悠木默默頷首。

遠野憂心地皺起眉頭：

「神澤會怎樣嗎……？」

悠木沒有答話，離開了暗房。

他跑下樓梯，從後門離開報社，火速前往停車場。

要保住神澤很困難，所以悠木也沒說什麼好話安撫遠野。不，這件事不是神澤一個人的問題，暮坂幾乎可以肯定加入理事派了。自己的手下被打，飯倉理事不可能不出面。編輯單位養了一個「暴力記者」的傳聞，會讓編輯幹部很難做人，理事派也會把這件事情告訴他們亟欲拉攏的外部權貴。

到時候，神澤非走人不可。理事派不必提出要求，編輯部也會主動斷尾求生。

悠木咬著嘴唇，發動汽車猛踩油門。如今了解動手打人的理由，悠木對神澤這個人有了更濃厚的情感。他的心情跟遠野一樣，要是他也在場，大概也會氣到握緊雙拳。

總而言之，要快點找到暮坂，說服他不要把事情往上報。悠木明知這麼做是白費功夫，車速卻始終沒有放慢。

40

都過下午五點了，森綜合醫院的一樓大廳還是擠滿了候診的病患，難怪森綜合醫院有錢蓋出一棟豪華的新大樓。

「口腔外科」前的長椅上，大約坐了二十個人。悠木繞到長椅前面，尋找暮坂那張國字臉。

暮坂不在，他已經回家了嗎？搞不好是去公司了吧？不對，暮坂是請假上山的，況且今天禮拜六，五點過後廣告單位就沒人了。

悠木前往掛號櫃台，確認暮坂沒有住院治療後，轉身走向玄關。

不料，後方有人叫住他。

「唷，好久不見啊。」

悠木回過頭一看，來者是一名身穿西裝、溫文儒雅的男子，他是縣警志摩川。不認識的人會以爲他是普通上班族。事實上，志摩川比悠木大兩、三歲，從年輕就一直在做刑警。悠木依稀記得，他現在是本部的鑑識課長。

「好久不見了。」

悠木五年前離開縣警的記者俱樂部以後，就沒再見過志摩川了。不過，當下有種最近才見過面的感覺，因爲悠木在電視上，看過志摩川和機動隊長穿著制服指揮現場的畫面。

「鑑識課長不在山上沒關係嗎？」

「你都不看報紙的嗎?」

「這種諷刺法也太新鮮了吧。」

「現在要靠齒型和指紋,來比對罹難者的身分。」

「原來如此。」

志摩川就站在「口腔外科」的門牌前面。

「是說,你們縣警背上了一個非常沉重的責任啊。」

「彼此彼此啦。」

「沒錯,確實也超出我們能力範圍了。」

「這話你不該講。」

「咦?」

「我們縣警和你們北關東,都是在地的。」

志摩川的表情依舊溫和穩重。

「反正,就先從飛機的飛行原理,一點一點慢慢學起吧。」

悠木吃了一驚,他想起佐山也說過同樣的話。或許,那也是志摩川告訴佐山的吧。據說縣警很快就會成立「事故對策室」,等於另立一個獨立的部門。志摩川有冷靜細心的頭腦,又深得部下的信賴,被視爲事故對策室的接班人選。

「這件事會拖很久才有結果,但大型客機掉在我們這,說什麼也不能逃避啊。」

悠木被這句話給點醒了。

志摩川眞的打算盡全力偵辦此案。

悠木從沒想過這個可能性。日航空難不是縣警層級辦得起的案子，悠木以爲縣警的人也是抱持這種心態。早上他閱讀共同通信的原稿，只看到「警察廳」要追究日航刑事責任，沒把其他單位放在眼裡，但——

眼前的這個男子眞的有心要辦。志摩川要憑自己的本事，查清這一起前所未有的空難，徹底追究日航的刑事責任。

見識到了縣警的態度，悠木反思自我。

北關東報還有他自己，又是如何面對這一起重大事故的？

「那麼，三年後我們再會啦。」

語畢，志摩川走人了。

三年後……

原來是這麼一回事。

犧牲者多達五百二十人的日航空難，至少要三年才能立案。

悠木抬頭看著上方。

到時候，北關東報會需要神澤的力量。神澤親眼見證空難發生後的慘狀，落下了悲痛欲絕的淚水。只有他像著了魔一樣，每天爬上御巢鷹山。日航空難還沒立案的這一千多天，也只有神澤會夙夜匪懈地追蹤縣警的調查進度。

悠木越想就越心急，趕緊離開醫院去找暮坂說情。

41

找著找著，悠木迷路了。

暮坂家在前橋市六供町的住宅區。很久以前，悠木有去暮坂家送過文件，他依稀記得要先看到一家有倉庫的民房，再走過兩戶人家才會到。沒想到，這一帶經歷過大規模重劃，市容和四周景致都完全不一樣了。

悠木在住宅區內慢慢開了三圈，不僅沒找到有倉庫的民房，甚至連暮坂家大略的位置都想不起來。

腰帶上的 CALL 機在響了，時間已到六點半。一定是核稿部在抱怨日航空難的原稿還沒收到吧。乾脆打一通電話回報社，請人查一下暮坂家的住址比較快。悠木從剛才就在尋找公共電話亭。

住宅區的中央有一座寬敞的兒童公園，公園的圍籬外面，有一座附帶小小遮雨棚的公共電話。悠木把車子停在附近，掏著口袋裡的零錢，跑向公共電話。

他打自己辦公桌上的那支電話，是岸接聽的。

「核稿部的在抱怨喔。」

「我會盡快回去。對了，你查一下員工名冊，幫我找暮坂的住址和電話。」

過了一會，岸小聲地唸出悠木要的資訊。悠木接著又問，佐山和神澤有沒有回電？根據岸的說法，佐山有從縣警的記者室回電，神澤倒是沒有聯絡。

悠木走向汽車，推測神澤應該和佐山在一塊。他看著抄下來的地址，暮坂住在本地的三丁目，再往南走一段距離就到了。悠木環顧四周，正猶豫要步行前往，還是開車過去再找人問路。

有個戴著白色口罩的男子，吸引了他的注意力。

就在十五公尺外，兒童公園的入口附近。戴白色口罩的男子蹲在路邊，臉上的口罩幾乎遮住了大半張臉。

那個人正是暮坂。

悠木立刻躲到車子的後面，屏息觀察暮坂的舉動。一開始，他看不出暮坂爲何要蹲在地上。

沒多久他就看出來了。

暮坂的身邊還跟著一隻狗。

而且是一隻老狗。

悠木想通了。

原來那些狗還活著。

那是白河分送給部下的狗……狗是在連合赤軍事件結束後分送出去的，算一算也有十三歲了。不，說不定那些狗出生的時間還要早一點。那隻狗看起來就是有這麼老。

狗的大小跟柴犬差不多，身上的毛掉了大半，活像被拔掉的一樣。那隻狗擺出努力排便的姿勢，雙腿也在發抖。

暮坂一隻手撐住狗瘦弱的身軀，另一隻手按摩狗的背部，幫助那隻狗順利排便。他凝視狗的眼神十分溫柔。

悠木悄悄打開車門，放輕動作進到車子裡。他調整後照鏡的角度，鏡子裡映照出暮坂在後方的身影。暮坂拿著鏟子，將糞便倒入塑膠袋裡。接著，他站起來邁步前進，那隻老狗也跟了上去。老狗走起路來緩慢無力，暮坂也慢慢行走，配合那隻狗的腳步……

悠木就這麼開車走了。

他繞過前方轉角，開往大馬路。

厭惡和憐憫在他心中交錯。

其實，暮坂只是想要找回記者的身分罷了。

暮坂登上御巢鷹山，不是要蒐集談資替自己做業績。他只是想告訴那些廠商，自己不單是一個廣告業務，同時還是個記者。暮坂想要炫耀自己去過全球最慘烈的空難現場，順便秀出照片和機體碎片，贏得那些廠商的敬重。這才是他登上御巢鷹山的唯一理由。事實上，離開編輯和記者一職的人，或多或少都有這種「懷念記者病」。

暮坂以記者的身分自居，卻被眞正的記者痛毆教訓。

這件事他說不出口，想必他正在編造自己牙齒斷掉的理由吧。

悠木嘆了一口很長的氣。

也許，御巢鷹山不容許心術不正的人上山吧。

這件事也讓悠木正視自己的內心。

前方的號誌轉紅燈了。

漫長的紅燈。

悠木的腦袋開始思考工作的內容。哪怕辦公室待起來非常尷尬，身為日航統籌主編，他也不能逃離自己的崗位。

42

到了晚上七點半，悠木才回到自己的辦公桌上。

日航空難的原稿像高低起伏的波浪一樣，一路疊到岸的辦公桌角落。悠木離開報社前只改好兩份原稿，分別是「追究日航刑事責任」和「艙壁追蹤報導」，這兩份都是要放在頭版的新聞。

悠木把椅子拉正，用力按壓指節，雙掌交握扭動手腕。他拿起成堆的原稿，審閱跟「遺書」有關的內容，遺書相關的原稿有先分類好了。

悠木才讀沒幾行，熱淚幾乎要奪眶而出。

認清自己在劫難逃的上班族，寫了一封遺書給心愛的家人。上面有妻子和孩子的名字，之後……視野中的文字模糊扭曲，難以辨認。

悠木用雙手遮住顏面，想努力看清遺書上的文字。可惜他還是辦不到，只能勉強追逐一些片段的字句。「爸爸真的很遺憾」「永別了」「孩子們就交給妳了」「感謝妳，陪我走過一段幸福的人生」。再看一份遺書，上面寫的是「孩子麻煩妳照顧了」。另一份遺書則寫道「好好活下去吧」「要當一個了不起的人」。

悠木在位子上，久久無法自已。

等確定發得出聲音以後，悠木才站起來，用雙手罩住嘴邊，對著核稿部大喊：

「畫哥！頭版要更動！」

龜嶋一聽氣急敗壞，悠木隔很遠都看得出來。

「你想怎樣改啊！」

「去掉次要新聞欄位的訊息，改放遺書！」

龜嶋跑了過來：

「幹嘛改啊？放社會版頭條不就夠了？」

悠木也不講話，遞出手上的原稿。

龜嶋詫異地閱讀原稿，幾秒後就轉身離開，不再多說廢話。

他影印了大量的原稿，分發給每一位編輯部的職員。每個人看完都按住眼窩強忍淚水，還有人發出啜泣聲，甚至有人起身離席，假裝要去上廁所。

悠木專心審閱相關原稿。

「農大二高，以些微之差敗給宇部商」。

在地的球隊輸了，悠木不禁嘆了一口氣。

「交通部緊急回收殘骸，試圖還原失事客機」「飛機撞上山稜，一具引擎掉落」「未來檢驗項目將加入艙壁」「SR型客機沒有下達檢修指示」「日航重視利益更勝飛航安全」「機長值勤時間過長」「氣壓過大，影響思考能力」「參議院運輸委員決議，公開通話紀錄器和飛行資料紀錄器」。

審核告一段落後，悠木轉頭看牆上的時鐘，時間剛過九點。值早班的岸和田澤早就不見蹤影了，主編辦公區只剩下悠木一人。

他高舉雙手伸了一個大懶腰，視線從右到左，再從左到右緩緩移動。

在改稿的時候，悠木察覺辦公室裡的氣氛變了，那是本能感應到的變化。編輯職員少了幾分熱情，冷靜到有點奇妙的地步。吵是跟以前一樣吵，但沒有殺氣騰騰的感覺。直到昨天辦公室都還瀰漫著緊繃的氣息，今天卻多了一點從容。這樣的反應，很接近「日航空難發生前」的辦公室。

大概是最初的高潮已經過去的關係吧。

悠木腦海中浮現了這樣的想法。

八月十八日的報紙內容就快編排好了，墜機是十二日晚上的事。悠木掐指一算，日航報導已經連做六天了，明天就滿一個禮拜，等於是一個完整的周期。大概是因爲這樣，對其他人來說也算稍微告一段落了吧。

昨晚沒有刊出獨家，拖垮了職員們的士氣，也間接影響到他們報導日航空難的熱忱，這是不可否認的事實。事故原因是媒體最看重的獨家，悠木沒有把握這個機會，近期也不會有類似的獨家了。剩下的就是檢方起訴日航，或是搜索日航總部，逮捕負責人，再不然就是送交檢方偵辦。而且想要刊出獨家新聞，還得事先搶占情資才行。可是，這些不是一、兩天就能查出結果的，誠如縣警志摩川所言，少說也得等個三年。

悠木有種大夢初醒的感覺。全球最嚴重的空難震驚了編輯部，搞得人仰馬翻。當晚還沒釐清墜機地點，所有人徹夜未眠。之後現場發現生還者，他們也跟著歡天喜地。挖到獨家卻沒好好把握，情緒也從亢奮轉爲懊悔。而今晚，眾人看完遺書難過落淚，也讓部內多了幾分冷靜和從容，少了一些激情。

悠木也注意到，他逐漸找回內心的平靜了。

決定走詳細報導的方針，應該是不會改變了。編輯部對日航空難的熱情慢慢冷卻，悠木也不曉得統籌主編還能幹多久。白天跟他爭吵的追村次長，也不可能安分太久。不過，只要他還擔任統籌主編，就不會改變指揮的方向。這種近似使命感的念頭十分堅定，並不是單純的意氣用事。

過了晚上十點，悠木修完稿後拿起電話。

他撥打神澤的 CALL 機，還有本該立下大功的玉置。

兩人都沒回電。

悠木改打縣警的記者室，佐山馬上接起電話，似乎早就在等悠木打來。

「兩件事。首先，你告訴神澤不用擔心。」

「請問……你是指什麼？」

佐山故意裝蒜。

「他在你旁邊吧？你跟他講，山上的事不用擔心。」

「……明白了。」

「還有，你順便跟神澤說，明天我就不上山了。」

「咦？那你什麼時候要上山呢？」

「不一定。」

佐山想了一會。

「不是延期，而是不上山了是嗎？」

「沒錯，這次報導，就用你們的觀點吧。」

佐山也聽懂了悠木的心意，悠木要掛電話的時候，佐山請他先別急著掛。

「請等一下，神澤有話要說。」

聽筒中沒有了佐山的聲音，悠木才聽出縣警在召開記者會，公布罹難者的身分。從空難發生以來，記者室的人就沒好好休息過。

「……我是神澤。」

神澤的聲音很消沉。

「我也跟佐山說過，那件事你不必放心上。」

「多謝前輩。」

「你明天也要上山嗎？」

「是，我會跟川島前輩一起上山。」

神澤跟川島一起上山……這個消息，猶如一道亮光照入悠木的內心。

悠木掛斷電話，突然又想到了一件事情。他再次抓起聽筒，按下分局號碼表上的某一個電話號碼。

「你好，這裡是北關東報前橋分部。」

「我是悠木，幫我泡杯咖啡吧。」

「笨蛋。」千鶴子笑了，悠木似乎是第一次聽到千鶴子原本的聲音。

「找佐山教妳寫稿吧。」

千鶴子又是一句笑罵，悠木也掛斷了電話。

到了十一點半，頭版的打樣印出來了。

「感謝妳，陪我走過一段幸福的人生」

辦公室罕見的安靜。

悠木不得不問自己一個問題：我寫得出這樣的遺書嗎？

他想起了躺在病房裡的安西。

安西沒有留下一句話給家人，就這麼昏迷不醒。小百合說，安西動完手術有清醒過一小段時間，只說了一句「你先走」。那句話肯定是留給悠木的，攀登衝立岩對安西就是有如此重大的意義。

「好好活下去吧」。

「要當一個了不起的人」。

燐太郎靦腆的笑容，浮現在悠木的心裡。

安西應該沒有做好面對死亡的心理準備吧，但悠木還是忍不住去想，要是安西能留給燐太郎幾句隻字片語就好了。這樣燐太郎的心好歹會踏實一點。

43

上空傳來燐太郎的聲音。

「悠木叔叔！聽得到我的聲音嗎？」

「喔喔，聽得很清楚。」

「我到保護點了，請你解開自我確保裝置，開始往上爬吧。」

悠木在雙人用岩棚抬頭往上看，罩住上空的第一懸岩壓迫感非比尋常，燐太郎剛才順利越過第一懸岩了。

現在輪到悠木了。

悠木握緊登山繩，第一懸岩擋住了通往上方的繩索。不過，悠木並不擔心，因爲這一條繩索就繫在燐太郎身上。

「我上囉！」

「保持冷靜就沒問題。」

悠木循著登山繩往上攀爬。

他是朝著懸岩的左邊爬上去的，懸岩的中央附近有一個小小的斷層，那裡就是最適合攀爬的施力點。悠木謹愼移動四肢，像隻螃蟹一樣往右越過稜角倒懸的垂直峭壁。

終於抵達懸岩的下方了。

悠木膽戰心驚地往上看，黑色的巨岩就在頭頂。這個巨大的天蓋眞的有生路可走嗎？第一懸岩是雲稜第一路徑前半段最大的關隘，也可以說是整個登山行的核心。再來要用一種叫繩梯的攀登器材，外觀就像一段小小的梯子。繩梯要掛在插入峭壁的岩釘上，才有辦法越過第一懸岩。這不只需要高度的技巧和平衡感，花太多時間和體力耗在這裡的話，對之後的攀登也有不良的影響。一個沒弄好，有可能會吊在岩壁上一整晚。

這些都是燐太郎教他的知識。爲了做好攻克衝立岩的準備，悠木在岩場練習過繩梯的使用方法，但這是他第一次用繩梯攀越懸岩。

「我要攀上懸岩了！」

「請一鼓作氣迅速攀上來吧。」

燐太郎給的建議，也確實切中要害。

悠木把繩梯掛到岩釘上，一腳踏上繩梯，整個人像吊在屋簷上一樣，隨風搖曳。剛才吹過臉頰的舒爽涼風，如今變成了惡魔催命的招魂吼。他攀上繩梯的每一節梯子後，伸長手臂把繩梯掛到另一根岩釘上。掛好了，再一腳踏上去，繼續往上爬。悠木重複著掛梯和攀爬的作業，一點一點向上攀升。動作有點像在爬公園的吊桿。有時候，他無法保持垂直向上的姿勢，身體會跟下方的地面平行。要在高空維持平衡並不容易。擔任先鋒的燐太郎，想必耗費很多心力維持繩索的筆直平穩，好讓悠木爬得更順利一點。這一條攀登路徑蜿蜒崎嶇，擔任先鋒的人技巧不夠，繩索的垂落方向就會對下面的人不利。

悠木花了一個小時，還在跟繩梯和岩壁纏鬥。

他快要爬不上去了，剩下的岩釘間隔太遠了。沒踏上繩梯最上面的梯子，手就搆不到下一根岩釘。問題是，完全踩到最上面的梯子，重心又會失衡，因此他沒勇氣攀上去。

心肺好痛苦，呼吸急促的程度不下於跑百米。攀爬超過九十度的斜面，會加快體力流失的速度。悠木這才明白他在攀登之前，燐太郎說那句話眞正的意思。由於雙腳懸空，身體都要靠手臂來支撐，腕力也會迅速流失。抓住繩梯的指尖也開始麻痺了。

下方的岩壁發出了叮噹響的聲音，悠木猛然一驚，發現口袋裡有東西掉下去了。他扭過頭往下看，登山扣在岩壁上翻滾彈落。這是他從未經歷過的高度，背後汗毛直豎。再回頭往上看，厚重的懸岩依然橫亙上方，踩上繩梯的最上方是唯一攻克懸岩的方法。偏偏他一步也踏不出去。

悠木無意間想起了自己的年紀。

我都五十七歲了呀。

一想到這裡，他放聲大叫：

「喂！我可能會掉下去，要麻煩你來救我啦！」

「放心吧，你掉下去我會拉你上來的。」

燐太郎的聲音還很開朗。

悠木對燐太郎的保證沒什麼信心，這時候燐太郎又說話了。

「悠木叔叔，鼓起勇氣踏到最上面的繩梯吧。」

悠木當眞大吃一驚。

燐太郎看不到悠木的身影，但他相當清楚悠木的狀況和心境。

這讓悠木感到非常窩心。

安西還活著的話，一定會很欣慰吧。

爬山就是爲了下山啊。

安西一定也想跟燐太郎一起爬山。他沒有一直逃避這個充滿痛苦回憶的地方，總有一天他會帶著燐太郎來爬衝立岩。所以，安西決定「下山」，他去「孤寂芳心」是要告別那個違背初心的自己，重新面對衝立岩這個挑戰。

或許，安西是找悠木去「見證」的吧。安西好不容易求得溫飽，對北關東報的工作也多有留戀。他就是要斬斷留戀，才邀悠木一起去爬衝立岩的。安西要重拾登山家的身分，他希望悠木見證這一切，見證自己新生的那一刻。

所以他在短暫清醒時，才會留下那句話給悠木。你先去吧——

安西無論如何都想來爬衝立岩。

「悠木叔叔！」

燐太郎呼喚著悠木。

他似乎看得到燐太郎的臉龐，明明很擔心，卻又裝出不擔心的笑容。

悠木笑了。

這一次他想起了兒子。十七年前的那一天，兒子誤以爲母親回家了，臉上露出一種害臊的笑容。

小淳說，你第一次邀他一起去爬山——他滿開心的。

一想到這句話，悠木彷彿聽到了兒子的呼喚。

僵硬的手腳頓時變得靈活，收縮的氣管也暢通了，新鮮氧氣灌入四肢百骸中。

非爬上去不可，只有踏上繩梯的最上面才有辦法攀越懸岩。

悠木回憶十七年前下定的決心。

那是空難發生第七天，他作爲日航統籌主編所下的最後一個決斷。

最艱難，也是最嚴厲的決斷。

而他承擔的後果——

悠木閉目凝神。

最後他抬起右腳，踏上繩梯的最上一層。

身形也跟著劇烈搖晃。

悠木把心一橫，左腳也踩了上去。

他奮力睜開雙眼，身體大幅後仰，伸手去抓上方的岩釘。

只差五公分……

這一次，悠木眞心想要戰勝衝立岩。

44

八月十八日——

悠木上午十一點就到公司，他早到公司是有理由的。昨天晚上，他打電話到出版部次長貝塚的家裡，想請教一下能否出版日航空難的書籍。悠木談起這件事的時候，其實內心也沒抱多大的希望，不料貝塚很感興趣。於是，二人相約到公司商談具體事項。

悠木打算把這一起空難的記錄編寫成冊。他會想到這個主意，主要是他逐漸認清空難的初期報導已經失去激情了。

同時他的理智也很清楚，接下來才是重頭戲。五百二十名罹難者的身分，還要花很長一段時間才會辨識完。再來還要確認罹難者的物品，搬運機體殘骸，以及讓家屬上山祭奠，舉辦聯合公祭。短期間內不乏採訪的機會。

話雖如此，一個案子或事故拖得太久，絕對會影響記者和編輯團隊的士氣。不只悠木的內心產生變化，編輯部的氛圍也有了變化的徵兆。一件事發生時縱使有天大的衝擊性，隨著時間經過，新聞報導也會失去新鮮度，最後「陳腐」到沒人想看。悠木有過這樣的經驗，所以他非常清楚。一旦採訪和版面內容不再有新意，大家就會「期待」下一個新的題材，盼望有一個更具新聞價值的事情發生，而且對此毫無自覺。

悠木想樹立一個例外，盡可能延長日航空難的新聞壽命，這是他想出版書籍的其中一個理由。新聞從業人員習慣隨波逐流，讓他們了解每件事都將載入史冊，或許有助於阻止報社內部淡化事故新聞。

而這也是他身爲日航統籌主編，不得不回報部下辛勞的義務。他力排眾議，盡可能派出年輕記者前往空難現場，因此空難發生的這一個禮拜，總共有超過五十名記者登上御巢鷹山採訪。問題是，這麼多人寫出來的原稿，沒辦法每一篇都刊出來，大部分還收在悠木的辦公桌抽屜裡。不少原稿錯過了刊登時機，早就不堪用了。這些原稿經過挑選和潤飾，有收錄在書中的價值。他希望日航空難採訪班的成員，都有機會留名。川島無緣登上御巢鷹山，玉置辛苦打探來的獨家，也因爲悠木的一念之差而被糟蹋；如果他們有心想寫，悠木也願意刊出他們的遺憾與怨懟。

悠木自問，也許這才是他眞正的用意吧？他踏上公司的樓梯，從二樓的穿廊前往西館。陽光自天花板的採光窗戶灑落，照得悠木有些眼花。看樣子今天也會很熱。

他打開出版部的大門，明明今天是禮拜天，卻有好幾個人在。他們轉頭看著悠木，其中一人便是貝塚。

「出版部生意很興隆嘛。」

「是啊，有意自費出版的客人，要假日才見得著啊。」

悠木有種不好的預感，貝塚的態度和講電話的時候截然不同，並不樂見悠木到來。

「啊啊，來這裡談吧。」

貝塚示意悠木去後方的局長室。

悠木乖乖照辦，內心卻在咒罵貝塚。直接去找茂呂局長，再好的主意都註定胎死腹中。

所以，悠木才會略施小計，先找當過記者的貝塚談。

一進局長室，茂呂用一種很矯揉造作的手勢，請悠木和貝塚坐上沙發。茂呂有些不情願地闔上讀到一半的書，從眼鏡盒裡換上另外一副眼鏡，起身時還用手整理蓋住耳朵的頭髮，自以為見多識廣的模樣。

「聽說你想出書是吧？」

「就是我們現在做的日航空難報導，我想出一本類似紀實的書籍。」

「類似紀實的書籍……這麼籠統啊。」

茂呂用瞧不起人的語氣複誦完一遍，坐到悠木的正前方，大剌剌地蹺起二郎腿，雙臂交抱胸前。光看他的眼神，就知道他在等待悠木好好重講一遍。

悠木也不理他，繼續說明自己的來意：

「我今天來是想請教一下，我們有沒有辦法出版這樣的書籍？」

「所以我才要問你啊，你是要出什麼書？」

「就是我們自己統整的日航空難紀實，主要放上記者的手記和照片，做成一個紀錄保留下來。」

「紀錄？那把報紙剪貼下來不就得了？」

「我想留下一份正式的紀錄，畢竟全球最嚴重的空難，就發生在我們縣內。」

「那你打算印幾本？」

「呃，這……」

悠木說不出話來了，他還沒想過具體的出版條件。

茂呂那一張自以爲見多識廣的表情，變成了幸災樂禍的嘴臉。

「誰會買那種書呢？」

悠木倒是有料到這個問題。

北關東報出版部推出的刊物，大多是自費出版的書籍。好比退休校長要出版回憶錄，那就得先調查他教過的學生人數。花道或茶道師傅要出書，有多少門生就出多少書。

這是茂呂一手建立的出版系統。他從年輕的時候，就替政客寫過選舉用的自傳，也替來路不名的企業家寫過白手起家的故事，這都是他用來賺外快的伎倆。以一個替人捉刀的寫手來說，茂呂的文筆實在不怎麼樣，但客戶的口碑不錯，每年都有十幾位客戶找上他。

悠木放膽說出自己的想法：

「我想拿去書店賣給一般讀者，書店會願意收嗎？」

「我去拜託書店的話，他們應該是會放在鄉土專區販賣啦。不過，放那種東西也不會有銷量吧？」

「我認爲讀者會很感興趣。」

「是說，縣內也沒幾個人搭上那班飛機吧？」

沒幾個人……？

悠木對茂呂的說法很意外。不，其實他剛進辦公室就注意到了，茂呂的辦公桌和眼前的桌子上，都沒有北關東報今天的早報。

悠木凝視著茂呂的雙眼說：

「本縣的罹難者只有一人。」

茂呂露出傻眼的表情，也不再瞧悠木一眼。

「那就不行啦，沒什麼好談的。」

果然，茂呂連這點訊息都不曉得。

在一旁顯得很不自在的貝塚，探出身子發表意見：

「那不然，改出攝影紀實如何？」

「你胡說什麼……？」

茂呂嗓子一沉，以充滿輕蔑和威嚇的眼神瞪視自己的部下。

貝塚的氣勢畏縮，但好歹以前也是做編輯的人，自然要幫悠木說點好話，因此他飛快把自己的想法說了一遍。

「出一本頁數不多的攝影紀實，多用一點黑白照片，製作的經費和天數會比一般書籍少很多。事先推銷給縣警、自衛隊、消防單位，要回本應該不是問題。更何況，攝影紀實在書店都賣得不錯呀。」

「你沒腦子嗎？這跟上毛的《群馬紀實》有什麼區別？他們還有縣政府補助，我們卻得自己出錢耶？賣不好可就虧大了。」

「不過，上毛收受縣政府的補助，所以他們推出的攝影紀實，主要是在宣傳相關人士的活躍表現，而不是介紹事故本身啊。按照悠木的說法，我們推出的紀實有深入報導，這就是市場區隔啊。」

「你講的這種攝影紀實，《FOCUS》或《FRIDAY》雜誌早就在做了。讀者習慣看那種血腥刺激的照片，你一個報社做這種溫良恭儉的玩意，誰看啊？」

「話是這麼說沒錯啦……」

悠木想要打退堂鼓，話也已經到嘴邊了。

茂呂火大的眼神掃向悠木：

「你出成普通的書也一樣啦，朝日和讀賣會用快到不可思議的速度，做出類似的東西。我們在速度和內容方面，不可能比得上的。」

「我敢斷言，我們去御巢鷹山採訪的記者，跟其他媒體相比絕不遜色。」

悠木忍不住反駁茂呂，茂呂根本沒聽進去，還越說越來勁：

「少自以爲是了，地方報就該有地方報的樣子，安分守己做點小新聞就好。你們編輯純粹是遇到罕見的重大事故，才會見獵心喜啦。去勸你們的主管冷靜一點。」

「我還沒跟上面的主管談過。」

悠木站起來，不願多做逗留。

茂呂得勢不饒人，繼續對著悠木的背影罵道：

「可笑，誰會出版賠錢貨，來替你們編輯歌功頌德啊？」

這才是茂呂眞正的心聲，悠木腳步不停，離開了出版部的局長室。

門外也沒人理會悠木了，他們拿著紅筆在厚厚的印刷打樣上塗塗改改，搞得好像今天就是截稿日一樣忙；那些印刷打樣應該是自費出版的原稿。

也罷，總比讓他們用日航空難發災難財要好。

悠木用這種理由安慰自己，踩在走廊上的腳步聲卻很沉重。

45

悠木獨自到地下餐廳吃完午飯，才上三樓的編輯部。

辦公室裡的人不多，吉井在核稿部的辦公區域，朝悠木隨興打了聲招呼，看上去睡眼惺忪。一想起追蹤獨家新聞的那天夜晚，吉井那緊張無比的表情，悠木的視野竟模糊了，眞有恍如隔世的感覺。

辦公桌上有三疊原稿，這也是司空見慣的光景了。中間那一疊、最上面的原稿特別厚，那是今天可能會用在頭版的原稿。今天凌晨，警方終於替那個農大二高的棒球隊員，找到他父親的遺體。一直待在縣警本部記者室的佐山，早上打過電話到悠木家，將相關採訪安排妥當了。

悠木坐下來拿起電話，撥打出版部次長的內線號碼。

貝塚馬上就接電話了。

「我是悠木，剛才給你添麻煩了。」

「別這麼說，幫不上你的忙實在很抱歉啊。你不妨請你們的追村次長來談一談，茂呂局長的夫人就是他介紹的。」

悠木道謝後掛斷電話，有人在旁邊放了一杯咖啡。依田千鶴子笑咪咪地注視悠木：

「不好意思，昨天態度不好。」

「妳表情跟昨天完全不一樣呢，今天回來這裡出公差啊？」

「三點還要回去一趟。」

「哪邊的工作比較好？」

「這我還說不準。」

「妳寫稿技術很快就會進步的，跟泡茶一樣，一回生二回熟。」

「要眞是這樣就好了。」

千鶴子甩著長髮回到編輯庶務的辦公區，悠木目送千鶴子離去，她的背影看起來沒什麼精神。悠木回頭拿起電話，改撥廣告企畫的內線號碼。

他本來不打算報出自己的職級姓名，好在是宮田接的電話。

「我是悠木。」

「啊，昨天有勞你關心了。」

「你小聲告訴我就好，暮坂部長情況怎樣？」

「他今天也請假，並非預定的假期。」

「理由呢？」

悠木其實還是很擔心，神澤在御巢鷹山毆打暮坂一事，會被業務單位的人知道。

「聽說他在下山途中失足跌倒，從好幾公尺高的地方摔下去。平常不習慣爬山的人，上山難免會出意外啦。」

「這樣啊，我知道了。」

悠木答話時，也鬆了一口氣。

他正要掛斷電話，臨時又想起了一件事：

「宮田——你還有去探望安西嗎？」

「有啊，昨天傍晚去的。」

「情況如何？」

宮田的聲音變得有些消沉：

「還是一樣。安西還是躺在病床上……兩眼睜得老大，跟醒著沒兩樣。但他的夫人說，醫生已經幾乎斷定是持續性植物狀態了。」

「夫人的樣子呢？」

「開朗到很不自然的地步……或許是在強顏歡笑吧。」

「我想也是。」

「還有，他兒子好可憐……本來應該快快樂樂過暑假，結果窩在病房角落，一副死氣沉沉的樣子。」

宮田道出沉重的現況，悠木聽了也好鬱悶。他想起自己跟燐太郎在醫院玩傳接球時，燐太郎那開朗的笑容和稚嫩的笑聲。沒錯，燐太郎只是一個還沒變聲的孩子啊。

這個小小的發現，讓悠木掛斷電話後依舊擺脫不了陰鬱的情緒。

追村次長和等等力社會部長，已經出現在牆邊的位子上了。悠木望著他們頭上的時鐘，時間是下午一點半，再過三十分鐘就要召開日航空難的排版會議。

悠木撥打玉置的CALL機，順便瀏覽原稿的標題。

「噩夢已過一週，軍警和消防人員照樣在酷暑中執行搜索任務」「通話紀錄器的分析結果，將在本週公布階段性報告」「又找到乘客的遺書」「日航副社長提供家屬一百五十萬的額外慰問金」「罹難者頭七，空難現場有人獻花上香」「交通部航空事故調查委員會，順利重組艙壁的碎片」「羽田機場和成田機場一同檢查客機艙壁」「同一型號的客機在香港發生引擎故障」「七年前在大阪發生機尾擦地事故，維修全交由波音公司處理」。

悠木聽到一旁有聲音，抬起頭看看是誰來了。

岸剛進公司，瞧他臉上帶著笑意，似乎有什麼話想說。

「怎麼了？瞧你一臉得意。」

「看得出來啊？」

「你是故意讓我看出來的吧？有什麼好事嗎？」

「神澤那件事，幸好沒出亂子啊。」

昨晚悠木打給岸解釋前因後果，就已經聽過這句話了。

「有話想說就快點說啦。」

「我昨天過四十歲生日。」

悠木失笑：

「你還晚我一個月，這不是什麼值得高興的喜事吧？」

「我跟女兒停戰啦，生日暫且停戰。」

岸笑得更開心了。

悠木終於明白是怎麼一回事。岸平日在家被兩個女兒當細菌，但昨天生日，女兒給了他好臉色。

「你是說你們家那兩個女兒啊？」

「是啊，好久沒有一家和樂融融了，我都快哭了呢。」

「沒法直接結束冷戰嗎？」

「這還不好說，要今晚回去看看才知道。不過，算是和平的徵兆啦，你怎麼看？」

悠木誇張地點頭附和，心中卻想起了兒子。正好桌上電話響了，他伸手去接，不再去想兒子的事情。

「我是玉置，找我有什麼事嗎？」

玉置的聲音聽來還算平靜。

岸還有話想聊，悠木轉動椅子背對他。

「不好意思啊，玉置，我沒有好好運用你查到的消息。」

「……」

「請你繼續盯著事故調查委員會，聽說他們已經把艙壁的碎片拼湊好了。」

漫長的沉默過後，玉置鼓起勇氣問道：

「悠木前輩……這件事我已經不在意了，但我想問一個問題。」

「你問吧。」

「……」

「不用顧慮，儘管問。」

「……如果主編不是你，那篇原稿會刊上去嗎？」

悠木想了一想，說道：

「應該會吧。」

「我明白了，不好意思。」

玉置的語速變快了。

「是我該道歉才對。但不要忘記，你還有大好的前程。」

也許，這句話聽起來很空洞吧。

不管玉置在新聞業待多久，未來也不會遇到這麼重大的事故了。這一點悠木很清楚，資歷尚淺的玉置稍微動點腦筋，也會明白這個道理。可是，悠木也找不到其他話可講。一個禮拜以前，悠木自己也沒想過，群馬縣內會發生比「大久保連赤」更重大的事件。

追村和等等力離開牆邊的位子，走向局長室。時間正好兩點。

悠木也拿著便條離席，便條上寫了幾個新聞稿的標題。跟玉置通完電話，悠木覺得心中少了一塊疙瘩。編輯部的職員和幹部，已經漸漸對日航空難無感了。身爲日航統籌主編，悠木只剩下一個工作，那就是持續刺激職員和幹部的報導熱忱，堅守詳細報導的方針。走向局長室的悠木，深信這是自己必須達成的使命。

46

「悠木，今天要報些什麼？」

粕谷局長拋出了問題。

悠木讀完便條上的內容後，抬起頭說：

「警方終於辨識出縣內唯一罹難者的遺體了，這應該放頭版頭條。第一社會版和第二社會版都用來做相關報導。」

粕谷和等等力部長都點頭同意了。

悠木觀察追村次長的表情，追村面無表情看著手中的資料。昨天他們差點就打起來了，追村也還沒釋懷吧。

粕谷一臉困擾地望向追村：

「喂，說說你的看法啊。」

「我沒意見，不過……」

追村瞪了悠木一眼，將其中一份資料放到桌上：

「頭版一定要放這四條新聞。」

悠木拿起資料，上面條列了四大新聞的標題。

「富士見村長選舉，明天發布選舉公告」

「赤城村議員選舉，明天發布選舉公告」

「草津音樂祭開幕」

「群馬縣少年棒球大會決賽」

「富士見村長選舉那一條，要放上兩位候選人的照片。草津音樂祭要有開幕音樂會的照片，至於棒球要有選手歡呼的照片，明白嗎？」

追村的口吻十分強硬。

「先不說村長選舉——」

悠木指著資料上的其他新聞：

「音樂祭放在第二社會版，少年棒球放在體育版就夠了吧？」

「不行。」

追村立刻給了一個不容反駁的答案：

「草津音樂祭是文化廳和縣府支持主辦的，你不懂我就告訴你，那是邀請了知名音樂家的豪華慶典，有大提琴家皮耶·傅尼葉、ＢＢＣ交響樂團首席法國號演奏家艾倫·席維爾，還有指揮家大衛·沙龍。在我們這邊辦的活動，放頭版很應該吧。」

「不過，這跟日航空難的調性不合，內容太溫吞了。更何況，少年棒球根本不該放在頭版吧？」

追村又抽了一張資料給悠木。那是用來介紹這場音樂祭的新聞稿，就刊在前幾天的文化版上。音樂祭預計舉行兩個禮拜，活動主旨是紀念巴哈三百歲冥誕，讓世人了解巴哈和他兒子的音樂成就。活動非常豐富，上午由各大樂器名家開班傳授演奏技巧，下午還有公開講座和演奏會。

「你就不能動點腦子想像一下，人家辦這場活動花多少心力嗎？不但要協調日期，安排國外音樂家的行程，還要預訂住宿設施，事先排練演出曲目，做足宣傳工作。光是事前準備就要花上一年，縣民勞心勞力，就是爲了一年後的今天。你憑什麼毀掉他們的付出？對，日航墜機了，死了五百二十人，但這是兩回事。這場音樂祭也是全球矚目的特別活動，區區一場空難怎能毀了它的新聞價值？」

悠木沉默了。

追村說的確實有理有據。悠木在空難發生當天，也祈禱飛機不要掉在群馬縣。假如飛機眞的掉在長野，他大概也不會當一回事，只會躺在沙發上，愣愣地看著電視上的畫面。

「草津音樂祭的新聞我明白了，但在頭版放上少年棒球隊歡呼的照片，這是不是有欠考量呢？縣內的罹難者，就是棒球隊隊員的父親啊。」

追村立刻反駁：

「你怎麼就不從另一個角度想？那位父親很喜歡棒球，看到在地球隊贏球，他在天之靈也會很高興吧。你就當成是一種弔唁就好，這都看你怎麼想。」

「可是……」

「放少年棒球隊的新聞是社長的命令。」

追村也不耐煩了：

「北關東報能有今天的發行規模，就是因爲我們放了一堆體育報導，而且懂得做人情，幫各方人士增加知名度。凡是稱得上體育的東西，不論比賽大小，我們都會刊出比賽結果和選手姓名。父母看到自家小孩的名字登上報紙，自然會買來看。北關東報就是用這種方法增加客源的，社長剛加入報社的時候，銷量還只有五萬份，這是他一手建立起來的功業，不准任何人糟蹋。」

悠木已經在腦海裡計算版面了。

四則新聞和兩張照片，本身占不了多大的空間，應該也不影響頭版的主要報導。換個角度想，只要放上這四則新聞，其他版面就能隨意利用了，要放多少日航空難都沒關係。悠木判斷這是一筆划算的交易，便欣然同意了。

粕谷也鬆了一口氣：

「那就這麼說定啦。其實我也贊成追村的意見，日航空難當然要好好報導，但該回歸日常的部分，還是要調回來比較好嘛。日航空難早晚有一天會塵埃落定，而我們北關東報要永續經營，傳承薪火給下一代。那這次會議就到此結束啦。」

悠木猶豫了一會，還是決定請粕谷稍等一下：

「局長，耽擱你們一點時間。」

「什麼事啊？」

「實不相瞞，我今天去了出版部一趟。」

悠木答應了追村的條件，會議算是和平落幕，不趁現在提起出版話題，大概以後也沒機會提了。

「出版部？你去那裡做什麼？」

「我去問看看，能否推出日航空難的相關書籍。」

這話一說出口，不只追村表情一變，連粕谷也沒給悠木好臉色看。

理由悠木也非常清楚。

「大久保連赤」發生的年代，北關東報編輯部也沒推出相關書籍。悠木隱約記得，粕谷和追村也徵詢過出版部的意見。當時就掌握出版部的茂呂，想必也拒絕了出版要求。「大久保連赤」是老一輩的榮耀，但這份榮耀也沒有留下確切的紀錄；結果現在一個飛來橫禍反倒出版成冊，這叫他們的面子往哪擺？他們在情感上應該也很難接受，光看粕谷和追村的表情就知道了。

「你也太愛出風頭了吧？」

追村出言諷刺悠木。

悠木偷看等等力的表情，沒有答話。

等等力面無表情。

悠木之前和等等力大吵一架，指責他毀了佐山和神澤的現場雜觀。那件事過後，等等力對悠木的厭惡感收斂了很多。難不成，他有在警惕自己，不再打壓年輕人成長的機會？還是他被這起重大事故感召，決定放下「大久保連赤」的榮耀？

粕谷興味索然地說道：

「茂呂那老狐狸怎麼說啊？」

「關於這一點——」

悠木話才講到一半，有人輕敲局長室的房門。進來的是千鶴子，她繞到悠木身旁說悄悄話，順便遞出手上的紙條：

「有人想見你一面。」

悠木不解，爲何千鶴子沒有說出人名？他看了紙條終於明白了。來的人太出乎意料，感覺就像被搧了一耳光。

是望月彩子。

望月彩子是望月亮太的堂妹。悠木立刻想起來，前天望月彩子有打電話到報社。他撥打彩子家的電話，卻無人接聽。他在語音留言中說，自己會再擇日連絡。但——

悠木忘記這件事了。

那天「艙壁」的獨家訊息有重大進展，悠木根本忘了這回事。

「怎麼啦？」

粕谷詫異地問道。

「沒事……」

悠木不想在這個場合提起望月彩子。

「誰來找你啊？」

粕谷端詳著悠木和千鶴子的表情。

「舊識。」

悠木反射性地撒謊，並對千鶴子說：

「麻煩妳帶那個人去會客室，我開完會就過去。」

「好。」

「等等——」

悠木又叫住千鶴子。

「妳帶那個人去地下餐廳，請她喝點飲料吧。」

千鶴子聽明白了，點頭應承後離開局長室。

「好了嗎？」

粕谷用眼神試探悠木，悠木點頭代替回答，粕谷又談回主題：

「你說要出書，茂呂怎麼講？」

「他完全不想理會——還說那種書沒人會買。」

粕谷和追村同時點頭，對這個答案絲毫不感到意外。他們的表情很奇特，當中夾雜了對茂呂的厭惡，還有得知悠木被拒絕的安心感。等等力偷偷吁了一口氣，心境上應該也跟粕谷他們差不多吧。

悠木深吸一口氣說道：

「我們北關東報做這份報導，應該留下一個確切的紀錄。群馬縣沒有航線，不該掉下來的飛機卻掉到我們這裡。你要說這是無妄之災，我也不否認，但縣內發生全球最嚴重的空難也是不爭的事實。作爲一家報社，用得過且過的心態看待這件事，未免太不入流了。就算銷量不多，我們也該展現在地報社的志氣——」

三大幹部都沒什麼反應，尤其粕谷和追村根本當耳邊風。

悠木自己也講到意興闌珊了。

望月亮太算是自殺身亡，沒必要太過感傷。悠木過去用這種方式安慰自己，勉強保持心靈上的平穩；而今望月彩子到來，他的平穩也快保不住了。即將失去平衡的預感，令悠木惴惴不安。

47

過了二十分鐘左右，悠木才前往地下餐廳。

他不假思索地加快步伐，聽著自己的腳步聲迴盪在空曠的走廊。穿越走廊，進入餐廳以後，他看到一名身穿白色T恤的女子，坐在天窗下靠牆邊的位子。

他們彼此認得，六天前悠木才在高崎市內的墓園見過望月彩子。當時彩子的眼神像在怒視悠木，而且毫無隱瞞之意。

餐廳沒有其他客人，內場也安安靜靜，或許現在是餐廚的休息時間吧。

悠木走近彩子，彩子起身行禮。由於逆光的關係，彩子的T恤和接近茶色的頭髮，帶有一層淡淡的光暈。

悠木坐到彩子的對面，彩子先做了一個簡單的自我介紹。果不其然，彩子確實是望月亮太的堂妹，望月亮太的父親有個弟弟，彩子就是那個弟弟的獨生女。年紀二十歲，就讀縣立大學二年級，長著一張娃娃臉，但漆黑的瞳仁散發堅強的意志和知性的光采，看上去沒有太年幼的感覺。現在弄清楚彩子的身分，悠木還是心神不寧，他完全猜不透眼前的彩子到底在想什麼。

「我要先跟妳道歉。我說過會再打電話給妳，卻沒遵守約定。」

「你一定很忙吧。」

彩子說這句話是帶著微笑的，聽不出諷刺或調侃的味道，但她似乎早就準備好這句話，而且別有深意：

「我每天都讀日航空難的報導，在學校也有修媒體導論和新聞史的課程。」

悠木凝視彩子，活像看到什麼很耀眼的事物：

「那妳今天來找我，有什麼事呢？」

彩子也直視悠木：

「我從你身上學到了寶貴的一課，比學校教的還寶貴。」

悠木等待彩子繼續說下去。

「這兩天，我都在等你的電話，但你沒有打。」

「對不起。」

「我知道，你忙嘛。」

「是。」

「人命也有貴賤之分呢。」

悠木倒吸了一口氣。

他的腦袋一時轉不過來。然而，這句話他還是聽進了心底，還伴隨著心痛的感覺。

彩子接著說道：

「重要的命，不重要的命。値錢的命，不値錢的命……日航空難的罹難者，對你們媒體人來說，一定是特別寶貴的命吧。我算是看明白了。」

悠木找不到話回答。

「八年前，我的父親出車禍去世了。幸虧有育英獎學金，我才能念完高中，現在我也是靠獎學金念大學。小亮的父母對我很好，我也就不怎麼寂寞。小亮他也經常陪我玩，就跟眞正的哥哥一樣。」

冰咖啡的冰塊已經融化了，悠木這才發現，彩子連吸管的包裝紙都沒撕開。

「我父親是粉刷工人，性格非常溫和。一個好人就那樣走了，我眞的好不甘心。我父親他有好好過馬路，完全沒有不對的地方，結果卻被摩托車撞倒。」

彩子雙手摀在胸前，胸口劇烈起伏：

「父親被撞成重傷，報紙上只刊了一則小小的報導。我升上大學後去圖書館查資料，聽說那是用來充數的新聞對吧？就刊在社會版最下面，也沒幾行字。」

「……」

「父親撐了三天才斷氣，報紙也沒刊出他的死訊。事故發生超過二十四小時才死亡，警方就不會認定那是死亡事故對吧？所以，我父親的死也不算在內……」

彩子直盯悠木的雙眼，似乎在看他會有何反應。

「媒體根本忘記他了吧？我父親不是什麼了不起的大人物，死了對世界也沒影響。就只是一條微不足道的命……所以，記者也忘記他重傷住院，連他死了都沒人在意。」

彩子拿出手帕拭淚。她深吸一口氣，再用力吐出胸中的氣息。等那紅通通的眼睛和鼻子轉向悠木，情緒也平復了不少。

「小亮也是很快就被遺忘了吧？剛才我去編輯部說要找你，大家看到我來還有說有笑。反正寫了一篇新聞刊出來，剩下的你們就不管了。大家都在同一間公司上班，卻沒有人會想起他。」

「沒這回事。」

悠木講這句話是要安慰彩子，而不是爲自己辯護。

「大家都有懷念他。」

「你說謊。」

「當然不是一直放在心上，但我們眞的沒忘記他。」

悠木越說就越心痛。望月亮太死後還被冠上「背棄職責」的汙名，間接拯救了悠木在公司內的地位。

彩子抬起下巴說：

「小亮是你害死的對吧？」

悠木看著彩子的眼睛，點頭承認了：

「沒錯。」

「既然是你害死的……」

沉入淚海中的眼眸，挑戰著悠木的良心。

「請你永遠不要忘記他。」

悠木又點了點頭。

「請你永遠都要想起他。」

悠木點頭點得更用力，一顆心幾乎快要承受不住。

「我從十五歲就一直很想念他。」

顫抖的雙唇中，發出了沙啞的哭腔：

「喜歡上自己的堂哥，很奇怪嗎？」

之後，他們沒再說任何一句話。

過了十分鐘左右，彩子先站了起來：

「前天是伯母拜託我打電話給你，她希望你不要再去祭拜了。」

悠木也站了起來：

「知道了，請妳轉告她，我不會再去打擾了。」

「還有——」

彩子從塑料製的包包中，拿出一份摺疊起來的紙張交給悠木。

「這張紙上，寫下了我對人命貴賤的看法，希望能刊在你們的讀者專欄上。我曾經投稿過，可惜沒有上。」

「好，我答應妳一定刊出來。」

「謝謝你。」

彩子離開餐廳前，又一次低頭行禮。

腳步聲逐漸遠去，強烈的無力感襲上悠木心頭，他又坐回了椅子上。

全身像綁了鉛塊一樣沉重。

一個二十歲的年輕女子——人生經歷只有悠木的一半，卻看穿了媒體的本性。

人命有輕重之別。

媒體一方面宣揚眾生平等，一方面又分化眾生高低，擅自決定人命貴賤，並把這套價值觀強行灌輸給世人。

連死亡也有了輕重之分。

彷彿有些人的死特別值得同情，有些人則否。

悠木想起了一個老太婆。

那是他去縣央醫院探望安西時，偶然看到的老太婆。醫院的一樓大廳放置了電視，當時正播出藤岡市民體育館的影像。畫面中，一位年輕婦人用手帕拭淚，旁邊還有人攙扶。坐在長椅邊上的老太婆，看著電視喃喃自語。

眞希望我死了，也有人替我掉淚啊……

那個老太婆很羨慕那些罹難者。

因爲老太婆非常清楚，她死了也不會有人如此哀悼。

悠木想起在候診室中，那些看到電視畫面依然無動於衷的群眾……

同時，他也想起了望月亮太。

微不足道的性命……不值錢的性命……

豈有此理，人命不該這樣做區別，但又無法否認……

悠木強迫自己中斷思考，他看了一眼手錶，時間已經過了三點半。他刻意從椅子上用力站起來，挺直背脊。

無論如何，他都不能逃避日航空難。

悠木離開餐廳，在走廊行進，順便打開彩子交給他的那張紙。

他逐行逐句看下去。

腳步不由自主停了下來。看到最後，他感覺到自己變得面無血色。

彩子剛才說的那番話，幾乎原原本本寫在那張紙上。

眞正撼動悠木心靈的，是最後的幾行字。

「我的父親和堂兄去世，那些沒替他們哀悼的人，我也不會替他們哀悼。就算他們死於全球最悲慘的空難，我也不會為他們流淚。」

48

「前橋氣溫三十五．八度！」

過了下午五點，辦公室的溫度不斷上升。

悠木在自己的辦公位子上改稿。

「通話紀錄器顯示，正副機長冷靜處事，力保不失」「艙壁斷面扭曲」「已確認三百四十二具遺體的身分」。

後方傳來佐山和神澤的聲音。

「悠前輩──」

悠木沒有回頭。

「悠前輩，打擾一下？」

「……」

二人繞到悠木身旁，觀察悠木的表情。

「悠前輩？」

「怎樣？」

悠木神色不善地問話，二人都倒吸了一口氣。

「呃，沒有，只是想爲昨天的事道謝。」

「別在意。」

「給前輩添麻煩了，不好意思。」

「我說了，別在意。」

二人對看一眼，向後退了一步。

悠木用大拇指按著太陽穴，腦殼中迴盪著母親的歌聲，像耳鳴般揮之不去。

你該謹愼對待小事。

反正大事你也處理不了。

你該謹愼對待小事。

反正大事只能順其自然。

你該謹愼對待小事。

趁著事情還沒惡化，你該謹愼對待小事。

那是悠木最討厭的搖籃曲。

他把手伸進口袋裡。

指尖觸摸到紙片的觸感。

悠木原以爲，那篇文章是望月彩子的報復手段。要眞是報復那還好處理，他可以直接作廢那篇文章。

可是，悠木錯了。

望月彩子坦蕩蕩地公開自己的身分。包括姓名、住址、年紀，以及自己就讀縣立大學二年級的事情，統統都寫在那張紙上。

彩子沒有用匿名當保護傘，做出暗箭傷人的舉動。

她思考過這篇投書一旦刊出來，自己會受到何種回應和攻訐，而且打算一併承受。

一個二十歲的女孩，竟有這樣的氣魄……

這篇文章絕不容許任何人搓掉，悠木一個小時以前就決定了，但──

他還是沒勇氣起身去安排。

表面上是有幾個像樣的理由，但抽絲剝繭細究下去，悠木才發現自己不敢刊出這篇文章的理由，不外乎明哲保身罷了。

悠木幾經猶豫，拿起電話撥打紙張上的號碼。電話響了五聲才接起來。

「你好，這裡是望月家。」

「我是北關東報的悠木，剛才我們見過面。」

「啊，我知道……請問有什麼事？」

彩子的語氣有些生硬。

「那篇投書，刊出來真的不要緊嗎？」

「你願意刊出來嗎？」

「嗯。」

「謝謝，那就麻煩你了。」

悠木握緊話筒：

「妳不怕嗎？」

彩子似乎笑了：

「害怕的人是你吧，悠木先生。」

「我承認。」

悠木也笑了。

他一把掛斷電話，從位子上站起來，表情十分嚴肅。

負責讀者投書的稻岡，位在中央的辦公區域。他注意到悠木走過來，主動抬起手打了聲招呼。

「你指定的日航特輯，我編排好囉。」

悠木從口袋拿出那張紙，攤在稻岡的辦公桌正中央。

「請去掉內容相近的讀者投書，放這篇進去。」

「喔喔，有二十歲的女大生寫信給你啊？你也挺有一手的呢。」

稻岡看完文章，再也開不出玩笑了。

他張大眼睛，抬頭仰望悠木：

「你、你要我刊這篇文章……？」

「沒錯。」

稻岡嚇得往後仰，身體再順著反作用力擺回原位，下巴也抬了起來：

「你、你開啥玩笑啊！你想害我早一年退休就對了？」

「我不會給你添麻煩，拜託你排上去。」

「你休想，爲什麼非得刊這種文章不可啊？這是在侮辱日航空難的死者和家屬吧？」

「這確實是市民的意見，我們的新聞倫理不是用來限制言論的藉口。」

「可是你也不能——」

核稿部的職員和其他主編，聽到二人爭執都湊過來看熱鬧。彩子的文章在每個人手中傳閱。

「天啊！」

龜嶋發出了驚呼聲：

「悠木老弟，這篇文章眞的太不妙了。從某個角度來講，寫得也算有道理。不過，報紙不是特定機構的文宣，我們有廣大的讀者啊。」

其他人也表示反對：

「這太過分了！這篇文章要是刊出來，明天早上就有接不完的抗議電話喔。」

「望月……？該不會是望月亮太的親戚吧？」

所有人一同注視悠木。

「是他的堂妹。」

四周有人嘆息，也有人表示不滿。

「是他堂妹又怎樣？」

悠木怒視眾人。

岸來到他耳邊低聲說道：

「悠木，我是不曉得你跟望月亮太的家屬怎麼了，但我勸你還是收手吧，這篇文章太危險了。」

「不曉得發生什麼事，你就不要多嘴。」

田澤站在岸的身後，悠木剛好跟他四目相對。平時他們會刻意避開對方的視線，這一會卻盯著彼此，一動也不動。

「悠木！」

後方傳來怒吼聲，追村次長也拿到了彩子的文章。

「你他媽的腦子有病啊！」

「……」

「罹難者家屬也會看我們的報紙啊！是你說要在家屬等候區發送免費報紙的吧，到時候會有幾千名家屬看到這篇劣文，你忘了嗎！」

「劣文……？」

悠木火大地看著追村。

「這是誹謗中傷的文章吧！罹難者家屬不會善罷甘休的，肯定會來我們公司抗議。事情發展到那個地步，你要怎麼辦？我們報社有可能成爲其他媒體的採訪對象啊。」

「家屬不會有怨言的。」

「你以爲用市民的言論自由作擋箭牌，人家就會放過我們嗎？北關東報刊出這種文章，一定會被追究責任。」

「這不是理所當然的廢話嗎？」

「你很囂張是吧！」

追村揪住悠木的領口：

「你想毀掉北關東報嗎？故意惹火罹難者家屬，你覺得很好玩嗎！」

悠木也揪住追村的領口，使盡全力往上拉：

「你說罹難者家屬會來亂？痛失至親的人，怎麼可能不明白她的感受！」

整間辦公室頓時安靜下來了。

「總之我要刊出來，你沒意見吧？」

悠木湊近追村的鼻子放話，追村的怒火無以爲繼，蒼白的面容上多了幾許畏懼。

好幾個人跑過來，拉開悠木和追村。稻岡看著悠木和追村，對他們說道：

「眞正有爭議的是最後幾句話，那幾句刪掉就是一般的論述了。」

「一句都別刪。」

悠木拒絕了稻岡的提議。

稻岡死命說服悠木：

「刪改文章是常有的事，沒有經過加工的話，根本沒幾篇能放上去。每一篇投書我們都有改過啊。」

「你改名字就好，放上姓名的縮寫吧。」

「不行啦──」

「經過加工的投書，還稱得上投書嗎？還虧你以前幹過記者？」

稻岡被嗆到兩眼發直，一句話都說不出來。

「悠前輩。」

佐山也來悠木面前勸說：

「我知道你一直很在意望月的事，但你沒必要感到愧疚。他是自殺身亡的，不是你的責任啊。」

「別說了。」

悠木閉起眼睛，叫佐山住口。

佐山沒有照辦。他現在的口氣，跟他以前談起自己父親的往事一樣：

「把自己的死怪到別人頭上，要人家內疚一輩子，我無法原諒這種行爲，這是最卑劣的死法。」

「我叫你別說了！」

悠木張開眼睛掃視眾人：

「我想做眞正的『報紙』，而不是新聞的流水帳。我們一再用忙碌麻痺自己，所以沒看清北關東報搖搖欲墜的現實。上面的人玩弄權謀，把北關東報搞得烏煙瘴氣。如果這篇投書被搓掉，你們一輩子就只會做新聞流水帳。」

辦公室裡，只聽得到眾人的嘆息。

悠木也不再廢話：

「這篇投書一字不改放上去。不想扯上關係的人，接下來一個鐘頭就到辦公室外面，看要喝咖啡還是幹嘛隨便你。」

49

悠木根本來不及喊話。

他一腳踏空，整個身體往下掉。那瞬間時間彷彿凝凍了，登山繩發出緊繃的聲音，身體承受強烈的衝擊後，才在半空中停下來。

衝立岩的第一懸岩，是一座巨大的外擴岩壁，悠木就吊在下面。

「悠木叔叔你沒事吧！」

上方傳來燐太郎緊張的聲音，悠木看不到他的身影。燐太郎在懸岩上方的垂直峭壁，確保悠木身上的登山繩。

「有受傷嗎？」

悠木沒法立刻回應燐太郎，失足摔落的震撼完全剝奪了他的思考能力。他看到萬丈之下的地面，心知自己摔成了頭下腳上的姿勢。

「悠木叔叔，請保持冷靜，跟我說你目前的狀況。」

悠木想起自己掉落前的光景。

剛才，他差一點就能越過懸岩了，一隻腳已經踩上繩梯的最上一階，右手則抓著另一個繩梯往上伸。岩壁上打了好幾根岩釘，他正打算把繩梯掛到其中一根岩釘上。就在他以爲自己快要成功的時候，腳底一個沒踩穩，膝頭跟著一軟，腳掌就滑出繩梯了。

事實上，他往下掉的距離不到一公尺，燐太郎護住了他。可是，那瞬間他感覺自己摔到了地獄。

「悠木叔叔，聽得到我說話嗎？」

「啊啊……聽得很清楚。」

悠木愣愣地回答燐太郎。

「身子有受傷嗎？」

「我想……應該沒事。」

「是完全懸吊在岩壁上嗎？掉下繩梯了嗎？」

「這倒沒有……」

悠木沒有完全懸空，他的右腳還掛在繩梯的最下面一階，形成倒吊的姿勢。

「我的腳掛在繩梯上，頭下腳上。」

「明白了，那我稍微往上拉，讓你恢復原來的姿勢。請你用雙手抓緊登山繩，然後腳要用力勾住繩梯喔。」

「嗯。」

「我要拉囉——預備。」

燐太郎用力拉動登山繩，力量雄渾強悍，慢慢拉起悠木的上半身。衝到腦部的血液總算往下流了。

「怎麼樣？姿勢恢復了嗎？」

「恢復了。」

「再來抓穩繩梯，保持身體穩定。」

「抓穩了。」

「先休息一下吧，深呼吸讓心情平復下來。」

「也好，我先休息一下。」

悠木聽出自己的氣勢萎縮了。

他抬頭往上看，黑色的巨岩依舊阻擋他的去路。高高在上的懸岩，猶如在嘲笑他似的。悠木口乾舌燥，四肢也在發抖。體力和意志力好像都用光了，最要命的是，深入骨髓的恐懼感侵蝕了他的勇氣。

不可能的，我爬不上去——

軟弱的念頭在說服他打退堂鼓，就在這時候，燐太郎開口了：

「要繼續爬了嗎？」

「……」

「另一個繩梯還在吧？」

燐太郎指的是悠木摔下去之前拿在手上的繩梯。好在那個繩梯用繩子綁在腰上，沒有掉下去。

「還在。」

「太好了，那繼續往上爬吧。」

「……」

「悠木叔叔，趁著身體還沒冷卻，趕快上來吧。」

燐太郎不只溫言提醒悠木，悠木還從緊繃的登山繩中，感受到燐太郎的意念。身體一旦冷下來，就再也爬不上去了。

不過，悠木還是沒有振作起來，他一點都沒有往上爬的衝勁。

他也顧不得顏面，坦白地告訴燐太郎：

「抱歉啊，我大概是爬不上去了。」

「放心，你一定行的。」

「沒辦法，岩釘太遠了，我搆不到啊。」

「不會搆不到。」

燐太郎說得輕鬆，悠木聽了有些不滿。

「我剛才試過了，眞的搆不到啊。我都踩上繩梯的最上一階了，還是搆不到。最近的岩釘離我太遠了。」

「你一定搆得到，因爲——」

燐太郎的話中蘊含一股溫暖的力量：

「那一根岩釘，是小淳打上去的。」

悠木愣然了。

他抬起頭往上看，目不轉睛地看著那根岩釘。

終於，讓他看出了一點端倪。

上面是一整排的岩釘，整排生鏽的岩釘當中，只有離他最近的那一根岩釘，閃耀著銀色的光芒。

「不好意思，一直沒有告訴你。其實，我上個月跟小淳來過。」

悠木愣愣地張著嘴巴，眨了眨眼。

淳和燐太郎一起來過……？

「我們是來探路的。這樣講可能對叔叔有些失禮，但你畢竟缺乏攀岩的經驗。」

燐太郎恢復了開朗的語氣：

「小淳他擔心你年紀大了，可能爬不過這個懸岩，因此多打了一根岩釘。」

悠木看不到燐太郎，但燐太郎說的每一句話，他都聽在心裡。

兒子他……爲我多打了一根岩釘……

悠木自胸中吐出一口熱氣。

他試著活動手指。

五指用力緊握。

悠木深刻體認到，心境和情緒會左右人的一切。

接著，悠木仰望上方，再一次踩著繩梯往上爬。他穩住姿勢，花時間一步一步爬到繩梯的最上一階。

那一根銀色的岩釘，距離似乎比剛才挑戰的時候還要近。

悠木把另一個繩梯高舉過頭，他鞭策自己怯懦無力的雙腿，拚命伸直膝蓋和手臂，將身子往上拉高。全身的肌肉劇烈拉扯，肩膀好像快脫臼一樣。還差五公分……三公分……悠木相信自己一定搆得到，這信念支撐他忍受身體的負擔，忍了十幾二十秒。

繩梯前端的鉤子碰到岩釘了。遮蔽他視野的分不清是汗水還是淚水，以至於他沒有看清這最重要的一刻。

哐噹，繩梯扣上岩釘了。

山上響起了清脆悅耳的金屬聲。

燐太郎拉著登山繩，靜靜傳遞他的祝福，沒有開口打擾悠木和兒子的心靈對話。

遠在東京的兒子，原來也在這一條登山繩上。或許，十七年前悠木邀請兒子去爬山的那一天，父子倆就在同一條登山繩上了吧。

50

悠木在晚上十點前離開報社。白天烈日無情曝曬，大氣似乎無處宣洩餘溫，到了這個時間四周還是充斥凝重的空氣。

悠木駕車離開停車場。

離開報社以後，望月彩子沙啞的哭腔還是縈繞耳畔。

「人命也有貴賤之分呢。」

「重要的命，不重要的命。值錢的命，不値錢的命……日航空難的罹難者，對你們媒體人來說，一定是特別寶貴的命吧。我算是看明白了。」

這些話打動了悠木。所以悠木下定決心，要以日航統籌主編的權限，將彩子交給他的那篇文章刊在讀者投書的專欄。

他始終忘不了最後那幾句話。

「我的父親和堂兄去世，那些沒替他們哀悼的人，我也不會替他們哀悼。就算他們死於全球最悲慘的空難，我也不會爲他們流淚。」

握住方向盤的手，力道並未放鬆。

彩子的文章他非刊出來不可，絕不能逃避。想是這樣想，但已經下定的決心仍在動搖。不曉得讀者會做何反應？報社會接到一大堆抗議電話嗎？日航空難的家屬，也會在等候區看到北關東報。悠木也想過，只要有一個家屬打來抗議，他就得捲鋪蓋走路了。

就快到家了。

日航空難發生一個禮拜，這是他第一次在弓子還沒入睡的時間回家。他之所以沒留下來看實際付印的過程，主要是負責讀者投書的稻岡，表現出一種分不清是豪氣，還是狗急跳牆的態度。

「悠木老弟，別以爲只有你們社會部的才算記者，處理讀者投書是我的工作。我會負起責任刊出來的，你回去吧。」

悠木也從善如流，他好想見弓子一面。說不定這一次眞的保不住飯碗了，他的心中泛起一股近乎義務的情緒，決定要趁今晚告訴弓子這件事。稻岡和其他編輯部的職員，被悠木的那番話刺激到，沒有人中途退出編輯工作。追村只撂下一句話，說悠木以後不用混了，說完就回到辦公桌，打了幾通電話。即使罹難者家屬沒提出抗議，追村也會逼他辭職吧。這個恐怖的預感，在悠木去停車場取車的時候，已經轉變爲篤定的確信了。

以前他擔任社會記者早出晚歸時，就已經習慣自己開門，不勞煩家人了。一進到悶熱的玄關，就聽到客廳裡有說有笑的聲音。有弓子、由香……還有淳的聲音。

大家都還沒睡？悠木懷著開心和疑惑的心情，穿越家中的走廊。

「哎呀，這麼早回來啊？」

弓子訝異地張大眼睛，由香秀氣地坐在電視機前面，以活潑開朗的語氣歡迎他回家。盤坐在由香身旁的淳——只稍微看了悠木一眼，等悠木一進入客廳，他就轉身盯著電視螢幕。暑假期間，電視上播著小朋友喜歡看的恐龍電影。

悠木坐到餐桌旁的椅子上，拆下脖子上的領帶。他沒有坐上沙發，沙發離兒子太近了。悠木害怕自己一坐上去，兒子起身走人，會破壞一家人難得和樂的景象。

弓子趕緊靠了過來：

「想吃點什麼嗎？」

「不用，我吃過了。」

「發生了什麼好事嗎？」

「咦……？」

悠木觀察弓子的眼神，她的眼神藏著笑意。

「我看起來像遇到好事嗎？」

「像啊，感覺挺開心的。」

挺開心的……？

悠木忍不住搓了臉頰一把。

「要幫你放洗澡水嗎？我們是直接沖澡而已啦。」

弓子接下領帶，她在問悠木要不要泡澡的時候，語氣有些歉然。弓子也沒有特別要節約用水的意思，只是剛好想到而已。

「麻煩幫我放洗澡水吧。」

悠木話一說完，弓子沒有馬上前往浴室。她先從廚房的收納櫃中拿出兩瓶啤酒，放到冰箱裡冰涼。

悠木看著電視機前的兄妹。

「由香——巨人和大洋的比賽結果如何啊？」

「不知道耶，我看完《鄰家女孩》以後，就接著看《莎拉公主》了。」

其實悠木不用問也知道結果，由香只對阪神的比賽有興趣。

悠木離開報社以前，辦公室播放著ＮＨＫ的特別報導，標題是「尾翼究竟出了什麼問題？——日航空難回顧報導」。「回顧」這兩個字，意味著空難發生已有一段時間。看樣子那驚滔駭浪的日子，確實是過去式了。

悠木尷尬地扭扭脖子和肩膀。他也想跟兒子說說話，但兒子專注看著電視，他想不到該說什麼才好。

不對……

悠木抬起頭想了一會。

「我說啊。」

弓子從浴室走回來，悠木叫住弓子。

「怎麼啦？」

「來坐一下，其實呢——」

悠木簡短告知安西病倒的事情，弓子聽了十分驚訝：

「不會吧……？你說他張著眼睛跟睡著一樣，那不就植物——」

弓子好歹是記者的老婆，自然會避開令人不快的用詞或歧視性用語。弓子改用昏迷二字代替植物人。

「是啊，聽說那叫持續性植物狀態。」

「有可能恢復嗎……？」

「很難吧。」

弓子縮起身子嘆了一口氣，對小百合深表同情。

「安西他還有個獨子，叫燐太郎。」

「我知道，跟淳同年對吧？」

「之後我想帶他回來一起吃飯，不然小百合在醫院照顧安西，也無暇分身。」

「這樣很好啊。」

悠木話還沒說完，弓子就滿口答應了：

「你隨時帶他回來都沒關係，我也會盡量照顧他的。」

由香回過頭來聽他們談話，淳也稍微轉過頭。

「也要麻煩你們，好好照顧燐太郎啊。」

悠木很自然地跟兒女說。

由香眼睛都亮起來了：

「爸爸，那個燐太郎是個怎樣的小孩啊？」

「他是個好孩子喔，有點沉默寡言就是了。」

「長得帥嗎？」

「這個嘛，不好說耶，慈眉善目倒是真的。」

「是喔。」

「淳啊。」

兒子正要轉頭繼續看電視，悠木叫住他：

「那孩子的父親很會爬山，我也跟他學過一點。之後我們找個日子，跟燐太郎一起去爬山吧。」

兒子還來不及反應，由香就發出撒嬌的聲音：

「怎麼這樣啦！我也要去。」

「喔喔，沒問題啊，可是妳假日不是要參加排球隊？」

「唉唷，那很無聊耶，我還是退出排球隊好了。」

「要去爬哪一座山？」

兒子以平板的語氣詢問悠木，視線也只停留在悠木的胸口一帶。

「榛名山和妙義山吧，反正有很多山可以爬。爬山很愉快喔，空氣又新鮮，爬到高處有種神清氣爽的感覺呢。」

悠木佐以手勢，向兒子說明爬山的樂趣。

兒子的視線游移不定，他不是在猶豫要不要去，而是在縱情想像爬山的情景。

「怎麼樣？有興趣嗎？」

「……我考慮看看。」

兒子簡短回應完，扭頭繼續看他的電視。由香一直拉著淳的衣服，猛搖淳的身子，嘴裡還抱怨爸爸只帶哥哥去爬山不公平。淳一副嫌煩的表情，嘴角卻微微上揚。

悠木利用泡澡的時間想了好多事情。

罪惡感和些微的滿足感交錯在一起，心情好複雜。悠木利用燐太郎，吸引兒子的關注。他試著說服自己，這是在幫助燐太郎，燐太郎一定也會很高興。然而，他跟自己的軟弱還有劣根性共處了一輩子，這些藉口不會讓他比較好過。

悠木用雙手掬起熱水，往臉上潑。

一陣感慨掠過心頭，今天真是漫長的一天。

望月彩子來訪……

談起了人命的輕重貴賤……

值錢的性命，不值錢的性命……

現在想再多也沒意義了，悠木已經做出決定，把彩子的投書刊在明天的早報上。

他忽然想起弓子說過的話。

「發生了什麼好事嗎？」

弓子一臉開心地問他那句話，究竟是怎麼一回事？悠木自問，我有露出開心的表情嗎？不可能啊。飯碗隨時都可能不保，他的情緒很緊繃，而且這件事必須告訴弓子。

悠木正要離開浴缸，身子卻僵住了。

難不成，我想辭職不幹……？

還是想逃避這一切？

逃避什麼呢？

日航空難？還是北關東報……？

這的確不無可能。悠木反照自己的內心，確實能找出一些辭職的動機和理由。

最後他離開浴室，不再多想。

客廳只剩下弓子一人。電視螢幕也不再發出聲光，悠木有些安心，又有些失落。

「他們都睡了嗎？」

「剛睡。」

弓子說啤酒還沒冰涼，但還是幫悠木倒了一杯。

悠木坐上沙發，伸手拿起桌上的北關東報。他翻過來看背面的電視節目表，幾天前的節目表有一堆日航的相關報導，現在也少了許多。帶有各種驚嘆號和問號的綜藝節目名稱，重新奪回了版面。

「幫我轉一下第四頻道。」

「空難的報導嗎？」

「嗯，體育新聞過後，好像有紀錄性的報導。」

弓子拿起遙控器打開電視，坐到悠木的身旁。弓子手上拿著啤酒，說她也想喝一杯。

悠木遲遲不敢說出今天在公司發生的事。如果弓子早看出他有意辭職，那麼這話說出來面子可當眞掛不住。

「老公啊。」

弓子叫喚悠木，眼睛卻看著電視螢幕。悠木從她的側臉上看出了一點小小的決心。

「我想你也不用太在意。」

「妳指什麼啊？」

「兒子的事情啊——其實，他也不是討厭你。」

悠木愣住了。

「該怎麼說呢，他比較笨拙吧，不太會處理自己的心，跟你很像。」

「……」

弓子終於把臉轉過來了：

「等他長大，應該就會想開了。他會明白，你不是討厭他才動手打他的。所以，慢慢來就好，不用太急。」

「……」

「你有在聽嗎？」

「我們一家就指望妳了。」

悠木情不自禁地說道：

「妳就永遠當他們的太陽吧。只要有妳的溫暖，他們兩個一定沒問題的。」

「太陽？討厭啦，你在胡說什麼。」

弓子笑了：

「你太誇張了，所以淳跟你相處才會緊張啊。」

有些事情只有夫妻才懂，但夫妻也有無法互相理解的事情。悠木覺得自己就站在這個分界上，有種說不出的鬱悶。

母親的搖籃曲在耳內響起。

悠木一直渴望母親成爲他的太陽。

不久後，弓子也去歇息了，悠木獨自在客廳度過一段空虛的時光。

體育新聞結束了，悠木沒看到巨人對戰大洋的結果。日航空難的紀錄報導，他也沒有認眞看下去。

他只是茫然地眺望室內。

久經日曬的窗簾都褪色了……牆上的白色時鐘，也不曉得是第幾個結婚紀念日買回來的……有一陣子弓子很迷手工藝，拼布掛毯就是她親手做的……由香的版畫月曆得過獎，所以一掛就掛了三年……地板上的黑色刮痕，是淳的模型刮出來的……另外，還有隨興擺放的木雕人偶，插著假花的花瓶……家族旅行時去溫泉勝地買來的門簾……這一切都是那麼的珍貴，家中保留著平凡而確切的互動軌跡，看起來好耀眼。

萬一丟了飯碗，搞不好得賣掉這棟房子吧。記者辭職以後是很難轉行的，地方上也沒什麼寫手的工作，要養活一家四口並不容易。到東京去發展，悠木又沒有人脈和工作機會。一個沒有特殊專業的四十歲寫手，大概也沒法另闢蹊徑吧。

失去這棟房子，就得搬到某個偏鄉的小房子裡了。到時候，弓子還願意當一家人溫暖的太陽嗎？

悠木笑著自己的傻。

都四十歲人了……

他詛咒自己白活了大半輩子，同時也詛咒望月彩子這個純眞的女子，意外出現在他生命中的十字路口。

51

莫要追逐繁星。
莫要追逐明月。
只管到森林裡追獵。
追入暗無天日的蒼鬱林中。
林中不見繁星。
林中不見明月。
林中有你沉睡。
莫要追逐繁星。
莫要追逐明月。

悠木在沙發上迎接早晨到來。

他徹夜未眠，等待天明破曉。牆上的時鐘剛過五點，戶外有機車走走停停的聲音，配送報紙的機車運轉聲，慢慢接近這裡的住宅區。

五點十分，悠木緩緩起身走向玄關。他穿上涼鞋，從收信匣裡拿出報紙。

他回到客廳，坐上餐桌旁的椅子。平常他拿到各家報社的早報，很少會先打開北關東報來看。

想當然，他在意的是讀者投書的內容——

標題註明了「日航空難特輯」，悠木一下就找到文章了。望月彩子的投書就在整個版面的最下段，稻岡也按照悠木的指示，一字一句都沒更動，唯獨投書者變成了匿名。

他等到六點，打電話到編輯部的辦公室。

「您好，這裡是北關東報。」

照理說值夜班的都是菜鳥，悠木聽到的卻是佐山的聲音。用這種方式顧全人情義理，也確實是他的作風。悠木暫且擱下心中的暖流，問道：

「有抗議電話嗎？」

「目前接到五通。」

「內容呢？」

「每一通都說——應該顧慮罹難者家屬的心情。」

隔了一會，悠木接著問道：

「有家屬打來的嗎？」

「一通也沒有。」

他們從電話中，聽到彼此悄悄發出的嘆息。

「你們那邊有幾個人負責接聽抗議電話？」

「有準備四個應對進退比較溫和的。」

「好，我也會早點過去。」

悠木正要掛斷電話，佐山急忙說道：

「悠前輩——老實說，我並不認同這樣的做法。那篇文章到底該不該放，我是眞的無從判斷。」

「我也一樣。」

「悠前輩……」

「有些事不管有沒有想通，都必須去做。」

「話是這麼說沒錯，但這次未必——」

「這次對我來說，就是必須去做的事情。」

悠木加重語氣，他其實受不了自己用這種方式壓下佐山的意見。

掛斷電話後，悠木整理儀容準備出發，弓子也起床了。

「要出門啦？」

「是啊。」

「跟空難有關嗎？」

「對。」

悠木快步走出客廳。

他在玄關前拿起鞋拔穿鞋，弓子穿著拖鞋走過來，他回頭對弓子說：

「這份工作，我可能做不下去了。」

弓子睡眼惺忪的表情，頓時清醒過來：

「老公——」

「現在還不知道結果，總之妳要有心理準備。」

弓子的臉頰和眼角微微痙攣，悠木還是頭一次看到她這種表情。

話一說完，悠木橫下心來走出門外。

他這才明白，原來弓子的恐懼也在他心中落下恐懼的陰影。

52

悠木抵達編輯部辦公室，正好是朝陽映入室內的時刻。

共有七名職員負責接聽電話，想必都是佐山叫來支援的吧。負責讀者投書的稻岡也是一大早就到了，神采奕奕的表情令人出乎意料。依田千鶴子也到了，她就坐在佐山旁邊的辦公桌，撥弄著頭髮答覆來電。

悠木和佐山對上眼，舉手打了個招呼，走近辦公桌俯視他手中的文件。

「北關東報秉持公正客觀、無黨無派的立場，向社會大眾提供公開透明的資訊。我們尊重各方意見，如實傳遞民意更是我們的使命。」

這應該是稻岡臨時想出來的文章，紙張的角落有畫上正字記號，佐山一個人就應付了八通抗議電話。

再看千鶴子手中的紙張，她一個人也處理了六通電話。照這樣算起來，北關東報大約接到了五十通的抗議電話。

不曉得罹難者家屬有沒有打來抗議？悠木來不及問佐山，右手邊的辦公桌電話響了。

悠木拿出口袋中的原子筆，接起那通電話。

「你們北關東報搞屁啊！」

男子沙啞的嗓音灌入悠木的耳膜，實際聽到讀者憤怒的抗議，悠木的心情反而出奇的平靜。

「請問有何指教？」

「還用問嗎？你們的讀者投書啦。爲什麼要放那種文章？太過分了吧，罹難者家屬很可憐耶！」

「我們認爲這也是一種觀點，所以才會刊上去。這是一篇發人省思的眞摯投書，我們相信讀者看到以後，也會好好思考人命的議題。」

「那寫這篇文章的人，怎麼不敢公布自己的姓名？上面只說是二十歲的學生，擺明是充滿惡意的文章嘛。你們覺得刊出這種荒唐的文章沒關係就對了！」

「我們有掌握撰文者的身分，撰文者是很認眞寫出這篇文章的。」

「王八蛋，北關東報是在地的報紙！羅難者家屬是痛失至親，才會來我們這裡。你們把在地人的臉都丟光了，這對羅難者家屬太過意不去了。」

「……正因爲是在地的報紙，我們才刊出那篇文章，還請您諒解。」

講完電話的佐山，遞出了一張便條。

羅難者家屬——無人來電。

看到便條的內容，悠木有種得到救贖的感覺。不過，沙啞又激動的嗓音，直到最後都沒有沉靜下來。

「好啦，我知道你們的想法了！我再也不訂北關東報了！這種垃圾報紙誰要看啊！」

這無疑是一位善心的讀者，失去這樣一位顧客，悠木也很痛心。

一通電話應付完，馬上又有另一通電話響起。

粕谷局長和等等力社會部長也接到消息，在快要八點的時候現身了。他們二人昨晚出席財經界的宴會，人不在編輯部。追村次長打過電話告訴他們，悠木打算刊一篇尖銳的投書，只是他們沒想到內容會如此危險。或許這是追村的詭計吧，故意不詳述內容，讓二人缺乏危機意識。

追村九點前有來辦公室一趟，但很快就離開了。岸和田澤也很早就來了，眾人在接聽抗議電話的過程中，聽到飯倉理事和白河社長已經到公司的消息。

直到十點過後，抗議電話才明顯減少。

悠木計算所有抗議電話，總共兩百八十三通。這是一個非比尋常的數字，僅次於前年報導大選時，不小心放錯候選人照片所引起的騷動。

罹難者家屬倒是一個也沒打來。

然而，悠木聽到這件事也高興不起來。讀者的怒火都是正直的情緒反應，一再聽到那些合乎情理的指責，悠木甚至想不起自己當初決意刊出文章時，究竟是什麼樣的心境。

「悠木——」

粕谷局長晃著肥胖的身子走過來，看得出來他很焦慮：

「社長好像已經到了。」

「我聽說了。」

「飯倉恐怕會來找麻煩。」

「我會跟他說明。」

「你這一次玩太大了。」

粕谷的言外之意是，他保不了悠木了。

「還好罹難者家屬沒打來抗議，算是不幸中的大幸了。當然，現在還說不準啦。」

「我想不會有罹難者家屬打來的。」

語畢，悠木聽出這純粹是他內心的期望。

「悠木先生，有你的電話。」

悠木回頭一看，千鶴子胸前端著電話聽筒。她的表情跟昨天通知有客人來訪時一樣，因此悠木一看就知道是誰打來的。

悠木快步走近，拿起千鶴子手中的電話：

「我是悠木。」

「……我是望月。」

彩子的聲音很小，幾乎快聽不到。

「怎麼了嗎？」

「我看了自己寫的投書……」

「嗯。」

「我……我發現自己做了一件很不應該的事情……對那些罹難者家屬……眞的非常過意不去……」

在投書上說不會爲罹難者家屬落淚的彩子，最終還是落淚了。

悠木有一種如夢初醒的感覺。

也許，他就是想讓彩子說出這句話吧。刊出那篇文章，爲的就是要聽到這句解放自我的話。他逼死了望月亮太，他眞正想拯救的是自己的靈魂，而不是彩子的心。所以，才會堅持刊出那篇文章——

悠木抬頭仰望天花板。

他的心好痛，好想止住彩子的淚水，這是他唯一的念頭。

「罹難者家屬都沒有打來。」

「……」

「他們應該都懂。」

「可是……我……我還是想跟罹難者家屬道歉。」

「那妳就再寫一篇文章吧。」

「咦……？」

「到時候我會再幫妳刊出來。」

「眞的嗎？」

「我答應妳，一定刊出來。」

悠木細細體會著自己說的這句話。就在這個時候，所有職員轉頭望向大門，悠木也跟著望去。

一台輪椅被推進編輯部辦公室。

想不到先來發難的不是飯倉理事，而是白河社長。

53

所有人連大氣都不敢喘一下。

血紅的眼珠子，瞅著每一位編輯部職員。白河過去擔任編輯局長，外號叫「氫彈」，他身上散發出可怕的壓迫感，連粕谷局長和等等力部長都不敢亂動。

「是誰搞出來的？」

白河盯著粕谷問話。

「社長，你這樣問我也……」

粕谷支吾其詞。

「是你下的指示嗎？」

粕谷先是沉默，之後撇嘴說道：

「……不是的。」

編輯部的局長，馬上就屈服了。

「那是誰的意思？」

整間辦公室靜悄悄，沒人敢答話。負責推輪椅的秘書高木眞奈美，那張俏麗的容顏就在白河的正上方。她的大眼睛同樣掃視著室內，活像白河的另一隻眼睛。

悠木的眼角餘光，瞄到稻岡坐立難安的樣子。他知道這下自己非站出來不可了，就在他挪動僵硬的大腿往前踏步時，身後有人先開口了。

「是大家的意思。」

龜嶋核稿部長開口了。

白河伸長脖子，脖子上滿是皺紋和暗斑。

「大家的意思……？你以爲現在是開班會是吧？」

「真的是這樣，是大家決定刊出來的。」

「你混帳！」

「是我的意思。」

悠木再也看不下去，自己主動站出來：

「我是日航統籌主編，這是我做的決定。」

白河臉上浮現淡淡的笑意：

「果然是你啊……」

悠木點頭承認。他縮著下巴，準備承受白河社長的怒罵。

不過，白河社長只輕描淡寫地說了一句：

「你滾吧。」

悠木抬起頭，這句話實在來的太突兀，他還感受不到自己被判了死刑。

「社長……這是要開除我嗎？」

「不願意嗎？」

悠木想不出該說什麼。

「瞧你一臉窩囊相。不想滾也行，我就把你養在偏鄉的單位，賞你一口飯吃。但你這輩子別想回來了。怎樣？你自己選吧。」

白河社長要悠木當場決定，是要辭職不幹，亦或唯唯諾諾地腐朽下去。

這麼做的用意，擺明了是要給悠木難堪。

悠木氣得咬牙切齒，心中再無恐懼，只剩下滿腔怒火。

望月彩子哭泣的表情在腦海中浮現，是悠木害她哭的。彩子誠摯耿直的文章，意外洗滌了他的內心，但——

彩子那篇談論人命貴賤的文章，對北關東報來說，或者對報紙這個媒體來說，難道沒有一絲意義和價值嗎？

悠木鼓起勇氣，說出自己的肺腑之言：

「我認為自己沒有做錯。」

「我沒問你這個！要立刻滾蛋，還是到偏鄉爛一輩子，你給我選一個。」

這次悠木想起了弓子害怕的表情，但他並沒有退縮。

有個人走到悠木的身旁。

是等等力，他摘下咖啡色的眼鏡，對白河社長說：

「社長，請給他一點時間考慮一下吧。」

白河社長的注意力，轉移到等等力身上。

「給他時間？」

「是，請給他一、兩天就好。」

「你社會部長很了不起是不是？」

等等力黝黑的臉龐，頓時失去血色。

白河社長環顧整間辦公室的職員。

「是怎樣？看你們的表情，你們都很有意見是不是？喂，搞清楚自己的身分，你們只是我的棋子而已。」

「可是，社長——」

等等力才剛開口，白河社長的「氫彈」就炸開了。

「給我閉嘴！你們整天頂著編輯和記者的光環，一副多了不起的樣子，要不是有北關東報給你們撐腰，你們算哪根蔥啊！少自以為是了！編輯部和業務單位的人統統對調過來，我也沒差啦！」

這話一說出口，辦公室安靜了好長一段時間。

「悠木，今天就把你的決定告訴總務。」

白河社長回頭喚了一聲，眞奈美馬上調轉輪椅。

悠木力聚丹田，憤然喊道：

「作為北關東報的職員，我沒有做錯任何事。」

輪椅停住了，兩隻眼珠子瞟向悠木。

悠木凝視著那混濁的瞳仁，也不打算退讓。

白河社長張開乾燥的嘴唇，大家以為第二顆「氫彈」又要爆炸了。

「今天去跟總務報到。」

白河社長只是平靜地重申一次，就沒再看悠木一眼了。

輪椅被推出門外，大門也隨之緊閉。

辦公室的緊張感消失了，職員們也動了起來，只有悠木一人愣在原地，不知所措。

岸站在一旁，注視著悠木的側臉。

「還有這樣的喔。」

這句話是龜嶋說的，雖然沒人附和，但所有人的表情都同樣凝重。

粕谷局長不見人影，應該是悄悄躲進局長室了吧。

等等力回到牆邊的位子，咖啡色的眼鏡也重新戴回臉上，悠木看不出他的表情。等等力剛才也不算在保護悠木，但悠木一輩子都不會忘記，等等力勇於開口的舉動。

本來不在辦公室的追村，就站在大門旁邊。追村雙手環胸，冷冷地看著悠木。

悠木也直視追村，直視那個他曾經敬若父兄的男人。

他把手伸到西裝上，準備摘下北關東報的筆形徽章，心中也沒什麼稱得上決心的意志。

岸一把抓住他的手腕：

「別衝動。」

悠木甩開岸的手：

「你叫我乖乖當一條狗嗎？」

「你不見得要當一條搖尾乞憐的狗。」

「不可能。」

另一個憤怒的聲音，蓋過了悠木的答覆。

「你別鬧了，悠木！」

是田澤。

「你不是統籌主編嗎？你要丟下日航夾著尾巴逃跑？要辭職不幹，至少等你交接好。今天的版面，你要負責做到最後。」

田澤的嗓音比平時高亢，講到最後甚至都哽咽了。

54

「四分之三的遺體已確認身分」「通話紀錄器分析完成，油壓全數故障」「紀錄器資料顯示機長力抗頹勢」「漫長的賠償交涉」「群馬縣警開始深入調查」「多野醫院的三名倖存者恢復笑容和食欲」「倖存的少女在記者會上表示，會努力活下去」。

那一天傍晚到深夜，悠木在岸和田澤兩位同梯的陪伴下，持續提筆改稿。

龜嶋的大餅臉靠了過來：

「稿子差不多了嗎？」

「再五分鐘社會版的就完成了。」

「好，那就麻煩啦。」

辦公室的景況和昨天別無二致，大家都表現得很普通很自然。有時候這樣的反應讓人有點心寒，又有那麼點溫暖。或許，這也算是一段幸福的時光吧。

悠木的心情很平靜。

大概是他眞的想掛冠而去的關係吧。現在有了這個機會，終於能擺脫組織的束縛，所以才有這種心情吧。

安西說過的話，悠木一直放在心上。

爬山就是爲了下山啊——

安西應該也是同樣的心情才對。對安西來說，攀爬衝立岩就是解放的儀式吧，擺脫這個束縛自我的地方。

Climber's high 的意志……

悠木的心思，也許眞被安西說中了。他加入北關東報十七年，抱持著雖千萬人吾往矣的氣魄，貫徹自己的記者之道，從來沒想過要退出。不過，安西看出他有意退出的心思。不，悠木其實受不了這種不上不下的生活方式，明明待不下去，卻又退不下來。因此，決意退出的安西，才會邀請悠木一起去爬衝立岩。安西在逼他做出決定，要他好好思考自己該怎麼過活。

快要晚上十二點了。

大部分的版面也都付印了。

悠木審閱頭版的印刷打樣，看了兩遍以後，抬頭對龜嶋說：

「沒問題，請拿去付印吧。」

龜嶋沒有答話，而是死盯著悠木的臉龐，視線幾乎要從悠木的臉上鑿出洞來。

悠木從位子上站起來。

他先深呼吸一口氣。

接著，他將拆下來的筆形徽章放在辦公桌上，再從胸前的口袋拿出紅筆和原子筆，一併放在筆形徽章的旁邊。

「你要怎麼養家活口啊？」

岸凝視著前方，問悠木未來該怎麼辦。

「我會想辦法的。」

「少說這種不負責任的話。」

「現在景氣很好，工作要多少有多少。」

「你以前講的都是謊話就對了？」

「你指什麼？」

「之前喝酒你不是有講過？」

「我講過什麼？」

岸終於轉頭看著悠木，眼中藏著怒火：

「你說——你喜歡這份工作，你會一輩子寫下去。」

「那都年輕時候的事了。」

「我可是親耳聽到的。」

「情況變了。」

「沒有變，好嗎！」

岸破口大罵，一把揪住悠木的領子，力道異常猛烈：

「看是要去偏鄉還是去哪裡都好啊！不想當走狗就當一條荒山的野狗不會喔。繼續寫下去啊，寫一些花季報導，或是夏季祭典的新聞，不然寫魚類放養啊。總之，不管寫什麼，你繼續寫下去就對了！」

「放手。」

「我不放！」

悠木的襯衫都被扯破了。

「拜託，放手吧。」

「不行，你不能爲了這種事辭職！等你眞正想辭的時候再辭啊！」

悠木感覺大腦受到一陣衝擊。

等你眞正想辭的時候再辭……

岸齜牙咧嘴地說：

「我們是同梯的耶，你沒忘吧，不要一個人說走就走啊！」

這句話打動了悠木的心。

不知不覺間，其他職員也圍了過來。龜嶋點頭同意岸說的話，吉井雙手緊緊握著製版用的量尺。赤峰低頭不語，懷中抱著共同通信的原稿。稻岡則是勉強自己打起精神。

不只內勤人員圍過來，外勤的記者也來了。人群中有佐山嚴肅的表情，還有神澤泛紅的雙眼。依田千鶴子雙手掩面，從指縫中偷看悠木。川島和玉置也在，悠木還從人牆的縫隙，看到田澤不開心的側臉。

「悠前輩——」

佐山走上前：

「無論你去哪裡，我們的日航統籌主編只有你一人。」

悠木忍不住落淚。

他雙掌一拍撐在桌面上，低頭不讓別人看到自己的表情。

現在悠木相信自己是幸福的，世上再也找不到這麼幸福的人了。

某個聲音傳入他的耳中。

是眼前的傳眞機運作的聲音。

熟悉的字跡，出現在他模糊的視野中。

悠木先生，

眞的非常謝謝你。

我決定要成爲一名記者。

望月彩子

55

九月將近，一再創紀錄的高溫也緩下來了。

悠木前往群馬縣北邊的草津通信部就任，並沒有攜家帶眷。他在赴任的前一天，特地去醫院探望安西。他想跟安西獨處一點時間，小百合便先行離席了。

悠木坐在床邊的圓凳上。

「唷，我來看你啦。」

安西瘦了一些，眼中的光采倒是絲毫不減。那鮮活靈動的神采，幾乎可以用燦爛生輝來形容了。

昨晚，悠木去了城東町的「孤寂芳心」。他找到黑田美波，向對方打聽內情。安西確實按照高層的命令，去調查白河社長的性騷擾醜聞。

「你打算辭去北關東報的工作，重新回到登山界對吧？」

「……」

「爬山就是爲了下山——應該就是這個意思吧？」

「……」

「不過，你爲什麼找我一起爬衝立岩？是想叫我一起退出的意思嗎？」

「……」

「說來不怕你笑，我沒那個勇氣退出。從今往後，我也只能繼續苟延殘喘吧。」

「……」

「明天我就要走了，要過一陣子才有時間來。你眞正的想法是什麼，其實我想聽你親口說出來。是不是攀上衝立岩，我就會懂了？可是，我該怎麼做才好？沒有你帶頭，那種地方我爬不上去啊。」

「……」

「你早晚會醒來的吧？到時候我們一起去爬衝立岩吧。」

就在這時候，安西的表情有了變化。

悠木發出了驚詫的聲音。

安西笑了。笑容並不明顯，但眼角、嘴角、臉頰眞的有笑意。

「安西……喂，安西！你聽得到我說話嗎？聽得到我的聲音嗎？我是悠木啊，你認得出來嗎？我是北關東報的悠木啊！你醒醒啊！」

後方傳來開門的聲音。

燐太郎正好拿著花瓶進來了。

「跟你說，剛才安西他笑了。你爸他笑了。」

燐太郎開心地點點頭：

「是啊，我知道，最近爸爸很常笑。」

「這、這樣啊……」

悠木回頭看著安西：

「他一定會好的，再過不久就會自己起來了。」

「嗯。」

燐太郎在他身後答話。

「一定會起來的，安西是打不倒的勇者啊。」

「是。」

悠木定睛細看燐太郎，燐太郎曬得挺黑，體格似乎也更結實了一點。聲音也變了，他也差不多要變聲了吧。

「改天，你要跟叔叔一起去爬山嗎？」

「爬山……？」

「對啊，跟我兒子一起，肯定很有趣。」

「嗯，我想去。」

「叔叔每個月會回家幾趟，到時候我一定找你。」

「好，謝謝悠木叔叔。」

「那好。」

悠木把手伸進口袋，拿出事先準備好的球。

「先來玩傳接球吧。」

「啊，好！」

二人一同離開病房。

他們在走廊遇到伊東銷售部長，他是來探望安西的。

「聽說你調到草津啊？」

「是啊。」

「眞好，天天泡溫泉吶。」

說也奇怪，今天伊東黏膩的嗓音聽起來並不惹人厭。悠木總覺得，伊東是眞的挺羨慕他調到草津任職。

「眞可惜，虧我對你抱有期待呢。」

「我可沒有放棄。」

「咦……？」

「報紙不能有空白，我會寫滿草津的報導。」

悠木凝視著伊東的小眼睛，有句話他很猶豫該不該說出口，最後還是說了：

「部長——你小時候，家庭和樂融融嗎？」

伊東的臉色變了，他試著露出笑容，面容卻醜陋扭曲。

果然，悠木所料不差……父親整天跑去找外面的女人，這樣的家庭怎麼可能和樂融融呢。伊東的心底，也有一間陰暗的倉庫。

「安西就麻煩你多關照了。」

悠木也沒低頭拜託，轉身跟上先行離去的燐太郎。

56

悠木感覺自己終於攀上衝立岩的胸懷了。

就快要脫離懸岩地帶了，悠木揉身逼近眼前的巨岩，頭部越過了外展的岩壁，視野頓時豁然開朗。他最先看到的不是岩壁，而是天空，飄著秋季浮雲的湛藍天空。

悠木繼續向上爬，這才看到岩壁。岩壁上，燐太郎踩著繩梯，負責確保繩索安全。他看到悠木爬上來，笑得燦爛。

「你成功了呢，悠木叔叔！」

「是啊，成功了，眞的成功了。」

悠木好感動，他眞的攀越最困難的第一懸岩。五十七歲第一次挑戰就過關了，而且兒子也幫了他一把。

他爬到燐太郎身旁，看了看手錶，這一看可嚇到了，他花了超過兩小時才攀過懸岩。

「景色很棒對吧。」

燐太郎訴說景色瑰麗，語氣相當自豪。

悠木順著他的視線望去，浮雲掠過白毛門山頭和笠岳的稜線，中間還隔著湯檜曽川。好美的景致，令人目眩神迷。

十七年來的往事在腦海中一一走過，悠木想起了好多人。

今年春天，佐山被提拔爲編輯部次長。他有足夠的經驗、能力、人望，大家都認同這是非常合理的人事安排。依田千鶴子改姓佐山，生下了三個男孩。生完第一胎以後，沒能如願回歸職場。她在歡送會上落寞地說，這世上的工作多如繁星，但家庭才是獨一無二的。這話聽起來有點像在逞強，或許這是她說服自己的方式吧。千鶴子現在過得很幸福，佐山也很有父親的樣子了，他們的第三胎取名「悠三」。佐山和千鶴子還半開玩笑地告訴悠木，這名字還是用「悠桑」來起的。

神澤一直在追蹤日航空難，挖到了許多亮眼的獨家，例如日航總公司被檢調搜索、交通部相關人士被送辦等等。日航採訪全數告一段落後，他考上了共同通信的職缺。離開北關東報之前，神澤在酒宴上喝得酩酊大醉，還發下豪語，說要寫遍全球大大小小的案件。或許，他很努力彌補日航塵埃落定的「空白」吧。目前他在札幌工作，還沒有結婚，應該連休息的時間都拿來追逐新聞吧。

日航空難發生的三年後，望月彩子加入了北關東報，一入行就懷著遠大的抱負。她成為一名優秀的記者，連其他報社都忌憚三分，甚至還是縣警記者俱樂部第一個當上採訪組長的女性。彩子比悠木更懂得如何採訪警察，但她每年還是會到草津幾趟，向悠木請教採訪警察的訣竅。彩子純真的性格始終沒變，依然在煩惱人命的輕重貴賤。

北關東報有了不小的轉變，白河社長失勢以後，繼任的飯倉被爆出不當使用設施擴建的資金，最後也待不下去了。粕谷漁翁得利，坐上社長大位也好一段時間了。據說追村也占據公司高層職缺，氣焰更勝以往。等等力轉換跑道，當上了縣立大學的講師。同梯的岸當上編輯局長，田澤則是處理人事的總務部長。每到季節更迭的時候，他們就會問悠木要不要回總公司上班。

悠木十七年來都在草津通信部堅守崗位，並在草津落地生根。由香到東京念大學以後，他們賣掉高崎的房子，正式定居草津。弓子也習慣了偏鄉的生活，尤其喜歡那裡的溫泉。明年悠木就到了優退的年紀，他打算當個外包的寫手，繼續幹記者這一行。平常就種種田，寫一些鄉村小事。

爬山就是爲了下山——

悠木從沒忘記這句話，但沒有瀟灑放下，這樣的人生倒也不壞。從出生的那一刻全力奔馳到生命的盡頭，途中跌倒了、受傷了、失敗了，再爬起來往前跑就好。人生的幸福往往就在這些機緣上。這就是Climber's high的意志，永遠向著更高的地方，不停地往上爬。悠木現在覺得，過上這樣的人生也挺好的。

風，吹動了斑白的頭髮。

悠木對燐太郎說：

「不是說好了嗎？」

「咦？叔叔你在說什麼？」

「你剛才說——到上面有話要跟我說。」

「啊啊，對。其實，我明年打算去挑戰珠穆朗瑪峰。」

悠木點了點頭，果然「登山家」都是那樣，不去挑戰全球最高峰是不會甘心的。

「然後呢？」

悠木讓燐太郎繼續說下去，剛才他們在雙人岩棚時，他有看到燐太郎害羞的表情。

燐太郎又臉紅了，不，他連耳朵和脖子都紅透了。

「等我回來，請把由香嫁給我吧。」

弓子告訴過悠木，由香非常喜歡燐太郎，喜歡得不得了。

「再來換我當先鋒吧？」

「咦……？」

「我想帶頭爬一次。」

「啊，好，沒問題……」

悠木握緊登山繩，感受全身湧現一股全新的活力。

他在心中——呼喊著老友安西的名字。

「那我們走吧。」

悠木伸手攀向岩石。

燐太郎急了：

「悠木叔叔……那，我跟由香的事……」

悠木就在等他這句話。

「上去再說。」

二人再也維持不住嚴肅的表情，都笑了。

開朗的笑聲融入清澄的大氣中，響遍谷川岳的群山峻嶺。

www.booklife.com.tw　　reader@mail.eurasian.com.tw

小說緣廊 023

高度狂熱【推理大師橫山秀夫・經典重譯珍藏版】

作　　者／橫山秀夫
譯　　者／葉廷昭
發 行 人／簡志忠
出 版 者／圓神出版社有限公司
地　　址／臺北市南京東路四段50號6樓之1
電　　話／（02）2579-6600・2579-8800・2570-3939
傳　　真／（02）2579-0338・2577-3220・2570-3636
總 編 輯／陳秋月
書系主編／李宛蓁
責任編輯／胡靜佳
校　　對／胡靜佳・李宛蓁
美術編輯／蔡惠如
行銷企畫／陳禹伶・林雅雯
印務統籌／劉鳳剛・高榮祥
監　　印／高榮祥
排　　版／莊寶鈴
經 銷 商／叩應股份有限公司
郵撥帳號／18707239
法律顧問／圓神出版事業機構法律顧問　蕭雄淋律師
印　　刷／祥峰印刷廠
2022年2月　初版

定價 420 元　　ISBN 978-986-133-808-8

大部分員警做的都是無人聞問的幕後工作，
沒有上帝的權柄。
然而他們也有屬於自己的驕傲。

——《64》

國家圖書館出版品預行編目資料

高度狂熱【推理大師橫山秀夫．經典重譯珍藏版】/ 橫山秀夫著；
葉廷昭譯. -- 初版. -- 臺北市：圓神出版社有限公司, 2022.02
416 面；14.8×20.8公分 --（小說緣廊；23）

ISBN 978-986-133-808-8（平裝）

861.57　　110019672

群馬県・御巣鷹の尾根に墜落した。乗客・乗員計520人が死亡し4人が重傷を負った。夏休みで子どもや学生も多く乗っており、犠牲者の中には「上を向いて歩こう」で知られる歌手の坂本九さんもいた。単独機の事故としては、犠牲者の数はいまでも世界最悪。

520人が犠牲になった1985年の日航ジャンボ機墜落事故で夫を亡くした女性に、事故原因とされる修理ミスをした米ボーイング社の日本法人から1通の手紙が届いた。今年8月の命日に送った手紙への礼状だった。安全への願いをつづった女性は、思いが伝わったと受け止めている。

手紙を受け取ったのは大阪府箕面(みのお)市の谷口真知子さん(72)。事故で夫正勝さん(当時40)を失った。正勝さんは機内でしたためた「まち子 子供よろしく」というメモを残していた。

当時中学生と小学生だった息子2人んを励ましたのが、正勝さんが自宅に植柿の木だった。2016年、谷口さんは柿のーフにした家族の物語を絵本「パパの柿して出版。今年になってできた英訳版にでの思いをつづった手紙を添えた。

「まち子よろしく」あの夏から35年、絵本願い

女性が書いたボーイング社への手紙月の記事はこちらです。

手紙には[illegible]ではなく、小さなミスで生を狂わせるという教訓を伝えたいとを込め、「た[illegible]一つの小さなミスが多命と人生を奪い、残された人たちの運わせてしまいます」と記した。ボーイングからは約1カ月後に返事が届いた。

国の事故調査委員会による報告書は、

クライマーズ・ハイ 事故調査

[illegible]社による修[illegible]が原因で機内の気圧を保つ「圧力隔壁」の[illegible]が落ち、それが飛行中に[illegible]て操縦不能に[illegible]と事故原因を推定している。

日本法人の社長は自身も息子2人の父親だと明かし、「愛する夫でありかつお二人のご子息にとってもかけがえのない父親を亡くさしみの淵から力強く生きて行く姿勢に強るものがあった」と記していた。米国本社とも共有すると書かれ、谷口さんは「気持け止めてくれた」とうれしく感じた。

生存者が証言

1985年8月12日午後6時56分ごろ、羽田発大阪行き日本航空123便(ボーイング747)[illegible]群馬県・御巣鷹の尾根に墜落した。乗客・乗員計520人が死亡し、4人が重傷を負った。夏休みで子どもや学生も多く乗っており、犠牲者の中には「上を向いて歩こう」で知られる歌手の坂本九さんもいた。単独機の事故としては、犠牲者の数は

十[illegible]

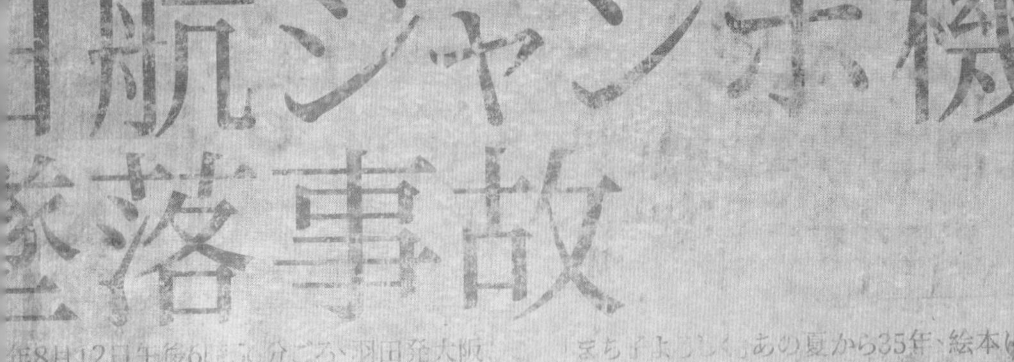

年8月12日午後6時56分ごろ、羽田発大阪
日本航空123便（ボーイング747SR型機が
県・御巣鷹の尾根に墜落した。乗客・乗員計
人が死亡し、4人が重傷を負った。夏休みで
もや学生も多く乗っており、犠牲者の中には
向いて歩こう」で知られる歌手の坂本九さ
った。単独機の事故としては、犠牲者の数は
でも世界最悪。

0人が犠牲になった1985年の日航ジャンボ
落事故で夫を亡くした女性に、事故原因と
る修理ミスをした米ボーイング社の日本法
ら1通の手紙が届いた。今年8月の命日に送
手紙への礼状だった。安全への願いをつづ
女性は「思いが伝わった」と受け止めている。

紙を受け取ったのは大阪府箕面（みのお）
谷口真知子さん（72）。事故で夫[illegible]
40）を亡くした。正勝さんは機内でしたためた
[illegible]というメモを残していた
は群馬県上野村の御巣鷹の尾根の墜落現
見つかった。

時中学生と小学生だった息子2人と谷口さ
励ましたのが、正勝さんが自宅に植えていた
木だった。2016年、谷口さんは柿の木をモチ
にした家族の物語を絵本『パパの柿の木』と

「まち子よろしく」あの夏から35年、絵本に
めた願い
女性が書いたボーイング社への手紙に関す
7月の記事はこちらです。

手紙には恨みではなく、小さなミスで多く
人生を狂わせるという教訓を伝えたいとし
思いを込め、「たった一つの小さなミスが
の人の命と人生を奪い、残された人たちの
命をも狂わせてしまいます」と記した。ボー
グ日本法人からは約1カ月後に返事が届い

国の事故調査委員会による報告書は、ボ
イング社による修理ミスが原因で機内の気
を保つ「圧力隔壁」の強度が落ち、それが
行中に壊れて操縦不能になったと事故原因
定している。

日本法人の社長は自身も息子2人の父親
と明かし、「愛する夫であり、かつお二人の
様にとってもかけがえのない父親を亡くさ
深い悲しみの淵から力強く生きて行く姿
強く胸に迫るものがあった」と記していた。
本社の取材に[illegible]する

日航123便
崩れた安全神話

5年8月12日午後6時56
る羽田発大阪行き日本